教你讀唐代傳奇1

劉瑛——著

自序

劉瑛

在我國的小說史上，傳奇佔了一個相當重要的地位。

記得讀初中一年級時，國文老師傅賓門先生是日報副刊的編輯。他鼓勵我們同學創作。他說：「不怕胡說，只怕無說。」他把我的一篇作文在《少年副刊》中刊登出來。之後，我對創作發展出莫大的興趣。大學時曾參加李辰冬、趙友培兩位教授主持的「中國文藝協會小說研究班」，受益匪淺。四年級時，我的一篇〈亂世家人〉中篇由葛賢甯先生審查通過，我拿到中華文藝社委員會一千四百五十元的「稿費」。我在台舉目無親，學雜費用，生活開支，一大部分便是靠爬格子賺來的。

民國四十六年我進入外交部工作。而後是國內國外的跑。創作的興趣減低了，對於文學史卻發展出較大的興趣。六十年，我寫了好幾篇有關唐代傳奇的論文在《中華文化復興月刊》中發表。其後該月刊社以「中國古典小說研究」出了一本專書，其中選刊了我的兩篇論文。六十年代後期，我在中美尼加拉瓜工作。在尼國內戰的砲火戰聲中，我把傳奇全部研究了一番，把歷年所寫有關傳奇的論文也整合一起，寫成《唐代傳奇研究》一書，於民國七十一年交由正中書局出版。其後又寫了一些論文。總題目是「從傳奇看唐代社會」。但後來卻以「唐代傳奇研究」續集為書名，由正中書局於八十八年初版。但兩書的修訂再版卻都是由聯經出版社印行。若干友人和讀者要我選出若干篇頗具代表性的傳奇，加以註釋甚或語譯，認為對初學者當有所裨益。本書便是由此啟發而編註的。

研究唐人小說，王夢鷗老師有四本著作，但我研究的傳奇，和他研究的對象不衝突。

本輯共收入較重要、較精彩的傳奇二十篇，經校註董理外，另加上標點符號、辭、句注釋，並選譯十六篇，相信對愛好小說和初學者，可能有所裨益。

著者自知智慧有限，讀書不多，仍盼方家不吝賜正。

目次

一、古鏡記

王度

隋汾、陰侯生，天下奇士也，王度常以師禮事之。臨終，贈度以古鏡，曰：「持此則百邪遠人」。度受而寶之。

鏡橫徑八寸，鼻❶作麒麟蹲伏之象；遶鼻列四方；龜龍鳳虎，依方陳布。四方外又設八卦，卦外置十二辰位而具畜❷焉。辰畜之外，又置二十四字，周繞輪廓。文體似隸，點畫無缺，而非字書所有也。侯生云：「二十四氣之象形。」承日照之，則背上文畫，墨入影內，纖毫無失。舉而扣之，清音徐引，竟日方絕❸。嗟乎！此則非凡鏡之所同也，宜其見賞高賢，自稱靈物。侯生常云：「昔者吾聞黃帝鑄十五鏡。其第一，橫徑一尺五寸，法滿月之數也❹。以其相差，各校一寸。此第八鏡也。」雖歲祀攸遠，圖書寂寞❺。而高人所述，不可誣矣。昔楊氏納環，累代延慶。張公喪劍，其身亦終。今度遭世擾攘，居常鬱怏。王室如燬，生涯何地？寶鏡復去，哀哉！今具其異跡，列之於後。庶千載之下，倘有得者，知其所由耳。

大業七年五月，度自御史罷歸河東，適遇侯生卒，而得此鏡。至其年六月，度歸長安。至長樂坡，宿於主人程雄家。雄新受寄一婢，頗甚端麗，名曰鸚鵡。度既稅駕❻，將整冠履，引鏡自照。鸚鵡遙見，即便叩頭流血，云：「不敢住。」

度因召主人問其故。雄云：「兩月前，有一客攜此婢從東來。時婢病甚，客便寄留。云，『還日當取。』比不復來，不知其婢由也。」

度疑精魅，引鏡逼之。

便云「乞命，即變形。」

度即掩鏡。曰：「汝先自敘，然後變形，當舍汝命。」

婢再拜自陳云：「某是華山府君廟前長松下千歲老狸，大行變惑，罪合至死，遂為府君捕逐。逃於河渭之間，為下邽陳思恭義女。思恭妻鄭氏蒙養甚厚。嫁鸚鵡與同鄉人柴華。鸚鵡與華，意不相愜，逃而東。出韓城縣，為行人李無傲所執。無傲，粗暴丈夫也，遂劫❼鸚鵡游行數歲。昨隨至此，忽爾見留。不意遭逢天鏡，隱形無路。」

度又謂曰：「汝本老狐，變形為人，豈不害人也？」

婢曰：「變形事人，非有害也。但逃匿幻惑，神道所惡，自當至死耳。」

度又謂曰：「欲捨汝，可乎？」

鸚鵡曰：「辱公厚賜，豈敢忘德？然天鏡一照，不可逃形。但久為人形，羞復故體。願緘於匣，許盡醉而終。」

度又謂曰：「緘鏡於匣，汝不逃乎？」

鸚鵡笑曰：「公適有美言，尚許相捨。緘鏡而走，豈不終恩？但天鏡一臨，竄跡無路。惟希數刻之命，以盡一生之歡耳。」

度登時為匣鏡，又為致酒。悉召雄家鄰里與宴謔。

婢頃大醉，奮衣起舞而歌曰：「寶鏡寶鏡，哀哉予命！自我離形，於今幾姓？生雖可樂，死必不傷。何為眷戀，守此一方？」歌訖，再拜，化為老狸而死。一座驚歎。

大業八年四月一日，太陽虧。度時在臺直，晝臥廳閣，覺日漸昏。諸吏告度以日蝕甚。整衣時，引鏡出，自覺鏡亦昏昧，無復光色。度以寶鏡之作，合於陰陽光景之妙。不然，豈合以太陽失曜❽，而寶鏡亦無光乎？歎怪未已，俄而光彩出，日亦漸明。比及日復，鏡亦精朗如故。

自此之後，每日月薄蝕，鏡亦昏昧。

其年八月十五日，友人薛俠者，獲一銅劍，長四尺，劍連於靶。靶盤龍鳳之狀。左文如火焰，右文如水波。光彩灼爍，非常物也。俠持過度曰：「此劍，俠常試之。每月十五日，天地清朗，置之暗室，自然有光，傍照數丈。俠持之有日月矣。明公好奇愛古，如飢如渴，願與君今夕一試。」

度喜甚。其夜果遇天地清霽，密閉書室，無復脫隙，與俠同宿。度亦出寶鏡，置於座側。俄而鏡上吐光，明照一室，相視如畫。劍橫其側，無復光彩。俠大驚曰：「請內鏡於匣。」度從其言，然後劍乃吐光，不過一二尺耳。俠撫劍歎曰：「天下神物，亦有相伏之理也。」是後每至月望，則出鏡於暗室，光嘗照數丈；若月影入室，則無光也。豈太陽太陰之耀❾，不可敵也乎？

其年冬，兼著作郎，奉詔撰國史。欲為蘇綽立傳。度家有奴，曰豹生，年七十矣。本蘇氏部曲❿，頗涉史傳，略解屬文。見度傳草⓫，因悲不自勝。度問其故，謂度曰：「豹生常受蘇公厚遇，今見蘇公言驗，是以悲耳。郎君所得寶鏡，是蘇公友人河南苗季子所遺蘇公者。蘇公愛之甚。」蘇公臨亡之歲，戚戚不樂，常召苗生謂曰：「自度死日不久，不知此鏡當入誰手。今欲以著筮一卦⓬，先生幸觀之也。」便顧豹生取著，蘇公自揲⓭布卦。卦訖，蘇公曰：「我死十餘年，我家當失此鏡，不知所在。然天地神物，動靜有徵，今河汾之間，往往有寶氣與卦兆相合，鏡其往彼乎。」季子曰：「亦為人所得乎？」蘇公又詳其卦云：「先入侯家，復歸王氏。過此以往，莫知所之也。」豹生言訖涕泣。

度問蘇氏，果云舊有此鏡。蘇公薨後，亦失所在，如豹生之言。故度為蘇公傳，亦具言其事於末篇。論蘇公著筮絕倫，默而獨用，謂此也。

大業九年正月朔旦，有一胡僧行乞而至度家，弟勣出見之。覺其神采不俗，更邀入室，而為具食。坐語良久，胡僧謂勣曰：「檀越⑭家似有絕世寶鏡也，可得見耶？」勣曰：「法師何以得知之？」僧曰：「貧道受明錄秘術，頗識寶器。檀越宅上，每日常有碧光連日，絳氣屬月，此寶鏡氣也。貧道見之兩年矣。今擇良日，故欲一觀。」勣出之，僧跪捧欣躍。又謂勣曰：「此鏡有數種靈相，皆當未見。但以金膏塗之，珠粉拭之，舉以照日，必影徹牆壁。」僧又歎息曰：「更作法試，應照見腑臟，所恨卒無藥耳。但以金煙薰之，玉水洗之，復以金膏珠粉，如法拭之，藏之泥中，亦不晦矣。」遂留金煙玉水等法，行之無不獲驗。而胡僧遂不復見。

其年秋，度出兼芮城令。令廳前有一棗樹，圍可數丈，不知幾百年矣。前後令至，皆祠謁此樹，否則殃禍立及也。度以為妖由人興，淫祀宜絕，縣吏皆叩頭請度。度不得已，為之以祀。然陰念此樹當有精魅所托。人不能除，養成其勢。乃密懸此鏡於樹之間。其夜二鼓許，聞其廳前磊落有聲⑮，若雷霆者。遂起視之，則風雨晦暝，纏繞此樹。電光晃耀，忽上忽下。至明，有一大蛇，紫鱗赤尾，綠頭白角，額上有王字，身被數創，死於樹。

度便下收鏡，命吏出蛇，焚於縣門。仍掘樹，樹心有一穴，於地漸大，有巨蛇蟠泊之跡。既而攻之，妖怪遂絕。

其年冬，度以御史帶芮城令，持節河北道，開倉糧賑給陝東。時天下大飢，百姓疾病。蒲陝之間，癘疫尤甚。有河北人張龍駒，為度下小吏，其家良賤數十口，一時遇疾。度憫之。齎⑯此人其家。使龍駒持鏡夜照。諸病者見鏡皆驚起。云：「見龍駒持一月來相照。光陰所及，如水著體，冷徹腑臟，即時熱定。」至晚並愈。

以為無害於鏡，而所濟於眾。令密持此鏡，遍巡百姓。其夜鏡於匣中冷然自鳴，聲甚徹遠，良久乃止。度心獨怪。明早龍駒來謂度曰：「龍駒昨忽夢一人，龍頭人身，朱冠紫服。」謂龍駒：「我即鏡精也，名曰紫珍。常有德於君家，故來相託。為我謝王公：百姓有罪，天與之疾，奈何使我反天救物⑰？且病至後月當漸愈，無為我苦。」

度感其靈怪，因此誌之。至後月，病果漸愈，如其言也。

大業十年，度弟勣自六合丞棄官歸。又將遍遊山水，以為長往⑱之策。度止之曰：「今天下向亂，盜賊充斥，欲安之乎⑲？且吾與汝同氣⑳，未嘗遠別。此行也，似將高蹈㉑。昔尚子平遊五嶽，不知所之。汝若追踵前賢，吾所不堪也㉒。」便涕泣對勣。

勣曰：「意已決矣，必不可留。兄今之達人，當無所不體㉓。孔子曰：『匹夫不奪其志矣。』人生百年，忽同過隙㉔，得情則樂，失志則悲。安遂其欲，聖人之義也。」

度不得已，與之決別。

勣曰：「此別也，亦有所求。兄所寶鏡，非塵俗物也。勣將抗志雲路㉕，棲蹤煙霞㉖。欲兄以此為贈。」

度曰：「吾何惜於汝也？」即以與之。

勣得鏡遂行，不言所適㉗。至大業十三年夏六月，始歸長安，以鏡歸，謂度曰：「此鏡眞寶物也。辭兄之後，先遊嵩山少室，降石梁，坐玉壇。屬日暮，遇一嵌巖㉘，有一石堂，可容三五人，勣棲息止焉㉙。月夜二更後，有兩人，一貌胡，鬚眉皓而瘦㉚，稱山公；一面闊，白鬚長眉，黑而矮，稱毛生，謂勣曰：『何人斯居也㉛？』勣曰：『尋幽探穴訪奇者。』二人坐與勣談久，往往有異議，出於言外㉜。勣疑其精怪，引手潛後，開匣取鏡，鏡光出，而二人失聲俯伏。矮者化為龜，胡者化為猿。懸鏡至曉，二身俱殞。龜身帶綠毛，猿身帶白毛。

「即入箕山，渡潁水，歷太和，視玉井。井傍有池，水湛然綠色㉝。問樵夫，曰：『此靈湫耳。村閭每八節祭之，以祈福祐。若一祭有闕，即池水出黑雲，大雹浸堤壞阜㉞。』勣引鏡照之，池水沸湧，有雷如震，忽爾池水騰出池中，不遺涓滴，可行二百餘步，水落於地，有一魚，可長丈餘，粗細大於臂。首紅頷白，身作青黃間色。無鱗有涎，蛇形龍角，嘴尖，狀如鱘魚，動而有光。在於泥水，困而不能遠去。勣謂『蛟也，失水而無能為耳。』刃而為炙，甚膏，有味35。以充數朝口腹。

「遂出於宋汴。汴主人張珂家，有女子患病，入夜哀痛之聲，實不堪忍。勣問其故？『病來已經年歲，白日即安，夜常如此。』勣停一宿，及聞女子聲，遂開鏡照之。病者曰：『戴冠郎被殺。』其病者床下，有大雄雞死矣。乃是主人家七八歲老雞也。

「遊江南，將渡廣陵揚子江。忽暗雲覆水，黑風波湧。舟子失容，慮有覆沒。勣攜鏡上舟，照江中數步，明朗徹底。風雲四斂，波濤遂息。須臾之間，達濟天塹36。躋攝山，麴芳嶺。或攀絕頂，或入深洞。逢其群鳥，環人而噪。數熊當路而蹲。以鏡揮之，熊鳥奔駭。

「是時利涉浙江，遇潮出海，濤聲振吼，數百里而聞。舟人曰：『濤既近，未可渡南。若不迴舟，吾輩必葬魚腹。』勣出鏡照，江波不進，屹如雲立。四面江水豁開五十餘步。水漸清淺，黿鼉散走37。舉帆翩翩38，直入南浦。然後卻視，濤波洪湧，高數十丈，而至所渡之所也。遂登天臺，周覽洞壑。夜行佩之山谷，去身百步，四面光徹，纖微皆見。林間宿鳥，驚而亂飛。還履會稽，逢異人張始鸞，授勣周髀九章，及明堂六甲之事39。與陳永同歸。更遊豫章。見道士許藏秘，云是旌陽40七代孫，有咒登刀履火之術41。說妖怪之次，更言豐城縣倉督42李敬慎家，有三女遭魅病，人莫能識。藏祕療之無效。勣故人曰趙丹，有才器，任豐城縣尉。勣因過之。丹命祗承人指勣停處。勣謂曰：『欲得倉督李敬愼家居止。』丹遽命敬愼為主，禮勣。因問其故，敬愼曰：『三女同居堂內閣子。每至日晚，即靚粧衒服43。黃昏後即歸所居閣子。滅燈燭。聽之，竊與人言笑聲，及至曉眠，非喚不覺。日日漸瘦，不能下食。制之不令粧梳，即欲自縊投井，無奈之何。』勣謂敬愼曰：『引示閣子之處。』其閣東有窗。恐其門閉固而難啓，遂晝日先刻斷窗櫺四條44，卻以物支拄之如舊。至日暮，敬愼報勣曰：『粧梳入閣矣。』至一更聽之，言笑自然。勣拔窗櫺子，持鏡入閣照之。三女叫云：『殺我婿也！』初不見一物。懸鏡至明。有一鼠狼，首尾長一尺三四寸，身無毛齒。有一老鼠，亦無毛齒，其肥大可重五斤。又有守宮，大如人手。身披鱗甲，煥爛五色。頭上有兩角，長可半寸。尾長五寸已上。尾頭一寸色白。並於壁孔前死矣。從此疾愈。

「其後尋眞至廬山，婆娑數月45。或棲息長林，或露宿草莽。虎豹接尾，豺狼連跡，舉鏡視之，莫不竄伏。廬山處士蘇賓，奇識之士也。洞明《易》道，藏往知來46。謂勣曰：『天下神物，必不久居人間。今宇宙喪亂，他鄉未必可止。吾子此鏡尚在，足以衞，幸速歸家鄉也。』勣然其言，即時北歸。便遊河北，夜夢鏡謂勣曰：『我蒙卿兄厚禮，今當捨人間遠去，欲得一別，卿請早歸長安也。』勣夢中許之。及曉，獨居思之，恍恍發悸47，即時西首秦路。今既見兄，勣不負諾矣。終恐此靈物亦非兄所有。」

數月，勣還河東。

大業十三年七月十五日，匣中悲鳴，其聲纖遠。俄而漸大，若龍咆虎吼，良久乃定。開匣視之，即失鏡矣。

校志

一、古鏡記收入《太平廣記》卷二百三十，題名〈王度〉，末注：出《異聞集》。《類說》卷二十八收入此文，題名〈古鏡記〉。《太平御覽》卷九百一十二收入〈程雄家婢〉一段，題名〈隋王度古鏡記〉。我們根據上列諸書及明刻《五朝小說》、萬有文庫吳曾祺編《舊小說》甲集一〈古鏡記〉等書予以校錄，並加標點符號。

二、本文作者王度自述：他在隋大業七年（六一一）五月自御史罷歸河東，六月歸長安。八年（六一二）在臺直。八年冬兼著作郎，奉詔修國史。欲為蘇綽立傳。九年（六一三）秋，出兼芮城令。同年冬，以御史兼芮城令，持節河北道。文中又說：大業十年（六一四），度弟勣自六合丞棄官歸。

按《新唐書》卷一百九十六〈王績傳〉載：

績字無功，絳州龍門人……大業中，舉孝悌廉潔，授秘書省正字。不樂在朝，求為六合丞。以嗜酒不任事，時天下亦亂，因劾、遂解去。……初，兄凝為隋著作郎，撰隋書未成，死。績續餘功，亦不能成。

《舊唐書》卷一百九十二〈王績傳〉中也說：

隋大業中，應孝悌廉潔舉，授揚州六合縣丞。非其所好，棄官還鄉里。

由於上述記載，一般學者乃認為作者王度應為王凝之化名，而文中之王勣，應為王績。

三、我們認為本文之作者可能是王勃。請參閱劉瑛著《唐代傳奇研究》下篇第一章第二節〈古鏡記〉，和劉瑛所著〈古鏡記作者考〉一文，載於《中華文化復興月刊》第十四卷第十二期。

註釋

❶鼻—器物之面隆起如鼻者，都稱之為鼻。又所以穿孔繫組者，也稱之為鼻。如針鼻，即針上方穿線之孔。

❷置十二辰位而具畜—將代表十二生肖的動物按時辰排列出來。十二時辰，自子至亥。十二生肖，即鼠、牛、虎、兔、龍、蛇、馬、羊、猴、雞、犬、豬。

❸清音徐引，竟日方絕—抓住鼻上的繩子，扣擊古鏡，有很清晰的聲音慢慢地散發出去，好久才停止。竟日，整天的意思。這裡只是形容發音持續很久的意思。

❹法滿月之數—月亮每月十五正圓。法滿月之數，以月圓那天的數值（即十五）為基準之意。

❺歲祀攸遠，圖書寂寞——按歲即年。祀也是一年。商稱年曰祀。取四時祭祀一訖之意。歲祀悠遠，年代久遠之意。圖書寂寞，無書、圖記載也。

❺稅駕——稅、脫、古通。索隱：稅駕，言解駕，休息也。把駕車的馬解下來，當然是要「歇息」的意思。

❼劫——劫持。

❽曜——同耀。

❾太陽太陰之耀——太陽和月亮的光輝。

❿部曲——魏晉南北朝之時，若干世族，養有私人的軍隊，稱為部曲。

⓫見度傳草——看見王度所撰（蘇綽）傳的底稿。

⓬以蓍筮一卦——蓍，菊科，多年生草。埤雅：「草之多壽者，故字從耆。」《博物志》言：「蓍千歲而三百莖，故知吉凶。」筮，以蓍草占卦曰筮。動詞。

⓭揲——數蓍而分之曰揲。

⓮檀越——佛家語，施主之意。

⓯磊落有聲——有錯錯落落的大聲。

⓰賫——付與之意。與人物曰賫。具以自隨曰賫。此處是「持」的意思。

⓱反天救物——違反天命來救人。

⓲長往——往而不返也。即「死」。（北山移文）：「或歎幽人長往，或怨王孫不遊。」

⓳欲安之乎——想要去那裡呢？之，「去」的意思。

⓴同氣——兄弟之意。

㉑高蹈——遠行也。

㉒汝若追踵前賢，吾所不堪也—你若效法那些前輩賢人，一去不返，是我所受不了的。

㉓兄今之達人，當無所不體—哥哥是當今通達之士，應該是沒有體會不到的事。

㉔人生百年，忽同過隙—人生一世，不過一百年的光景，匆匆忙忙的像跨過一個很小的空隙一樣便過去了。

㉕抗志雲路—抗志，高尚其志也。雲路，原指仕宦之顯達。此處指雲深之處。秦韜玉（八月十五日看月）詩：「初出海濤疑尚濕，漸來雲路覺偏清。」

㉖棲蹤煙霞—煙霞，山水之景色也。許衡（疾中雜言）詩：「千里煙霞山障曉，一竿風月野橋春。」棲蹤煙霞，謂居留於山光水色的美景之中。

㉗不言所適—不說所去的地方。

㉘先遊嵩山少室等五句—自嵩山的少室峰，下到石梁，再到玉壇休息。由於時間已到了日暮，又遇到了一處嵌入山裏的巖洞。

㉙棲息止焉—停下來休息。

㉚一貌胡二句—一個相貌看起來像胡人的老頭，鬚眉全白了，而且很瘦削。

㉛何人斯居也—何人居於斯也？什麼人在這裡歇息？

㉜往往有異議，出於言外—常常有出奇的議論。

㉝湛然綠色—湛然，澄澈之貌。謝混詩：「水木湛清華。」

㉞阜—土山曰阜。陸地曰阜。

㉟刃而為炙，甚膏，有味—用刀切起來烤，膠質很多，頗有味道。

㊱達濟天塹—塹，溝也。天塹，指揚子江，古稱之為天塹。濟，渡也。渡過了這個號稱天塹的長江。

㊲黿鼉散走—黿，大鱉也。鼉，音鮀、爬蟲類、身長約五公尺，四足，背尾鱗甲，似短吻鱷魚。皆水族。

38 翩翩—飛動貌。舉帆翩翩，意謂布帆受風，如鳥之鼓翼，翩翩前進。

39 周髀九章，及明堂六甲之事—周髀，古算法之一，以勾股之法，度天地之高厚，推日月之運行而得其度數。實勾股法之祖。明堂，針灸與堪輿之術。六甲，遁甲之術。

40 旌陽—許遜，晉汝南人。家南昌。弱冠從仙人吳猛學道。後舉孝廉。官旌陽令。太康初，拔宅飛昇。世稱許真君或許旌陽。

41 有咒登刀履火之術—登刀，踏著鋒利的刀刃行走。履火，從火炭上走過。

42 倉督—管裝穀倉的小吏。

43 靚裝衒服—左思蜀都賦：「都人士女，艷裝袨服。」艷裝，謂脂粉之裝飾也。衒，自媒求進曰衒。衒服，謂吸引人注意的衣服。

44 刻斷窗櫺四條—將窗格子木柱四條刻斷。

45 尋真至廬山，婆娑數月—《文選》李善注：「婆娑，偃息也。」求道至廬山，休息數月。

46 臧往知來—善於過去，知道未來。能知過去未來之意。

47 恍恍發悸—模模糊糊之間，心跳悸動。似有什麼前兆之意。

語譯

隋代籍貫汾陰的侯先生，乃是天下奇士。我常常把他看成師長。侯先生臨終之時，將一面古鏡賜給我。他說：「持有這面古鏡，可使妖邪遠避。」我接受了他的賜與，把古鏡當作寶貝收藏。

古鏡直徑八寸，鏡鼻作成一個麒麟蹲伏的樣子。然後有龜、龍、鳳、虎的圖象，環遶鏡鼻，各據一方。四方之外又列八卦，八卦外依十二辰位列十二生肖。更外面又有二十四個近似隸書的字，點劃分明，但非字書中所能找得到。侯先生對我說：「這二十四個字，乃是二十四氣的象形。」在太陽照射之下察看，尤能看出每一個筆劃都深入鏡背。纖毫不差。拿起來用手指輕扣，清音緩緩發出，好久好久才停息。這真不是一面普通的鏡子所具備的特色，怪不得它能受到高人的賞識，稱為靈物。侯先生常說：「我從前聽說：黃帝鑄造了十五面鏡子。第一面鏡，直徑一尺五寸，遵照每月十五日月亮圓滿之數。然後，每一面直徑各小一寸。這一面古鏡，應該是第八鏡。」雖然年代久遠，也沒有圖書可參考，但高人所說的話，絕非虛言。從前楊氏納環，累代延慶。張公失劍，身亦滅亡。今我遭逢亂世，生活鬱快不快。王室遭逢大難，人民何處安居？而寶鏡又失去了，真可悲哀！現在將這面古鏡所經歷的異事，寫在下面。若干若干年後，有人復得到此一古鏡，也可知道這面寶鏡的來龍去脈吧。

隋大業七年五月，我自御史之職罷歸河東，適逢侯先生病卒，獲贈此一古鏡。當年六月，我又自河東回到長安。路經長樂坡，借住程雄先生的家中。程氏剛剛有人寄託一個叫鸚鵡的婢女，頗為美好端麗。我解下駕車的馬，準備歇息。因拿出古鏡自照，整理衣裳。鸚鵡遠遠看見了，不禁叩頭出血。說：「不敢停留了！」我因此向主人程先生問原委，他說：「兩個月前，有一位客人帶了這位婢女從東來。當時，這位奴婢病得很厲害。那位客人請將她暫寄留於此。說是回去時再來帶她同行。想不到他一直沒有來。至於這位婢女是怎麼一個來由，我們也不清楚。」

我懷疑她是精怪，拿出古鏡來逼她。

鸚鵡當即說：「請饒命。當即變回原形。」

我當即把古鏡收起來。我對她說：「妳先坦白，然後變形。我會饒妳一命。」

於是鸚鵡再拜，而後說：「本是華山府君廟前長松樹下的千年老狐狸，因為我變幻惑人，罪當受死。遂被府君逮捕，予以驅逐。乃逃亡到黃河渭水之間，蒙下邽（下邽約當今陝西渭南縣）陳恩恭收為義女。義母鄭氏，對我非常好。他們將我嫁給同鄉人柴華。但柴華和我，氣味不投。我向東逃，出韓城縣，被行人李無傲所執。無傲是一個粗暴的男人，劫持我，遊蕩了好幾年。兩個月前到了此地，忽蒙見留。不意遇見了天鏡，已經無法遁形了！」

我又問她：「妳既然是老狐狸，變形為人，難道不害人嗎？」

女婢鸚鵡說：「變形事人，並非有害於人。但逃遁變幻，乃神道所惡！免不了要死了！」

我再問她：「我想饒妳一命。行嗎？」

婢云：「辱蒙恩捨，豈敢忘德？但是神鏡已照過了，我已無法遁形了！只是久作人形，羞於再恢復原形。請把寶鏡放回匣中，准許我一飲盡醉，而後就死。」

我說：「我把鏡子放回鏡匣中，難道妳不會逃走嗎？」

鸚鵡微笑著說：「您剛才還說要赦我一命呢！您若是把鏡藏起來，卻不許我走，那不是施恩不終？但神鏡照過之後，我已無路可逃了。只希望給我一兩小時的時間，以盡一生最後幾分鐘的歡樂。」

於是我把鏡藏好，為鸚鵡斟上酒，邀請鄰里一起歡宴。鸚鵡隨即喝得大醉，整衣起舞，口裡唱著歌：

「寶鏡呀寶鏡，可哀呀奪了我的命。
自從我變化成人形，至今已經過了多少朝代？
生雖然很快樂，死也不必太傷心。
何必要戀戀不捨，死守於一方呢？」

歌唱完了，鸚鵡再三向鄰里叩拜。忽然化為老狐狸，安然逝去。一座都驚歎不已。

大業八年四月一日，日偏蝕。我正在御史臺工作。白天於廳閣中午睡。但覺太陽漸漸昏暗。僚吏告說：「日蝕！已蝕甚。」我起身整理衣履，引鏡出，發現鏡面也昏昧無光。心想：寶鏡的製作，一定合於陰陽光景之妙。若不然，為什麼太陽因日蝕失卻光耀之時，寶鏡也昏昧呢？不覺讚嘆不已。傾刻之間，鏡的光彩漸出，而太陽也漸明。恢復圓形，寶鏡也精朗如舊。

自此之後，每逢日月偏蝕，寶鏡也同樣昏昧。

當年八月中秋，友人薛俠，拿了他所得到的一支銅劍來給我看。劍長四尺，劍靶盤有龍鳳。左面文如火焰。右面文如水波。光彩灼爍，實非常物。他對我說：「我常測試此劍。每月十五，天地清朗之時，我把它放在暗室之中，劍身自然發光，照明方圓數丈。我寶有此劍已很久了。您渴愛古物奇珍，今天十五，天氣又清朗，我們來試一試吧。」

我十分高興。乃密閉書房，和薛俠同處其中。我拿出寶鏡，放在座位旁。頃刻之間，鏡上便發出亮光，照亮全室，彷彿白晝。銅劍擺在鏡側，卻一點光彩也沒有。

薛俠大吃一驚。說：「請你把寶鏡放回鏡匣中吧。」我於是聽從了他的話，把寶鏡放回匣中。然後，銅劍才開始放光，但只有一兩尺而已。

薛俠撫劍歎息。說：「天下神物，也有強弱尊卑之分！」

此後，每月十五，我便試把寶鏡置於暗室之內，鏡便發光，照明數丈之內。但若月光照入室中，寶鏡的光便不見了。可能日、月的光輝是無可匹敵的吧？

其年冬天，我兼理著作郎，奉詔編撰國史。將為蘇綽寫列傳。我家有一家奴，名叫豹生，已高齡七十了，他本來是蘇家的家兵，曾讀過一些歷史、傳記，也稍微能作文。他看見我為蘇綽所寫列傳的底稿，甚為悲傷。我問他：「為何悲傷？」他說：「豹生曾受蘇公的厚待。今日看見蘇公的話已應驗，不覺悲從中來。賢郎所得寶鏡，是蘇公的友人河南苗季子贈與蘇公的，蘇公甚為珍愛。蘇公仙逝那一年，戚戚不樂。曾請苗生到家，對他說：『自忖生日無多，不知往生後這面寶鏡將落入誰家，我現在用蓍草卜一卦，您請一邊靜觀。』便叫我取蓍草，蘇公親自布卦。布訖，蘇公說：『我死十餘年，我家當失去這一面寶鏡。不知將落在何地。然而天地間的神物，動靜都一定有徵候。現今河汾之間往往現出寶氣，和我所卜的卦兆相合。鏡可能是要落在河汾吧！』季子說：『是否會為人所獲得。』蘇公再三端詳他卜的卦象，而後說：『這面寶鏡將先歸侯家，再歸王氏。自哪之後，便不知要落到那裡去了！』」豹生說完，不覺淚流滿面。

我曾問豹生，果然說蘇公舊時保有此鏡。蘇公去世後，鏡亦失所在。如豹生所說。我為蘇公立傳，也在篇後述及寶鏡之事，因論蘇公精於蓍筮之術。便是根據寶鏡這一個故事。

大業九年正月初一，有一位胡僧到我們家行乞。小弟王勣接見他，覺得他神采不俗，便邀他到屋內，給他飲食。相談甚久。胡僧對舍弟說：「施主家似有絕世寶鏡，能否給看一看？」

舍弟問他：「大師何以得知的？」

胡僧說：「貧僧曾受明錄秘術頗能辨識寶氣神物。貧道每日看見施主房屋上有碧色光芒，上沖天日。絳氣屬月，乃是寶鏡之氣。貧僧已目擊兩年了。今天是良辰吉日，故來請求給欣賞一下。」

舍弟把古鏡拿出來，胡僧下跪雙手捧著察看，歡欣雀躍。又對舍弟說：「這面寶鏡有種種靈異之相，都還沒顯示出來。若用金膏塗抹，再以珍珠粉擦拭，拿來對著日光照看，光影能穿透牆壁。」又歎息說：「若能作法試照，應該可以照見五腑六臟。可惜沒有藥。若用金煙來薰鏡，再用玉水洗淨，再塗上金膏珠粉，如法拂拭鏡面，即使把寶鏡放入污泥中，它的光也不會有所衰減。」於是留下金煙玉水之法。就辭去了。依照他所留下來的方法試驗，果然有功效。

這年秋天，我外放兼芮城令。辦公廳前有一棵棗樹，周圍數丈，不知有幾百歲了。前後令官到任，都必須祭祀這棵樹，否則禍殃立至。我認為妖怪都是人們捧起來的。像這種不正當的祭祀，應該禁絕。但縣吏們都叩頭請求，我不好太過堅持，於是順從他們的意思行祭祀之禮。但心想：此樹果然禍人，應該是有精魅托庇。人不能予以驅除，徒然養成了精魅的氣勢。因之密將寶鏡掛在棗樹枝葉之中。當天晚上二更左右，只聽到廳前有錯錯落落的大聲。好像打雷。起床探看，但見風雨繞樹，雷電上下閃耀。忽高忽低。到了天亮時分，上前察看，發現有一條大蛇，身被紫色鱗片，尾作赤色，綠頭白角，額上還有一個王字。身上有好幾處傷痕，死在樹下。

我便把寶鏡收起，吩咐縣吏把蛇屍搬出縣衙門，架上木柴，予以焚燬。再命人掘地破樹。樹心有一大洞直通地下。樹洞向下，越下越大。洞底有大蛇蟠泊的痕跡。縣吏們把樹洞填平，其後便沒有妖怪了。

這年冬天，我以御史兼芮城令奉詔到河北道開倉賑災。其時，天下大饑，百姓疾病叢生。尤其在蒲州和陝州之間，癘疫最為猖獗。手下張龍駒，全家上下數十人，同時染病。我很同情他，乃將寶鏡交給他，讓他持鏡在夜晚遍照患者。患者見鏡都驚慌起立，說：「但見龍駒拿一個月亮來相照。光輝所及，一似冰著體上，冷澈臟腑。即時退燒。」至曉，全家人都告病癒。

我認為鏡能治病濟眾，對鏡本身卻無任何傷害。因命人祕密持鏡，遍照患者。那天晚上，古鏡在匣中冷然發聲，聲及遠處，好一會兒才停止。我心裡正奇怪。次日早晨，龍駒來告訴我說：「昨夜夢見一人，龍頭人身，頭帶紅冠，身穿紫服。他對我說：『我名紫珍，乃是古鏡之精。曾有德於你家，故來拜託你向王公說：百姓有罪，所以天降疾病。現在讓我來救濟他們，這是違反天道的。這些病到後月自然痊癒，請莫再為難我！』」

我覺得龍駒所告頗有道理，因記在心。兩月之後，患者都漸漸好了正如鏡精所言。

大業十年，兄弟王勣，原任六合縣的縣丞。棄官歸來，將遊山玩水，以遣餘年。我勸阻他說：「今天下大亂，盜賊橫行。你要去那裡呢？我們兄弟，很少遠離。你這一去，似乎是要遠行。從前向子平，遊覽五嶽，不知下落！你要是學他，我可沒法忍受！」因下淚相勸。

勣弟說：「我已打定主意了，不會留下來了。老哥乃是當今通達之士，應該沒有體會不到的事。孔子說：『匹夫立定了志向，旁人也無法更改。』人生不過百年。忽然便過去了，好像駿馬跨過一個空隙之地一樣。能遂心了，便高興。失意了，便覺悲哀。平平安安的達成自己的願望，正是聖人的意思。」

我沒有辦法，只好和兄弟訣別。

勣弟又說：「這一分別，弟也有所求於兄長。您的寶鏡，實非塵世俗物，小弟這一去，遊山玩水，將攀登高山，高入雲海之中，棲息於煙霞美景之處。希望大哥能將寶鏡賜用。」

我說：「對於你，我還有什麼捨不得的。」便把寶鏡交給了他。勣弟拿到寶鏡之後，當即啟程。但沒有說究竟要去哪裡。直到大業十三年夏，勣弟終於回到長安。他把寶鏡還給我。下面是勣弟所述說的外遊經過：

王勣辭別兄長之後，先遊覽嵩山和少室山。從石梁下山，到了玉壇。天已黃昏。遇見一處嵌入山壁的巖洞，有一石堂，可容納三五個人。因此打算在石堂中棲息過夜。

二更之後，有兩人來到。其一貌似胡人，鬚眉皆白，身材瘦削。自稱山公。另一人，闊面、白鬚、長眉、黝黑而頗矮小。自稱毛生。見了王勣，問道：「誰在這裡居住？」王勣答道：「一個尋幽、訪奇、探穴的人。」兩人因坐與王勣對談甚久。言語之間，常常有奇怪的議論。王勣懷疑他們兩人可能是精怪。偷偷的把手向後打開鏡匣，取出寶鏡。誰知鏡光一照，兩人便失聲趴下。矮者化為一隻烏龜。像胡人的老者化為一頭老猿。王勣把寶鏡直掛到天亮。龜身長綠毛，猿身帶白毛，都已死了。

之後，王勣入箕山，渡穎水，經過太和，探看玉井。井旁有一個大池塘，池水湛綠。王勣一時興起，引鏡照水。池水頓時沸騰湧出，有雷震之聲。水湧出之後，池中涓滴不留。水噴出二百餘步，落於地上。有一條長達丈餘、粗如人臂的大魚。紅頭白額，身作青黃兩色。沒有鱗，但有涎。蛇形、龍角、嘴尖，形狀有點像鱘魚。動而有光。困在泥水中，無法逃走。王勣認為是「蛟」，失了水，便沒有能力了。把牠割切火炙，膏質甚多，味道也不錯。可以供應好幾天的糧食。

甚後到了宋汴，宿張珂家。張珂有一個女兒患了病，每入夜，便會因痛苦而哀吟。令人不忍卒聞。王勣問主人。主人說：「女兒已經病了幾年了。白日無事，晚上便如此哀痛哭叫。」當日，王勣便停宿張珂家。入夜，聽到張女哭叫聲，立即開鏡一照。病女說：「戴帽子的郎君被殺死了。」打開患女的門探視，有一隻大雄雞死在床邊。原來是主人家畜養了七八年的老雄雞。

之後，王勣暢遊江南。在廣陵將渡揚子江時，忽然暗雲密佈，大雨如覆盆落下。黑風驟起，波浪洶湧。船夫失色，深恐翻船。王勣攜鏡上船，照向江中。但見江水清朗徹底，頓時風雲四斂，波濤也不生了。片刻之間，到達於濟天塹。登攝山，度芳嶺。有時攀登絕頂，有時深入岩穴，或遇見群鳥噪人，或遇見幾頭大熊擋在路中間。持鏡一照，熊鳥都現出十分驚恐的樣子，奔逃而去。

到了浙江，乘船渡江，遇見海潮，濤聲振吼，數百里外都可能聽得到。船伕說：「海濤既近，不可南渡。若不迴舟，我們一定會溺死水中，葬身魚腹。」王勣拿出寶鏡一照，江波不再前進，屹立如雲。四面江水，豁然分開五十餘步。江水漸變清淺，但見水中魚黿散走。張開風帆，船疾駛而過，直入南浦。回頭看看，但見波濤洪湧，高數十丈，直撲剛才渡江之處。

遂再登天臺，周覽洞壑勝景。走夜路時，將鏡佩在身上，離開身體四圍百步之內，都受到鏡光，纖微可見。林間棲息的宿鳥，見光不免驚起亂飛。

再回到會稽。遇見異人張始鸞先生。張先生教導王勣周髀算經九章。又傳授王勣名堂、六甲等針灸、堪輿之術和奇門遁甲之術。更遊江西的豫章，遇見許真君的七代孫許藏秘道士，許道士能在刀口上或碳火上行走。聊天時，說起豐城縣的倉都李敬慎家，三個女兒都遭受鬼魅而得病。無人能斷定是什麼病。許藏秘予以治療，也沒有效。王勣的老友趙丹，頗有才器，時任豐城縣尉。王勣因過訪，趙丹命人為王勣安置居住之處。王勣說：「願居停於李敬慎之家。」趙丹乃命李敬慎為居停主人，接待王勣。寒暄之後，王勣因詢及三女遭魅病的緣故。敬慎說：「三女同住內堂閤子中。每到日將晚之時，三人即濃粧艷服。天一黑，三人便回歸閤內，滅去燈燭。走近細聽，便聽見三人和他人笑語聲。快天亮才睡覺。這一睡，若不叫她們，她們不會醒。只見三人，日趨消瘦，茶飯不思。若禁止她們粧梳，她們便哭鬧要自殺——上吊或投井！我們束手無策，無奈之至！」王勣問明閤子所在。閤東有窗。王勣深恐夜來閤門緊閉，不易開啟，因命將東邊窗子切斷四條窗櫺，卻用他物支住。等到黃昏之時，敬慎報道：「三人已粧梳入閤了。」初更之時，便聽見三女與人調笑之聲。王勣拔去窗櫺，持鏡入閤遍照。三女都叫道：「把我們的郎君給殺死了。」

王勣四望，也不見一物。因把寶鏡懸在室中，天一亮，始發現：有一條黃鼠狼，首尾長一公尺三四寸，身上沒毛，口中沒齒。又有一隻肥大約五斤重的老鼠，也沒有毛齒。又有一隻大如巴掌的守宮，身披鱗甲，煥爛五色。頭上有兩支約半寸長的角，尾長五寸以上。尾尖一寸左右是白色。全部死了。三女的病也從此好了。

最後，王勣尋真訪勝到了廬山。休息了好幾個月。或在林間高臥，或在草地露宿。雖然有遇見虎、豹、豺、狼等野獸，舉鏡一照，這些野獸莫不驚駭逃竄，廬山隱居不仕的蘇賓處士，洞明易道，能知過去未來。他對王勣說：「天下神物，一定不會在人間停留太久。現在正值亂世，他鄉未必是棲身之地。足下此一寶鏡尚在，足可自衛。最好趁早返鄉里！」王勣也認為是對的，即時動身北歸。遊河北之時，夜眠夢見寶鏡。寶鏡對王勣說：「我蒙兄台厚禮，不久即將捨棄人間而去。請早日回長安吧。」王勣夢中許諾。晨起，獨自一人靜思，不覺心悸神動。即時回歸。

王勣把他持鏡遠遊的經過告訴兄長。之後，他把鏡還給了王度。他說：「我現在把鏡歸還兄長，算是未負諾言，但恐此靈物終究不是兄長能永久保有的。」

數月之後，王勣還河東。

大業十三年七月十五日，鏡匣中發出哀鳴的聲音。聲音纖細而高遠，之後聲音越來越大，好似龍吟虎吼。好久才平息。打開鏡匣察看，寶鏡已不見。

二、白猿傳

無名氏

梁大同末❶，遣平南將軍藺欽南征。至桂林，破李師古、陳徹。別將❷歐陽紇略地至長樂，悉平諸洞❸，深入險阻。紇妻纖白，甚美。其部人曰：「將軍何為挈❹麗人經此？地有神，善竊少女，而美者尤所難免，宜謹護之！」紇甚疑懼，夜勒兵環其廬❺，匿婦密室中，謹閉甚固，而以女奴十餘伺守之。

爾夕❻，陰雨晦黑。至五更，寂然無聞。守者怠而假寐，忽若有物驚寤者，即已失妻矣。門扃如故，莫知所出。出門山險，咫尺迷悶，不可尋逐。迨明❼，絕無其跡。紇大憤痛，誓不徒還。因辭疾，駐其軍，日往四遐❽，即深凌險以索之❾。既逾月，忽於百里之外叢篠❿上，得其妻繡履一隻，雖雨浸濡，猶可辨識。紇尤悽悼，求之益堅。選壯士三十人，持兵負糧，巖棲野食。

又旬餘，遠所舍約二百里，南望一山，蔥秀迥出，至其下，有深溪環之，乃編木以渡。絕巖翠竹之間，時見紅綵，聞笑語音。捫蘿引絙而陟其上⓫，則嘉樹列植，間以名花，其下綠蕪⓬，豐軟如毯。清迴岑寂[13]，杳然殊境[14]。東向石門，有婦人數十，帔服鮮澤，嬉遊歌笑，出入其中。見人皆慢視遲立，至則問曰：「何因來此？」紇具以對。相視歎曰：「賢妻至此月餘矣，今病在床，宜遣視之。」

入其門，以木為扉。中寬闢若堂者三。四壁設床，悉施錦薦。其妻臥石榻上，重茵累席[15]，珍食盈前。紇就視之。回眸一睇[16]，即疾揮手令去。諸婦人曰：「我等與公之妻，比來久者十年[17]。此神所居，力能殺人，雖百夫操兵[18]，不能制也。幸其未返，宜速避之。但求美酒兩斛，食犬[19]十頭，麻數十斤，當相與謀殺之。其來必以正午。後慎勿太早，以十日為期。」因促之去。紇亦遽退[20]。

遂求醇醪[21]與麻犬，如期而往。婦人曰：「彼好酒，往往致醉。醉必騁力[22]，俾吾等以綵練縛手足於床，一踴皆斷[23]。嘗紉三幅[24]，則力盡不解，今麻隱帛中，度不能矣。遍體皆如鐵，唯臍下數寸，常護蔽之，此必不能禦兵刃。」指其旁一巖曰：「此其食廩[25]，當隱於是，靜而伺之。酒置花下，犬散林中，待吾計成，招之即出。」如其言，屏氣以俟。

日晡[26]，有物如匹練，自他山而下，透至若飛[27]，逕入洞中[28]。少選，有美髯丈夫長六尺餘，白衣曳杖，擁諸婦人而出。見犬驚視，騰身執之，披裂吮咀[29]，食之致飽。婦人競以玉盃進酒，諧笑甚歡。既飲數斗，則扶之而去。又聞嘻笑之音。良久，婦人出招之，乃持兵而入，見大白猿，縛四足於床頭，顧人蹙縮[30]，求脫不得，目光如電。競兵之[31]，如中鐵石。刺其臍下，即飲刃[32]，血射如注，乃大嘆咤曰：「此天殺我，豈爾之能。然爾婦已孕，勿殺其子。將逢聖帝，必大其宗[33]。」言絕乃死。

搜其藏，寶器豐積[34]，珍饈盈品，羅列几案。凡人世所珍，靡不充備。名香數斛，寶劍一雙。婦人三十輩，皆絕色，久者至十年，云：「色衰必被提去，莫知所置。又捕採唯止其身，更無黨類。旦盥洗，著帽，加白袷，被素羅衣，不知寒暑。遍身白毛，長數寸[35]。居常讀木簡，字若符篆[36]，了不可識。已則置石磴下。晴晝或舞雙劍，環身電飛，光圓若月。其飲食無常，喜啗果栗。尤嗜犬，咀而飲其血。日始逾午，即欻然而逝[37]，半晝往返數千里，及晚必歸，此其常也。所須無不立得。夜就諸床嬲[38]戲，一夕皆周，未嘗寐。言語淹詳[39]，華音會利[40]。然其狀即猳玃[41]類也。今歲木落之初，忽愴然曰：「吾為山神所訴，將得死罪。亦求護於眾靈，庶幾可免。」前月哉生魄，石磴生火，焚其簡書，悵然自失曰：「吾已千歲而無子。今有子，死期至矣。」因顧諸女，汍瀾者久，且曰：「此山峻絕，未嘗有人至。上高而望，絕不見樵者；下多虎狼怪獸。今能至者，非天假之。何耶？」

紇取寶玉珍麗及諸婦人以偕歸，猶有知其家者。

紇妻周歲生一子，厥狀肖焉[42]。後，紇為陳武帝所誅。紇素與江總善，愛其子聰悟絕人，常留養之，故免於難。及長，果文學善書，知名於時。

校記

一、本文見《太平廣記》卷四百四十四，題名〈歐陽紇〉。下注云：出《續江氏傳》。《唐志》著錄子部小說家，題為〈補江總白猿傳〉。晁公武《郡齋讀書志》列入史部傳記類，未著撰人。只說：「《崇文書目》以為惡歐陽詢者為之。」陳振孫《直齋書錄解題》列入小說類。注云：「歐陽紇者，詢之父也。詢貌類獼猴，蓋常與長孫無忌互相嘲謔矣。此傳遂因其嘲廣之，以實其事。託言江總，必無名子所為也。」明胡應麟所撰《少室山房筆叢》卷三十二丁部《四部正譌》下〈白猿傳〉條稱：「〈白猿傳〉，唐人以謗歐陽詢者。詢狀頗瘦削類猿猱，故當時無名子造言以謗之。」又說：「此書本題〈補江總白猿傳〉，蓋偽撰者託總為名，不惟誣詢，兼亦誣總。噫，亦巧矣！率更（按：歐陽詢曾任太子率更令之官）世但貴其書（法書），而不知其忠、孝、節、義，學問、文章，皆唐初冠冕，至今瞭然史冊。豈此輩能污哉？」說得振振有辭，且有憤憤不平之氣。

二、〈白猿傳〉之所以牽扯上江總，乃是因為歐陽詢曾為江總所「私養」。《新唐書》卷一百九十八、《列傳》第一百二十三《儒學》上，有〈歐陽詢傳〉。據該傳載：「詢字信本，潭州臨湘人。父紇，陳廣州刺史。以謀反誅。詢當從坐，匿而免。江總以故人子，私養之。（詢）貌寢侻，敏悟絕人。總教以書記，每讀輒數行同盡。遂博覽經史。」至於胡氏所云「忠、孝、節、義」之事蹟，未見登採。

三、本文文首之「藺欽」，似為「蘭欽」之誤。據《梁書》卷三十二《蘭欽傳》載：「欽字休明，中昌魏人也。……經廣州，因破俚帥陳文徹兄弟，並擒之。至衡州，進號平南將軍，改封曲江縣公、增邑五百戶。」是則文中之「破李師古、陳徹」陳徹乃是陳文徹之誤。《南史》卷六十一〈蘭欽傳〉有相同的記載。

四、人猿相交而生子，實無科學根據。但我國自古便有人和其他動物相交而繁衍子孫的傳說。《後漢書》卷八十六〈南蠻西南夷列傳〉卷首便說：「昔高辛氏（即帝嚳）有犬戎之寇，帝犯其侵暴，而征伐不剋。乃訪募天下，有能得犬戎之將吳將軍頭者，購黃金千鎰，邑萬家，又妻以少女。」結果高辛帝的五宋畜狗，名叫槃瓠的，居然殺死了吳將軍，銜了吳將軍的頭來討賞。高辛王認為人狗不能通婚，但他的少女認為皇帝既然有令在先，不可失信。自願隨槃瓠。槃瓠負女入山，經三年，便生了六男六女。槃瓠不久便死了，此十二人自相夫妻。其後代滋蔓，號曰蠻夷。

這當然是不經之談。而《搜神記》、《三才圖會》等書，都有類似的記載。傜族之一的畲族，民間口頭傳說，描寫更為精彩。大意是說：高辛氏當國時，皇后得了耳病，整整痛了三年。有一天，醫生從她耳朵裏挑出來一條像蠶的金色毛蟲，約三寸長。耳痛立即沒有了。皇后把這條蟲用瓠離裝著，又用一個盤子蓋。這條金蟲忽然變成了一條遍身五色斑斕、毫光閃閃的龍狗。皇后便為狗取名槃瓠，行坐隨身。其時房王作亂，無人能制。高辛王因宣佈：「能斬房王的頭來見者，即把公主嫁與他。」後來槃瓠居然殺了房王，銜著房王的頭來獻。高辛王心想：「人狗豈能通婚？」槃瓠卻口吐人言，說道：「請把我放在金鐘裏，七天七夜，我就會化成人形。」高辛氏因把牠放在金鐘裏。第六天，公主不耐煩，打開金鐘偷看，看到的槃瓠果然已變成人形，只有頭，依然是狗頭。但公主仍然和他結了婚。生了三男一女。（參閱《東方雜誌》二十一卷七號〈畲民調查記〉。）

五、干寶的《搜神記》中有猳國一条：

蜀中西南高山之上，有物與猴相類。長七尺，能作人行。善走逐人。名曰猳國。一名馬化，或曰玃。伺道行婦女年少者，輒盜取將去，人不得知。……若取得人女，便為家室。其無子者，終身不得還。十年之後形皆類之。意亦惑，不復思歸。若有子者，輒抱送還其家。產子皆如人形。有不養者，其母輒死。故懼怕之，無敢不養。及長與人不異。皆以楊為姓。

此一記載也是諸張華的《博物志》。而從東漢流傳下來的焦延壽所著的《易林》一書中，也

有「南山大玃，盜我媚妻」的卦辭。（坤之剝）

上述這些記載，當是無名子撰寫〈白猿傳〉的根據。而其撰寫此一故事的目的，實在誣辱歐陽詢。王夢鷗先生在他所著「唐人小說研究」第四集中認為本文著者應係江總的兒子江溢。或有可能。

六、本文據《顧氏文房小說》與《太平廣記》校錄，並採〈白猿傳〉為題。

七、這不是一篇好小說。眾婦人前面說白猿「其來必以正午」，後面卻說：「日始逾午，即欻然而逝。及晚必歸。」互相矛盾！其二，白猿既是神物，眾生人的氣味，狗的氣味，難道他沒有嗅覺，不能發現？若否，則又怎能稱神？其三，白猿愴然自失那段話中說：「此山峻絕，未嘗有人至。」而後段有：「今能至者，飛天假之，何也。」似乎已有人到了他面前。不通，其四，文中不解之處甚多。如「華音會利」、「汎爛久之」，當係抄錄之錯。

注釋

❶梁大同末——南朝蕭衍受齊禪稱帝，國號梁。歷三世四帝。大同為高祖蕭衍的年號，共十一年。自公元五三五至五四五。

❷別將——漢書項羽傳：「諸別將皆屬宋義。」別將，謂在他處的小將。

❸悉平諸洞—把各洞蠻人都征服了。

❹挈—公羊傳：「挈其妻子。」挈，俗語所謂挈帶也。

❺勒兵環其廬—勒，統御之意。指揮軍隊，將所居之房舍團團圍住，予以保護。

❻爾夕—當天晚上。

❼迨明—等到天亮了。

❽日往四遐—每日去四面甚遠的地方。

❾即深凌險以索之—即，就也。凌，越也。經過深水，越過險阻去搜索。

❿篠—音小，小的竹子。或作筱。

⓫捫蘿引絙而陟其上—捫，持也。蘿，藤蘿，一種藤類。絙，大索。陟，音植，升也。登也。攀藤拊索而登上山。

⓬蕪—草也。

⓭清迥岑寂—迥，遠也。清遠而安靜之意。

⓮杳然殊境—杳然，深遠貌。殊境，不同平凡的地方。

⓯重茵累席—茵，車席也。用好幾重的茵席作墊子，人臥其上。

⓰回眸一睇—眸是眼珠子。睇是看。

⓱比來久者十年—比來，本是近來之意。意謂：來得久的，近已十年了。

⓲操兵—操，把也。持也。兵，兵器。如刀、矛之類。

⓳食犬—猶如「肉犬」。專門飼來供肉食的狗。以別於看門守夜的狗或狩獵用的狗。

⓴遽退—急急的退走。

21 醇醪—醲厚之酒。醇，純也。無雜質。醪，汁滓酒也。

22 醉必騁力—醉了必定要顯示它的力氣。騁，恣放也。

23 一踴皆斷—踴，同踊。跳也。意謂，用足一掙扎，繩索皆斷。

24 紉三幅—合絲為繩曰紉。紉三幅，謂以綵練三幅合絞在一起。

25 食廩—廩，藏米之所。食廩，食品儲存之處也。

26 日晡—黃昏薄暮也。

27 透至若飛—透，跳躍也。意謂奔跳而來，向飛一般的快捷。

28 徑入洞中—徑，行也。意謂行入洞中。

29 披裂吮咀—披同裂的意思差不多。吮，含而吸之。咀，含而味之也。

30 故人蹙縮—蹙縮，恐慌不安。

31 競兵之—爭先恐後的用兵刃刺白猿。兵在此為動詞。

32 飲刃—受刃。讓刀刃戳了進去。

33 必大其宗—一定會光大的宗族。

34 搜其藏，寶器豐積—搜查牠的所藏，珍貴的寶物很豐盛的堆積著。

35 長數寸—白毛有數寸之長。或作「長數寸所」，是「長數寸許」的意思。

36 居常讀木簡，字若符篆—通常竹謂之簡，木謂之牒。古時無紙，文字都刻在竹、木片上，編而成冊。

37 欻然而逝—欻然，迅捷貌。一忽兒便不見了。走了。

38 嬲—音鳥，戲也。弄也。

39 言語淹詳—淹，博通之意。

❹⓿華音會利——此語有誤。或作「華旨會利」，都無意義。

❹❶猳玃——一種大猴子。此辭從張華《博物志》而來。其書卷九中有云：「署山南高山上，有物如獮猴，長七尺，能人行。名曰猴玃。一名化。或曰猳玃。」

❹❷厥狀肖焉——厥，其也。肖，相似。意謂「牠的樣子很像（猿猴）呀！」

語譯

梁朝梁武帝大同末年（西元五四五年），派遣平南將軍藺欽南征。藺欽帥軍到了桂林，擊破了李師古和陳徹。他的手下別將歐陽紇則攻略城池到了長樂，深入險阻之地，把各洞蠻人都征服了。歐陽紇的妻子嬌小白晳，非常漂亮。他的部下向他報告說：「將軍怎麼把這麼美麗的女子帶來此地？此地有神，很會偷竊少女，漂亮的少女尤其難免。應該很小心的保護她！」歐陽紇聽了很害怕。他把妻子閉在密室中，關閉甚嚴。用女奴十餘人在一邊守護。所居住的房子還再派人馬環繞著保護。

那一夜陰雨暗黑。直到五更。寂然沒有任何聲息。看守的人倦極而假寐，忽然似乎有什麼東西將他們驚醒。察看之下，發現歐陽紇的妻子已不見了。門仍關得緊緊的，不知道是怎麼出去的，出門便是高山，幾尺之外便無路可通。等到天明，完全不見蹤跡。歐陽紇既生氣、又悲痛，發誓要找到夫人。絕不單獨離開。因此告病假，駐紮軍隊，每天往四處。攀危崖，越深澗，尋找，探索。過了一個月左右，忽然在百里路外的一叢矮竹子上發現他妻子的一枝繡花鞋。雖已被雨濡濕，但還能辨識得出。歐陽紇十分悽悼，尋找妻子的決心越發堅定。於是選了三十個壯丁，拿了兵器，背了糧食，在山野中棲止尋覓。

又過了十來天，離開營區約二百里地，看見南邊有一座山，蔥蘢秀麗。到了山下，有一道很深的溪流環繞著山麓。於是一行人編木渡河。在絕巖翠竹之間，居然時時見到紅色綵衣，也聽到笑語聲。眾人攀藤援索登上山，只見嘉樹成行，各色名貴的花草排列其間。其下是草地，豐軟有如地毯，清迥岑寂，是一片非常突出的清靜境地。東向有一道石門。有二三十位婦人，穿著色澤鮮明的衣服，嬉遊歌笑，往來其中。看見好些生人來到，只慢慢的起身，緩緩的看視，問：「你們怎麼會來此間？」歐陽紇乃將經過情形相告，眾婦人相視歎息，說：「您的夫人到這裡已一個多月了。現病臥在床，且往探視。」

進了門，門扇是木製的。其中寬大像堂屋的有三處，四面都放置著床舖，全都有彩色床蓆。紇妻臥石榻上，重茵累席，面前擺滿了美食。歐陽紇就近探視，其妻回眸一顧，即揮手要他離去。

眾婦人對歐陽紇說：「我們在這裡，有的已超過十年。此地乃神所居，力能殺人。縱使有一百人拿著兵器也制服不了他，幸好他還沒回來。你們要趕緊避開。請你們預備兩斛美酒，肉犬十頭，麻數十斤，當設法謀殺他。他總是正午回來，你們來不必太早，且以十日為期。」因催促紇等離去。一夥人當即離開。

十日之後，歐陽紇一行人如期帶了美酒、食犬等物到達。婦人們說：「其人好酒，往往飲醉，最後便要顯露他的大力。他讓我們用綵布把他的手足綁起來放在床上。但只要他一掙，布都會斷掉。曾經綁三層，他便掙不斷。我們把床偷偷的放在布中，想他再也掙不斷了。他一身如鐵，刀槍不入。只有臍下數寸處，常特別予以保護。此處一定不能抗禦刀劍。」指旁邊一處地方說：「那邊是他的食物房，請隱藏其中，靜靜的等候。酒放在花下，犬則散置林中。等我們設計成功了，我們會來通知你們。」

日午之時，有物如一匹白練，從他山跳躍而下，似飛一般到達，逕入洞中。一會兒，只見一個身高六尺餘的美髯丈夫，身著白袍，手握枴杖，在諸婦女簇擁之下而出。他一看見有犬，即騰身而起，抓在手中，撕裂吮食，一直吃到飽。眾婦人競相以玉盃進酒，諧謔談笑，極為快樂。飲足數斗美酒，由眾婦人捧鳳凰似的扶進屋去。然後只聽見嘻笑之聲。過了很久，婦人出來招呼歐陽紇。於是眾人拿著兵器進入。只見一頭大白猿，四足都被綁住在床頭。看見人來，恐懼不安。眾人競相以兵器刺牠，好像刺在鐵石上，不能刺入。刺他的臍下，才刺得進去，一時血流如注。於是白猿驚詫而大大的歎氣，說：「這是上天要我死！你們哪有殺我的能力？」他對歐陽紇說：「你的老婆已懷了孕，莫殺她的兒子。她的兒子將來會遇見賢明的皇帝，必能光宗耀祖。」說完，便氣絕身亡了。

檢搜白猿的儲藏室，發現寶物甚多。珍饈羅列在桌上，凡人世所珍奇的物事，無不齊備。又有名香數斛，寶劍一雙。婦人三十，都是國色，跟隨白猿的，久者已十年左右。她們說：「一旦年長色衰，便被送走，不知送去那裡。一切只有他一人享用，並無同類。早起必梳洗，戴帽，加白袷衣，披素羅衣，不知寒暑，遍身白毛，長數寸。閒居常讀木簡，字若符篆，完全看不懂。看完了，便放置在石磴下。天晴時，或舞動雙劍，只見一團光球，像一個大月亮，飲食無常。愛吃水果、栗子。最愛犬。吮飲犬血。日將午時，即欻然而去，半天能往返數千里。夜時即歸。要什麼東西，馬上可得到，夜則遍歷諸床和諸婦人好，一晚全遍。言語甚有智慧。但他的形狀卻屬猿猴一類。今年初秋木落之時，他忽然很哀痛的說：『我被山神所訴，將得死罪。我曾求諸靈相護，或者可免罪。』上月月初，他在石磴上生火，把木簡燒掉了。很失落悲傷的說：『我已千歲了，卻沒有兒子，現在有兒子了，當是我的死期到了！』環顧諸婦人，歎息了許久。又說：『這座山非常峻險，從無人到。由高望下，絕對看不到樵夫。下面又多有虎、狼、猛獸。若有人到此，除非是天命之，要不然，哪兒到得了！』」

歐陽紇把珍寶都拿了，並且將所有婦女都帶下山。婦女中還有認得自己家的。

紇妻一年後產下一子，其狀甚似猿猴。不久歐陽紇為陳武帝所誅，他素與江總友好。江總喜歡他的兒子聰悟絕人，常留在自己家中，故得免於難。後長大了，果然文學好，善書法，聞名當世。

三、枕中記

沈既濟

開元十九年，道士有呂翁者，得神仙術，行邯鄲道中❶，息邸舍，攝帽弛帶❷，隱囊而坐❸。俄見旅中少年，乃盧生也。衣短褐，乘青駒，將適於田，亦止於邸中，與翁共席而坐，言笑殊暢。

久之，盧生顧其衣裝敝褻❹，乃長歎息曰：「大丈夫生世不諧，困如是也❺！」翁曰：「觀子形體，無苦，無恙，談諧方適，而歎其困者，何也？」生曰：「吾此苟生❻耳，何適❼之謂？」翁曰：「此不謂適，而何謂適？」答曰：「士之生世，當建功樹名，出將入相，列鼎而食，選聲而聽❽。使族益昌而家益肥，然後可以言適乎。吾嘗志於學，而游於藝❾，自惟當年青紫可拾❿。今已逾壯，猶勤畎畝⓫，非困而何？」言訖，而目昏思寐。

時主人方蒸黍。翁乃探囊中枕以授之，曰：「子枕吾枕，當令子榮適如志⓬。」

其枕青瓷，而竅其兩端⓭。生俛首⓮就之，見其竅漸大，明朗。乃舉身而入，遂至其家。

數月，娶清河崔氏女。女容甚麗，生資愈厚。生大悅，由是衣裝服馭，日益鮮盛⓯。明年，舉進士，登第；釋褐秘校⑯；應制⑰，轉渭南尉；俄遷監察御史；轉起居舍人，知制誥⑱。三載，出典同州⑲，遷陝牧。生性好土功⑳，自陝西鑿河八十里，以濟不通㉑。邦人利之，刻石紀德。移節汴州，領河南道採訪使，徵為京兆尹㉒。

是歲，神武皇帝方事戎狄，恢宏土宇㉓。會吐蕃㉔悉抹邏及燭龍莽布支攻陷瓜沙，而節度使王君㚟新被殺，河湟震動㉕。帝思將帥之才，遂除生御史中丞，河西道節度㉖。大破戎虜，斬首七千級，開地九百里，築三大城以遮要害㉗。邊人立石於居延山以頌之。

歸朝冊勳，恩禮極盛。轉吏部侍郎，遷戶部尚書兼御史大夫㉘。時望清重，群情翕習㉙，大為時宰所忌。以飛語中之，貶為端州刺史㉚。三年，徵為常侍。未幾，同中書門下平章事㉛。與蕭中令㉜嵩、裴侍中光庭同執大政十餘年，嘉謨密令，一日三接㉝，獻替啟沃㉞，號為賢相。同列害之，復誣與邊將交結，所圖不軌。制下獄。府吏引從至其門而急收之。生惶駭不測，謂妻子曰：「吾家山東，有良田五頃，足以御寒餒。何苦求祿？而今及此。思衣短褐，乘青駒，行邯鄲道中，不可得也。」引刃自刎。其妻救之，獲免。其罹者皆死，獨生為中官㉟保之，減罪死，投驩州。

數年，帝知冤，復起為中書令，封燕國公，恩旨殊異。生五子：曰儉，曰傳，曰位，曰倜，曰倚，皆有才器。儉進士登第，為考功員外；傳為侍御史；位為太常丞；倜為萬年尉。倚最賢，年二十四，為右補闕[36]。其姻媾皆天下望族[37]。有孫十餘人。兩竄荒徼，再登台鉉[38]。出入中外，徊翔臺閣，五十餘年[39]，崇盛赫奕[40]。性頗奢蕩，甚好佚樂。後庭聲色，皆第一綺麗。前後賜良田、甲第、佳人、名馬，不可勝數。

後年漸衰邁，屢乞骸骨[41]，不許。病，中人候問，相踵於道。名醫上藥，無不至焉[42]。將歿，上疏曰：「臣本山東諸生，以田圃為娛。偶逢聖運，得列官敘。過蒙殊獎，特授鴻私[43]。出擁節旌，入昇台輔[44]。周旋中外，綿曆歲時。有忝天恩，無裨聖化[45]。負乘貽寇[46]，履薄增憂[47]。日懼一日，不知老至。今年逾八十，位極三事[48]，鐘漏並歇，筋骸俱耄[49]。彌留沈頓，殆將溘盡[50]。顧無成效，上答休明[51]。空負深恩，永辭聖代。無任感戀之至，謹奉表陳謝。」

詔曰：「卿以俊德，作朕元輔。出擁藩翰，入贊雍熙[52]，昇平二紀，實卿所賴[53]。比嬰疾疹，日謂痊平[54]。豈斯沉痼，良用憫惻[55]。今令驃騎大將軍高力士就第候省。其勉加鍼石，為予自愛[56]。猶冀無妄，期於有瘳[57]。」

是夕，薨。盧生欠伸而悟，見其身方偃於邸舍[58]，呂翁坐其傍，主人蒸黍未熟，觸類如故。生蹶然而興[59]，曰：「豈其夢寐也？」翁謂生曰：「人生之適，亦如是矣。」生憮然良久，謝曰：「夫寵辱之道，窮達之運，得喪之理，死生之情，盡知之矣。此先生所以窒吾欲也[60]。敢不受教。」稽首再拜而去。

校志

一、本文以《文苑英華》所載者為本，再參照《太平廣記》卷八十二〈呂翁〉與商務《舊小說》卷四之〈枕中記〉等予以校補。

二、《文苑英華》本「今已適壯」，《廣記》作「已過壯室」。我們認為「適壯」應是「逾壯」之誤。

三、《舊小說》所列〈枕中記〉之作者為「李泌」。顯係錯誤。詳見《唐代傳奇研究》三〇六頁。

註釋

❶行邯鄲道中—邯鄲郡，秦置。有今河南省北部及河北省西南部之地。戰國時是趙國的首都。

❷攝帽弛帶—攝，收也。收起帽子，解開帶子。

❸隱囊而坐—靠在背囊上坐著。莊子：「隱機而坐。」隱，倚也。

❹衣裝敝褻—敝是破舊。褻是重衣。注意：褻和褻的分別。褻：音泄。褻：音疊。按：盧生短褐，褐是粗布衣。進士登第之後，經吏部考試及格，便能脫去褐衣，穿官服了。故唐代吏部試士人稱之為釋褐試。

❺生世不諧，困如是也—男子漢大丈夫，與世俗不合，困頓如此！

❻苟生—苟且偷生。將將就就過日子。

❼適—如意。

❽列鼎而食，選聲而聽—從前富貴人家，用許多三個腳的鼎，裝滿山珍海味，排列於前而食。〈滕王閣序〉：「鐘鳴鼎食之家。」即富貴人家。選聲而聽，選擇好聽的音樂聽。

❾游於藝—游者，玩物適情之謂。藝，禮、樂之文，射、御、書、數之法。白居易賦：「既游藝而功立，亦居肆而事成。」

❿青紫可拾—唐時，八、九品官員之章服為青色，三品以上為紫色。意為可以很輕易的得官。

⓫今已逾壯，猶勤畎畝—現已過了三十歲，還得在田間辛勤工作。三十歲曰壯。壟上之田曰畎，壟下之田曰畝，二字聯用，意謂田間。

⓬令子榮適如志—讓你覺得光榮如意，如你所期者。

⓭竅其兩端—在兩端都開了洞。

⓮俛首—低頭。俛音俯。

⓯衣裝服馭，日益鮮盛—衣服、首飾和馬具，一天比一天新而貴重。

⓰釋褐秘校—進士及第之後，再經吏部試，便可做官。脫去褐色的粗布衣服，換上官服。秘校為秘書省校書郎之簡稱。官階正九品上。謂：脫去褐衣作秘校之官。

⓱應制—唐時常科如進士、明經諸科之外，又由臨時由皇帝以制文召試的制科。如元微之是明經出身，又參加制科考試，以提高出身。一如得了學士學位以後再讀博士。

⓲轉渭南尉以下四句—尉，視縣之上、中、下、三等。為從九品上，正九品下、和正九品上三個品位。轉有平調、內外互調之意不久升監察御史（正八品上），調起居舍人（從六品上），兼起草制、誥的工作。

⑲三載，出典同州──三年之後，外放同州州牧。典、主其事也。

⑳好土功──好在此讀去聲，為動詞。愛好建設。

㉑以濟不通──協助運輸。

㉒徵為京兆尹──首都市長。京兆尹，從三品。

㉓皇帝方事戎狄，恢宏土宇──皇帝正經營戎狄，恢復並擴張邊界。宇，國之四垂，即國之四邊。

㉔吐蕃──音突播。今之Tibet，西藏。

㉕河湟震動──黃河與湟水二流域之間大大震動。

㉖遂除生御史中丞，河西道節度使──御史中丞正四品下。節度使在地方官中地位最高貴，不著品位。

㉗築三大城以遮要害──興建三個城以保護險要地區。

㉘轉吏部侍郎，遷戶部尚書兼御史大夫──內調為吏部侍郎（正四品上），升戶部尚書（正第三品），兼御史大夫（從三品）。

㉙時望清重，群情翕慴──在當時有清譽重望，大家都很慴服於他。

㉚大為以下三句──宰相怕奪去他的位子，用流言中傷盧生。生被貶為端州刺史。（州刺史視上、中、下州而為從三品、正四品上、正四品下三個官位。）

㉛徵為常侍。未幾，同中書門下平章事──左、右散騎常侍均為正三品之清要官。同中書門下平章事郎宰相。

㉜中令──中書令。或稱右丞相。

㉝嘉謨密令，一日三接──皇帝嘉獎的謨言，機密命令，天天都有。三，形容多。

㉞獻替啟沃──獻可替否也。謂獻善去不善。啟沃，開陳善道以告君也。書說命：「啟乃心，沃朕心。」

㉟中官──宦官。即太監。

36 右補闕——從七品上。諫官也。

37 姻媾皆天下望族——唐士人最重婚、宦。婚五姓之女（指山東五大郡姓），作清流官。

38 兩竄荒徼，再登台鉉——兩次流放在荒塞之地，再度入朝任宰相。台鉉，宰輔也。

39 出入中外，徊翔臺閣，五十餘年——外放內調，出入各大官衙門五十多年。

40 崇盛赫奕——崇盛，貴盛也。赫奕，光顯昭明也。何晏〈景福殿賦〉：「赫奕章灼，若日月之麗天。」

41 屢乞骸骨——《漢書。趙充國傳》：「充國乞骸骨。賜安車駟馬、黃金六十斤。罷就第。」屢乞骸骨，屢請致士也。

42 名醫上藥，無不至焉——名醫送藥，大都盡心盡力。

43 特授鴻私——意謂皇帝特別恩施於他，授官、賞賜，都出於私心。

44 出擁節旌，入昇台輔——外放為持節的方面大員。登朝為輔弼的宰臣。

45 有忝天恩，無裨聖化——有愧於受國恩，對於聖朝的教化卻沒做到有裨益的事。

46 負乘貽寇——或作負乘致寇。

47 履薄增憂——官職越高，越懷臨深履薄之恐懼。

48 位極三事——三事謂三公，地位已到了三公之職。

49 鐘漏並歇，筋骸俱耄——生命有如鐘漏已經滴到盡頭了。筋骨也都老了。

50 彌留沈頓，殆將溘盡——久病不癒曰彌留。謂久病沈頓，差不多要溘然長逝了。

51 顧無成效，上答休明——回顧自己沒有立什麼功效，上答聖上之聖明。休，美而明也。

52 出擁藩翰，入贊雍熙——藩，屏也。翰，幹也。謂佐人主安社稷之官。雍，和也。熙，和樂也。即出為節度使，入為宰輔也。

53 昇平二紀，實卿所賴—過了二十四年太平日子，全靠你而達成的。古時，十二年為一紀。

54 比嬰疾疹，日謂痊平—最近得了疾病，天天都說痊可了吧。繫於頸曰嬰。比嬰疾疹—近來得了疾病。疹也是疾。

55 豈斯沉痼，良用憫惻—那裡知道如此的沉重！真是令人擔心。沈—沉。

56 勉加鍼石，為予自愛—勉強服藥鍼病，為我自愛。

57 猶冀無妄，期於有瘳—還望不要胡思亂想，以期康復。

58 偃於邸舍—偃臥在小旅館中。

59 蹶然而興—迅速爬起來。

60 窒吾欲也—節制我的慾望。

語譯

開元十九年，有一位姓呂的老道士，已得到了神仙之術。他行走於邯鄲路上，到了一個小旅館，便脫下帽子，鬆開帶子，就地坐下，靠在行囊上休息。不久，見到一位行旅中的少年盧生，穿著粗布短衣，坐在青色馬上，將赴田畝中工作。他也到小旅館中休息，和呂老道坐在同一張蓆上，彼此談笑都很暢快。

過了好一會兒，盧生看看自己一身破舊的衣服，長長的歎了一口氣，說：「男子漢大丈夫，與世俗不合，竟困頓到如此地步！」老道說：「看你健健壯壯，沒病沒痛的，剛剛還談笑如意，忽然感歎困頓，是怎麼一回事呢？」盧生說：「我不過是苟且偷生，怎麼可以說是如意呢？」道士說：「假如這樣不叫如意，要如何才是如意呢？」答道：「讀書人生於世間，應當要建功立名，出將入相。吃飯要列鼎而食。聽曲要選聲而聽。必使家族昌盛，家財肥厚，然後才可以談如意。我曾立志讀書，涉獵六藝，自己認為可以容容易易的入仕，步步高陞。現今年已三十開外，還只能在田中工作，這不是困頓是什麼？」說完，似乎有點累，兩眼昏昏欲睡。

其時，旅邸主人正在蒸玉蜀黍。老道人從他的行束中拿出一個枕頭給盧生，對他說：「年輕人拿我這個枕頭睡一下吧，保證能讓你如你所願，光榮如意。」

枕是青瓷作的，兩端都有洞。盧生低下頭來就枕而睡。只見枕頭上的洞越來越大而且也非常明朗。便舉步進入，攸忽已到了自己家中。數月之後，娶得清河崔氏女為妻，崔女甚為美麗，而且多財。盧生大悅。自是服裝馬具，一天比一天新而貴重。次年，舉進士及第。再經吏部釋褐試後，受任為秘校。再應制科，遷監察御史。轉起居舍人，知制誥。三年，外放同州牧，遷陝牧。李生頗好土木之功，自陝西鑿河八十里，以補通運之不足。當地百姓，都蒙其，利刻石以記他的功德。旋移節汴州，兼河南道採訪使。徵為京兆尹。

這一年，神武皇帝經營邊疆，擴展版圖。恰好吐蕃的悉抹邏及燭龍莽布支攻陷瓜沙，節度使王君㚟被殺，河湟震動。皇帝想到具有將帥之才的人，便任命盧生為御史中丞、河西道節度使。盧生果然大破戎虜，斬敵首七千級，開地九百里。築了三個城以保護要衝之地。邊人在居延山上刻石立碑以銘記他的功績。

盧生歸朝冊勳，皇帝賜給他的恩典禮遇非常隆盛，轉任吏部侍郎，隨即升任戶部尚書兼御史大夫。清望甚佳，朝臣莫不慴服。大為執政的宰臣所忌。用流言中傷他，遂貶為端州刺史。三年，復徵入朝，任常侍。不久，即拜同中書門下平章事，也就是宰相。他和中書令蕭嵩，侍中裴光庭同執大政十餘年。皇帝嘉獎的聖謨，機密的命令，天天都有，獻可替否，號稱賢相。結果又為同列所害，誣告他交接邊將，意圖不軌。制命下獄。府吏引隨從登門拘收。盧生惶恐，恐有不測，對妻子說：「我們家在山東，有良田五頃，足可溫飽。何苦要作官求祿呢？而今如此狼狽，就是想穿粗布衣，乘青駒，來往邯鄲道上都不可得了！」於是引刃自殺。幸得妻子相救，沒有死掉。其他同案牽連者都賜死，只有盧生，因為中官（宦官）特保，減死罪，發配驩州。

數年之後，皇帝才發現盧生是受冤枉的，再啟用他為中書令、封燕國公。殊旨加恩。盧生有子五人，儉、傳、位、倜、倚，都很有才幹。儉登進士第，任考功員外，傳為侍御史，位為太常丞，倜為萬年尉，倚最聰明賢能。年二十八，為右補闕。他們娶的都是望族的小姐。有孫子十數人。盧生兩次被竄放於荒地，又兩度任宰相，內外任官，得意臺閣，先後都五十餘年。聲名崇高，地位顯赫。天性卻頗奢侈放蕩，很喜歡音樂，後庭所蓄聲色女伎，都是天下一等。前後獲賜良田、第宅、美女、名馬，數都數不清。

終於年紀漸高，精力漸衰，常請求告老，但皇上不許。最後得了病，皇上派太監問候，絡繹不絕。差名醫視疾，無所不至。盧生病篤將死之際，上疏呈皇上曰：「臣本山東諸生，以田圃為娛。偶逢聖運，得列官敘。過蒙殊獎，特授鴻私。出擁節旌，入昇台輔。周旋中外，綿曆歲時。有忝天恩，無裨聖化。負乘貽寇，履薄增憂。日懼一日，不知老至。今年逾八十，位極三事，鐘漏並歇，筋骸俱耄。彌留沈頓，殆將溘盡。顧無成效，上答休明。空負深恩，永辭聖代。無任感戀之至，謹奉表陳謝。」

皇帝答覆他的詔說：「卿以俊德，作朕元輔。出擁藩翰，入贊雍熙，昇平二紀，實卿所賴。比嬰疾疹，日謂痊平。豈斯沉痼，良用憫惻。今令驃騎大將軍高力士就第候省。其勉加鍼石，為予自愛。猶冀無妄，期於有瘳。」

盧生當晚過世。忽然打個哈欠，醒了過來，發現自己正偃臥在小旅店中。道士呂翁坐在他旁邊。旅店主人蒸玉蜀黍還沒蒸熟呢。

盧生迅速坐起身。問：「難道我是在作夢嗎？」道士說：「人生如意，不過如此吧！」

盧生感慨了很久。最後向道士道謝，說：「受寵和受辱的遭遇，窮困與發達的命運，或得或失的道理，死亡和生存的情形，我都知道了。這都是先生您教導我要抑制慾望。敢不遵命。」於是他向道士呂翁再三鞠躬拜謝後離去。

四、任氏傳

沈既濟

任氏，女妖也。

有韋使君❶者，名崟❷，第九，信安王禕之外孫。少落拓❸，好飲酒。其從父妹婿❹曰鄭六，不記其名。早習武藝，亦好酒色，貧無家，託身於妻族。與崟相得，遊處不間❺。

天寶九年❻夏六月，崟與鄭子偕行於長安陌中，將會飲於新昌里。至宣平之南，鄭子辭有故，請間去，繼至飲所❼。崟乘白馬而東。鄭子乘驢而南，入昇平之北門，偶值三婦人行於道中，中有白衣者，容色姝麗。鄭子見之驚悅。策其驢，忽先之，忽後之，將挑而未敢❽。白衣時時盼睞，意有所受❾。鄭子戲之曰：「美艷若此而徒行，何也？」白衣笑曰：「有乘不解相假，不徒行何為？」鄭子曰：「劣乘不足以代佳人之步，今輒以相奉，某得步從足矣。」相視大笑。同行者更相眩誘❿，稍已狎暱⓫。鄭子隨之，東至樂遊園，已昏黑矣。見一宅，土垣車門，室宇甚嚴⓬。白衣將入，顧曰：「願少踟躕⓭。」而入。女奴從者一人，留於門屏間，問其姓第。鄭子既告，亦問之。對曰：「姓任氏，第二十。」

少頃，延入。鄭縶⑭驢於門，置帽於鞍。始見婦人，年三十餘，與之承迎，即任氏姊也。列燭置膳，舉酒數觴。任氏更妝而出，酣飲極歡。夜久而寢，其妍姿美質，歌笑態度，舉措皆艷，殆非人世所有。將曉，任氏曰：「可去矣！某兄弟名係教坊⑮，職屬南衙⑯，晨興將出，不可淹留⑰。」乃約後期而去。

既行及里門，門扃未發⑱。門旁有胡人鬻餅之舍⑲，方張燈熾爐⑳。鄭子憩㉑其簾下，坐以候鼓。因與主人言。鄭子指宿所以問之曰：「自此東轉有門者，誰氏之宅？」主人曰：「此隤墉棄地㉒，無第宅也。」鄭子曰：「適過之，曷以云無㉓？」與之固爭。主人適悟，乃曰：「吁！我知之矣。此中有一狐，多誘男子偶宿；嘗三見矣，今子亦遇乎？」鄭子赧而隱曰：「無。」㉔質明㉕，復視其所，見土垣車門如故。窺其中，皆榛荒及廢圃㉖耳。

既歸，見崟。崟責以失期。鄭子不泄，以他事對。然想其艷冶，願復一見之心，嘗存之不忘㉗。

經十許日，鄭子遊，入西市衣肆，瞥然見之㉘，曩女奴從。鄭子遽呼之。任氏側身周旋於稠人中以避焉㉙。鄭子連呼前迫，方背立，以扇障其後曰：「公知之，何相近焉？」鄭子曰：「雖知之，何患？」對曰：「事可愧恥，難施面目㉚。」鄭子曰：「勤想如是，忍相棄乎？」對曰：「安敢棄也；懼公之見惡㉛耳！」

鄭子發誓，詞旨益切。任氏乃回眸去扇，光彩艷麗如初。謂鄭子曰：「人間如某之比者非一，公自不識耳，無獨怪也。」鄭子請之與敘歡。對曰：「凡某之流，為人惡忌者非他，為其傷人耳。某則不然，若公未見惡，願終已以奉巾櫛[32]。意有小怠，自當屏退，不待逐也。」鄭子許與謀棲止。任氏曰：「從此而東，大樹出於棟間者，門巷幽靜，可稅以居[33]。前時自宣平之南，乘白馬而東者，非君妻之昆弟乎？其家多什器，可以假用。」

是時，崟伯叔從役於四方。三院什器[34]，皆貯藏之。鄭子如言訪其舍，而詣假什器。問其所用，鄭子曰：「新獲一麗人，已稅得其舍，假具以備用。」崟笑曰：「觀子之貌，必獲詭陋。何麗之絕也[35]。」崟乃悉假帷帳榻席之具，使家僮之慧黠者，隨以覘之[36]。俄而奔走返命，氣吁汗洽[37]，崟迎問之：「有乎？」曰：「有也。」又問：「容若何？」曰：「奇怪也！天下未嘗見之矣。」崟姻族廣茂，且夙從逸遊[38]，多識美麗。乃問曰：「孰若某美？」僮曰：「非其倫也。」崟遍比其佳者四五人，皆曰：「非其倫。」是時吳王之女，有第六者，則崟之內妹，穠艷如神仙，中表素推第一[39]。崟問曰：「孰與吳王家第六女美？」又曰：「非其倫也。」崟撫手大駭曰：「天下豈有斯人乎？」遽命汲水澡頸，巾首膏唇而往[40]。

既至，鄭子適出。崟入門，見小僮擁篲方掃[41]；有一女奴在其門，他無所見。徵於小僮[42]。小僮笑曰：「無之。」崟周視室內，見紅裳出於戶下。迫而察焉[43]。見任氏戢身匿於扇間[44]。崟引出就明而觀之，「殆過於所傳矣。」崟愛之發狂，乃擁而凌之[45]；不服。崟以力制之，方急，則曰：「服矣！請少迴旋[46]。」既從，則捍禦如初。如是者數四。崟乃悉力急持之。任氏力竭，汗若濡雨。自度不免，乃縱體不復拒抗，而神色慘變。崟問曰：「何色之不悅！」任氏長嘆息曰：「鄭六之可哀也！」崟曰：「何謂？」對曰：「鄭生有六尺之軀，而不能庇一婦人，豈丈夫哉！且公少豪侈，多獲佳麗，遇某之比者眾矣[47]。而鄭生窮賤，所稱愜者，唯某而已。忍以有餘之心，而奪人之不足乎？哀其窮餒，不能自立，衣公之衣，食公之食，故為公所繫耳[48]。若糠糗可給，不當至是[49]。」崟豪俊有義烈，聞其言，遽置之。斂衽而謝曰：「不敢。」俄而鄭子至，與崟相視咍樂[50]。

自是凡任氏之薪粒牲餼，皆崟給焉[51]。任氏時有經過，出入或車馬轝步，不常所止。崟日與之遊，甚歡。每相狎暱，無所不至，唯不及亂而已[52]。是以崟愛之重之，無所憐惜[53]；一食一飲，未嘗忘焉。

任氏知其愛己，因言以謝曰：「愧公之見愛甚矣；顧以陋質，不足以答厚意；且不能負鄭生，故不得遂公歡。某秦人也，生長秦城，家本伶倫[54]。中表姻族，多為人寵媵[55]，以是長安狹斜[56]，悉與之通。或有姝麗悅而不得者，為公致之可矣。願持此以報德。」崟曰：「幸甚！」鄽中有鬻衣之婦，曰張十五娘者，肌膚清潔，崟常悅之。因問任氏識之乎，對曰：「是某表姊妹，致之易耳。」旬餘果致之。數月厭罷。任氏曰：「市人易致，不足以展效。或有幽絕之難謀者，試言之，願得盡智力焉。」崟曰：「昨者寒食，與二三子遊於千福寺。見刁將軍緬，張樂於殿堂。有善吹笙者，年二八。雙鬟垂耳，嬌姿艷絕，當識之乎？」任氏曰：「此寵奴也，其母即妾之內姊也，求之可也。」崟拜於席下，任氏許之。乃出入刁家月餘。崟促問其計，任氏願得雙縑以為賂，崟依給焉。後二日，任氏與崟方食，而緬使蒼頭控青驪以迓任氏。任氏聞召，笑謂崟曰：「諧矣。」初任氏加寵奴以病，針餌莫減，其母與緬憂之方甚。將徵諸巫。任氏密賂巫者，指其所居，使言從就為吉[57]。及視居，巫曰：「不利在家，宜出居東南某所，以取生氣。」緬與其母詳其地，則任氏之第在焉。緬遂請居，任氏謬辭以偪狹，勤請而後許[58]。乃輦服玩，並其母，偕送於任氏。至則疾愈。未數日，任氏密引崟以通之，經月乃孕。其母懼，遽歸以就緬，由是遂絕。

他日任氏謂鄭子曰：「公能致錢五六千乎？將為謀利。」鄭子曰：「可。」遂假求於人，獲錢六千。任氏曰：「鬻馬於市者，馬之股有疵，可買以居之。」鄭子如市，果見一人牽馬求售者，青在左股。鄭子買以歸。其妻昆弟皆嗤之曰：「是棄物也。買將何為？」無何，任氏曰：「馬可鬻矣，當獲三萬。」鄭子乃賣之，有酬二萬，鄭子不與。一市盡曰：「彼何苦而貴買，此何愛而不鬻！」鄭子乘之以歸，買者隨至其門，累增其估[59]至二萬五千也。不與，曰：「非三萬不鬻。」其妻昆弟聚而詬[60]之，鄭子不獲已，遂賣。卒不登三萬。既而密伺買者，徵其由：乃照應縣之御馬疵股者，死三歲矣，廝吏不時除籍，官徵其估，計錢六萬，設其以半買之，所獲尚多矣。若有馬以備數，則三年芻粟之估，皆吏得之。且所償蓋寡，是以買耳。

任氏又以衣服故敝[61]，乞衣於崟。崟將買全綵與之[62]。任氏不欲。曰：「願得成制者[63]。」崟召市人張大為買之，使見任氏。問所欲。張大見之，驚謂崟曰：「此必天人貴戚，為郎所竊。且非人間所宜有者，願速歸之，無及於禍。」其容色之動人也如此。竟買衣之成者，而不自紉縫也，不曉其意。

後歲餘，鄭子武調，授槐里府果毅尉[64]，在金城縣。時鄭子方有妻室，雖晝於外，而夜寢於內，多恨不得專其夕。將之官，邀與任氏俱去。任氏不欲往，曰：「旬月[65]同行，不足以為歡。請計給糧餼，端居以遲歸[66]。」鄭子懇請，任氏愈不可。鄭子乃求崟資助。崟與更勸勉，且詰其故。任氏良久曰：「有巫者言，某是歲不利西行，故不欲耳。」鄭子甚惑也，不思其他，與崟大笑曰：「明智若此，而為妖惑，何哉？」[67]固請之。任氏曰：「倘巫者言可徵，徒為公死何益！」二子曰：「豈有斯理乎？」懇請如初，任氏不得已，遂行。崟以馬借之，出祖於臨皋[68]，揮袂別去。

信宿至馬嵬。任氏乘馬居其前，鄭子乘驢居後，女奴別乘又在其後。是時西門圉人[69]教獵狗於洛川，已旬日矣。適值於道，蒼犬騰出於草間。鄭子見任氏欻然[70]墜於地，復本形而南馳[71]。蒼犬逐之，鄭子隨走叫呼，不能止。里餘為犬所獲。鄭子銜涕出囊中錢，贖以瘞之，削木為記。迴睹其馬，齧草於路隅。衣服悉委於鞍上，履襪猶懸於鐙間，若蟬蛻然[72]。唯首飾墜地，餘無所見。女奴亦逝矣。

旬餘，鄭子還城。崟見之喜，迎問曰：「任氏無恙乎？」鄭子泫然對曰：「歿矣。」崟聞之亦慟，相持於室盡哀。徐問疾故。答曰：「為犬所害。」崟曰：「犬雖猛，安能害人？」答曰：「非人。」崟駭曰：「非人，何者？」鄭子方述本末。崟驚訝嘆息不能已。明日，命駕與鄭子俱適馬嵬[73]。發瘞視之[74]，長慟而歸。追思前事：唯衣不自製，與人頗異焉。其後鄭子為總監使，家甚富，有櫪馬十餘匹[75]。年六十五卒。

大歷中，沈既濟居鍾陵，嘗與崟遊，屢言其事，故最詳悉。後崟為殿中侍御史，兼隴州刺史，遂歿而不返。嗟乎！異物之情也，有人道焉。遇暴不失節，徇人以至死[76]，雖今婦人有不如者矣。惜鄭生非精人，徒悅其色而不徵其情性。向使淵識之士[77]，必能揉變化之理[78]，察神人之際[79]，著文章之美，傳要妙之情[80]，不止於習翫風態而已[81]。惜哉！

建中二年，既濟自左拾遺與金吾將軍裴冀，京兆少尹孫成，戶部郎中崔儒，右拾遺陸淳，皆謫居東南。自秦徂吳，水陸同道。時前拾遺朱放，因旅遊而隨焉。浮潁涉淮，方舟沿流，晝讌夜話，各徵其異說。衆君子聞任氏之事，共深嘆駭。因請既濟傳之，以志異云。沈既濟撰。

校志

一、《太平廣記》卷四百五十二載此文，下注云：沈既濟撰。

學者多認此文在宋初有單行本。我們認為〈任氏傳〉是一篇十分精彩的短篇小說。全文約三千五百字。宋時有單行本問世，大有可能。這篇傳奇可能還是寫狐仙的鼻祖。後世仿效之人甚多。

二、此文曾由陳翰收入他的《異聞集》中。而曾慥的《類說》中也有登載。王夢鷗先生認為《類說》有點「節錄過當」。我們仍是秉通順、可解為原則，予以校錄。

三、任氏與鄭六再見面之時，任氏說：「……若公未見惡，願終己以奉巾櫛。」《類說》所載，在「奉巾櫛」之下，尚有「意有小怠，自當屏退，不待逐也。」十二字。王夢鷗先生認為「當屬原文所有，可補入。」

四、文尾之「崔需」，或謂根據《尚書省郎官柱石題名考》一書，應更正為「崔儒」。我們翻閱該書卷十一〈戶部郎中〉門，有下列記載：

崔儒：見吏外（即吏部員外郎門）。案：戶中（即「戶部郎中」）補有崔需，時代正合，疑是。

究係「崔儒」，還是「崔需」，仍待考。

註釋

❶使君—原為奉使之官的尊稱。如《後漢書・寇恂傳》：「恂勒兵入見使者。就請之曰：『使君見節銜命以臨四方。』」後州、郡長官，皆尊稱為「使君」。如《三國志・蜀志・先主傳》：「曹公從容謂先主曰：『今天下英雄，惟使君與操耳。』」按，劉備（即先主）時為豫州牧。

❷崟—音吟。

❸落拓—或作「落托」。散漫無檢制也。如今日之所謂「吊而郎當」。

❹其從父妹婿—即「他叔叔（或伯伯）的女兒的先生」。堂妹婿。

❺遊處不間—一同遊玩，一同居處，沒有間別。意為極其親密的友人。

❻天寶九年—天寶是唐玄宗的年號，共十四年。九年當公元七五〇年。

❼請間去，繼至飲所—請求離去，然後到飲酒之處相會。

❽將挑之而未敢—想和那位女士搭訕，又不太敢。挑，挑逗也。俗語叫：「吊膀子」。

❾白衣時時盼睞，意有所受—穿白衣的小姐也時時回頭相看，頗有接受挑逗的意思。盼，轉動眼珠子看人。睞，旁視。

❿眩誘—迷惑引誘之意。

⓫稍已狎暱——慢慢的已經互相打情罵俏、親熱起來。狎、暱，都是親近的意思。
⓬土垣車門，室宇甚嚴——土牆、馬車出入的門，都很嚴整。
⓭願少踟躕——請稍待一會兒。踟躕，徘徊也。
⓮縶——絆也。用繩繫住。
⓯教坊——「名係教坊」，名字列在教坊之中。教坊、唐初武德年間設立的國家音樂廳。掌教習音樂，典倡優。其官隸太常。開元（明皇年號）時改以中官也就是太監任教坊使。
⓰南衙——唐代的省、台、寺、監等官署位於皇宮之南，故稱南衙。
⓱不可淹留——不可久留。
⓲門扃未發——扃，自外關閉門戶的橫木。門扃未發，里門未開也。一謂門扇上鐶紐。
⓳鬻餅之舍——賣餅的舖子。鬻，音育。
⓴熾爐——使爐火熾熱起來。
㉑憩——憩俗字。音愒，ㄑㄧˋ。休息之意。
㉒隤墉棄地——隤，音頹。墜也。墉，牆也。意謂斷牆廢土。
㉓曷以云無——為什麼說沒有呢？曷，何也。何不也。
㉔赧而隱曰：「無」——赧，ㄋㄢˇ。面慚赤也。因為說假話而臉紅。隱，隱瞞事實，不說真話。
㉕質明——天正明之時。
㉖榛荒及廢圃——榛荒，榛莽也。蕪草叢生之意。廢圃，荒廢了的花園或菜圃。
㉗願復一見之心，嘗存之不忘——盼望再見一次面的念頭，常常存在心頭，沒有忘記。
㉘瞥然見之——一眼看見了她。

㉙任氏側身周旋於稠人中以避焉—任氏側著身子在稠密的人群中盤旋以躲避（鄭子）。（不想讓鄭六看到她。）

㉚事可愧恥，難施面目—因為自己是狐妖而不是人類，所以覺得是可慚愧、可恥的事，不知道要以何種面目來見鄭子。

㉛惡—讀去聲，音務。見惡，討厭也。

㉜願終身以奉巾櫛—願意終身拿著面巾和梳子侍奉鄭子，即願意給鄭子作妻或妾的意思。

㉝可稅以居—可租來住。

㉞三院什器—可能係指寢用、客廳與廚房中所用的什器。

㉟覩子之貌以下三句—看你那副德性，得到的一定是醜陋的女人。那兒會是絕色的美女？

㊱使家僮之慧黠者，隨以覘之—打發一個聰明伶俐的家童跟隨前往，一視究竟。覘，ㄔㄢ ㄔㄢˋ，窺，偷看。

㊲氣吁汗洽—氣喘吁吁的，汗流浹背。洽，浹也。

㊳逸遊—佚遊也。夙同逸遊，一向在一起狎遊。

㊴穠艷如神仙，中表素推第一—豐滿豔麗，美得像神仙一樣。在姑表姊妹、姨表姊妹之中，素來推重為第一個美女。

㊵巾首膏唇而往—巾和膏，在此處為動詞。即係「把頭巾戴上，把唇膏塗上」的意思。

㊶小僮擁篲方掃—見一小僮，正拿著掃把掃地。

㊷徵於小僮—向小僮查問。

㊸迫而察焉—迫近來察看。

㊹戢身匿於扇間—戢，ㄐㄧˋ，藏也。扇，門。把身子藏匿在門背後。

45 擁而凌之—抱持任氏而輕薄她。

46 請少迴旋—請讓她稍微緩過一口氣來。迴旋，活動活動的意思。

47 遇某之比者眾矣—遇見像我一樣的女孩子一定很多。

48 故為所繫耳—王夢鷗氏認為「繫」字有誤，明鈔本作「褻」字。意思是說：鄭六窮，常跟在韋崟後面吃喝，免不了為韋崟所看不起，所輕視，所猥褻。（猥褻：輕薄。）

49 若糠糗可給，不當至是—若是自己有碗飯吃，便不至於不能庇護一介婦人了。糠糗，粗米飯之意。

50 哈樂—相調笑曰哈。哈，音孩。

51 薪粒牲餼，皆崟給焉—米食曰粒，牲餼，活的牲口。意思是說：柴薪、米飯、魚肉、都由崟供應。餼音ㄒㄧˋ。活的牲口。

52 每相狎暱，無所不至，唯不及亂而已—每相調笑狎玩，動手動腳，什麼動作都有，只除了最後一關。

53 無所憐惜—要什麼給什麼，毫不吝惜。憐，音ㄌㄧㄣˋ，同吝。慳也。

54 伶倫—黃帝時，樂師名伶倫。此處應是倡優之意。

55 多為人寵媵—媵，妾侍也。

56 狹斜—原為狹路斜巷之意，因為娼妓所居，故稱娼妓為狹斜。

57 使言從僦為吉—要使巫者說：租房子住才吉利。僦，租賃之意。

58 偪狹以下二句—偪音逼，侵迫也。任氏故意以地方狹小為辭，對方請求好幾回才答允。

59 估—計算貨物的價格。

60 詬—辱罵，怒罵。

61 衣服故敝—故，舊了。敝，壞了。

62 買全綵與之—買整匹綢布給她。

63 制—同製。願得成制者，願得到已製好的成衣。

64 果毅尉—唐武官名。武調，可能像現今的「教育召集」。乃是預備軍官的一種訓練。

65 旬月—滿一個月。

66 端居以遲歸—遲，等待也。

67 明智若此，而為妖惑，何哉？—像你這樣聰明有智謀的人，而竟被妖（巫）人的話所迷惑，這是怎麼回事呢？

68 出祖於臨臯—在臨臯地方設宴餞別。祖，餞送之意。

69 圉人—養馬的人（官）。

70 欻然—突然。

71 復本形而南馳—現出（恢復）狐的本形而奔跑。

72 若蟬蛻然—好像蟬脫去的殼。即是蛻。

73 命駕與鄭子俱適馬嵬—命御者駕車和鄭子一同去馬嵬。

74 發瘞視之—隱而埋之曰瘞。打開墳墓驗視。

75 有櫪馬十餘匹—櫪，養馬之所。

76 狥人以至死—狥，徇俗字。亦作殉。狥，從也。

77 淵識之士—智識淵博之人。

78 必能揉變化之理—必能研究其中變化的道理。揉、研磨也。

79 察神人之際—觀察神與人的不同和互動作用。

❽⓪著文章之美以下二句——寫出美好的文章，描繪出二人之情愛。要妙，一作要眇，精微之意。
❽①不止於習翫風態而已——不止是欣賞任氏的風姿儀態而已。

語譯

任氏，乃是一個女妖。

有一個叫韋崟排行第九的年青人，他是信安王李禕的外孫，從少年時便吊兒郎當的。好飲酒。他的堂妹夫姓鄭，排行第六，不記得他的名字了。他從小習武藝，也好酒色。家貧，受託妻族。他和韋崟氣味相投，經常一同遊樂，一同居處。

唐玄宗天寶九年六月夏天，韋、鄭兩人在長安陌中閒遊，兩人將到新昌里和友人會合飲酒。到了宣平里的南面，鄭六說有事要先走一步，稍後再到會飲之地見面。於是韋崟乘白馬往東，鄭六卻騎驢向南。鄭六到了昇平里的北門。偶然見到有三位婦人走在街上。其中有一位穿白色衣服的女郎，容色非常姣好。鄭六看見了，十分驚喜。於是騎驢，或在她們前面走，或在她們後面跟，想挑逗她們，卻又不敢。白衣女郎也時時回盼，頗有願接受鄭六挑逗的意思。鄭六乃戲言問：「這麼美麗的小姐，為何徒步行走呢？」白衣女郎答道：「有代步的驢也不知相假，不步行能如何？」鄭六說：「我的不入流的坐騎實在難作美人代步之用。現即以奉送。鄙人能徒步相從也就心滿意足了。」彼此相視大笑。

同行兩女也加入眩惑引誘，漸漸的打情罵俏，熱絡了起來。鄭六隨在三女之後，向東到了樂遊園。其時，天已昏黑了。看見一所大宅，土牆車門，甚為嚴整。白衣女將進屋，回顧鄭六說：「請稍微等一下。」隨即入屋。女奴從者一人，留在門與屏風之間。問起鄭六姓氏，鄭六據實以告。鄭六回問。女奴答道：「白衣小姐姓任，排行第二十。」

一會兒，屋主人請鄭六入內。鄭六把驢繫在門上，把帽子放在鞍上。有一年約三十左右的婦人出來迎接，原來是任氏的姐姐。於是點了蠟燭，辦了飯菜。飲了幾杯之後，任氏也換了衣服出來，大家飲酒甚歡。夜深了，就寢。任氏的姸姿美質、舉措都十分動人。殆非塵世之人能比得上。天將亮之時，任氏對鄭六說：「您可以走了。我的兄弟都名屬教坊。在南衙辦事。一早便要出門。所以，您不可以再停留了。」於是約好日後相見的時日後，鄭六乃離去。

走到里門，門還關著沒開。門旁有一個胡人賣餅的小店。胡人點了燈，正在燒爐子。鄭六在小店的簾子下休息，坐待擊鼓開門。他指著晚上所宿的房屋處問胡人：「自此東轉，有一個大門，那是什麼人的住宅？」店主人說：「哪都是些斷牆廢土，哪有什麼宅子呀？」鄭六說：「我剛剛還經過那裡，怎麼說沒有房宅呢？」因和店主人爭辯。主人忽然想起了。他說：「噢！我知道了。哪兒有一個狐仙，時常引誘男子和好過夜，我曾見過三次了。莫非老兄也碰上了？」鄭六臉孔通紅，不肯承認。但說：「沒有。」天正明之時，鄭六再到那裡去看，只見土牆車門具在，再看裡邊，卻只是蕪草叢生的一個荒廢了的園子！

回到家，見到韋崟。韋崟責怪他爽約。鄭六不願泄密，以他事搪塞。但時時想起任氏的豔冶，時時希望能再度相見。

十數日後，鄭六入西市成衣店閒蕩，瞥然看見任氏，原來的女奴相從。鄭六突然叫她，任氏卻在人叢中左右躲避。鄭六近前連連呼叫，任氏才背對著鄭六站住，用扇子掩遮背部。說：「您已經知道是怎麼回事了，為什麼還要接近我？」鄭六說：「知道了，又怕什麼？」任氏道：「總覺得慚愧可恥，沒有面目相見！」鄭六說：「我想念妳想得不得了，妳忍心棄我不顧嗎？」任氏說：「我哪兒敢？我是怕您討厭呢。」

鄭六當天發誓，詞意懇切。任氏才拿開扇子，回身相對。光彩豔麗，一如往日。她對鄭六說：「人間像我一樣的女子實在太多，只是您不認識而已。沒有什麼特別的。」鄭六請續前緣。對曰：「像我這樣的例子，為人所忌，不是別的，因為傷人。您若是不嫌棄，我願意終身侍奉您。假若小有怠慢，我自己會打發自己走，不必您來相逐。」鄭六乃同意和她同居，擬謀棲止之宅。任氏說：「從此往東邊，有大樹生長在房屋間，其地門宅幽靜，可以租來住。前些時同你一起騎白馬投東邊去的，不是您妻子的兄弟嗎？他家什器甚多，可以借用。」

此時，韋崟的伯叔輩多服官他方，家用器具，都存放故里。鄭六依言訪見韋崟，商借用器。問：「作何用途？」鄭六說：「新得到一美人，已租妥住屋，擬借一應用具。」崟笑道：「看你那個德性，必定得到的是醜陋女人，那來絕色美女？」於是借出帷、帳、床、蓆等用具，打發一個聰明伶俐的家僮跟隨前往窺看。俄而家僮奔走回來覆命。氣喘吁吁，汗流浹背。韋崟迎上去問：「有嗎？」說：「有。」又問：「容貌若何？」說：「奇怪嘞！天下沒見過這樣漂亮的姑娘。」

韋崟姻族非常多，一向都相從遊玩。知道許多美麗的女子。因問：「比某某小姐如何？」小僮說：「差遠啦。」韋崟一連比了四五位漂亮小姐，小僮說：「不能相比。」是時，吳王的第六個女兒，乃是韋崟的小姨子，美艷得像神仙，中表親戚之間，一向認為是第一美人。因此韋崟最後問：「她和吳王家六小姐誰比較漂亮？」小僮還是答：「比不上！」韋崟大驚。拍手說：「天下真有這麼美的女子？」當即命左右汲水沐浴，戴上頭巾，塗了唇膏，出門而去。

韋崟到達之時，適逢鄭六外出。進門，只見一小僮拿了掃帚在掃地。另有一女僮。他無所見。問小僮。小僮笑答：「沒有人。」韋崟環視室中，瞥見有紅裙露出門下。近前察看，發現任氏藏身在門扇間。韋崟把她牽出來就明處察看，心想：「比傳問只有過之而無不及。」韋崟看了，心癢難熬，抱起來猛親，任氏不服。韋崟使用蠻力，任氏才急了，說：「好啦好啦，讓我先喘一口氣吧。」韋崟鬆下來，任氏又像開始時一樣，極力抗拒。光景幾度重演之後，任氏力衰，汗下如雨。自度無法免除韋崟的凌辱了，便不再抵抗，而神色十分沮喪。韋問她：「為何神色如此不快？」任氏長歎一聲。說：「鄭六好可憐呀！」韋問：「什麼意思？」對曰：「鄭某六尺之軀的丈夫，卻無法保護一個婦人，怎麼算得上是一個丈夫呢！您從小雄豪多財，所得到的佳麗甚多。像我這樣的也不少。鄭六窮賤，所愜意的，只我一個。您難道忍心以有餘而奪不足？可憐鄭六窮，不能自立。吃您的飯，穿您的衣，所以為公所輕賤，假如他能自食其力，何至於是？」韋崟也是素以豪俊義烈出名的人，聽了任氏的話，便遽然停了手腳。斂衽謝曰：「對不起。」不一會，鄭六回到家，和韋崟兩互相調笑取樂。

自是之後，凡是任氏所需的薪、米、牲口，全由韋崟供應。任氏出入，或車或馬或步行，時有過從，停處不常。而韋崟日與遊處，極為歡樂。兩人每相親熱嬉戲，無所不至，只是不越過最後一道防線。韋崟不但愛她，也敬重她。對她的一飲一食，供應備至，無所吝惜。

任氏深知韋崟愛她。她對韋崟說：「慚愧您對我的愛惜。我並不是什麼高貴人家，而且又不能有負鄭君，所以無法與你進一步深交。我是秦地人，家族多是倡優之輩。中表姻親，多為人妾侍。是以長安妓院，都互通信息。若有美麗的女子您很喜歡卻不能得到的，我可以為您弄到手，藉以上報您的恩德。」崟說：「好極了。」市集中有一個賣衣服的婦人張十五娘，肌膚潔白，韋崟平常很喜歡她。因問任氏知不知道其人。任氏說：「她是我表姊妹，很容易為您得到。」才十來天，果然弄到手。數月之後，韋崟厭倦了，便分了手。任氏說：「市廛中人易得到，不足顯出我的本領，若是有什麼幽絕難謀者，不妨告訴我，我將運用我的智慧為您辦到。」

韋崟說：「昨日是寒食節，我們幾個朋友一起遊千福寺，有一位叫刁緬的將軍，在殿堂中安排了音樂演奏。有一位年方二八的善於吹笙的小姑娘，雙鬟垂肩，嬌姿豔態，十分動人，妳應當知道吧？」任氏說：「她叫寵奴。她的母親是我的堂姐，可以求得到。」韋崟乃下拜懇求。任氏答應幫忙。於是出入刁家一個多月。崟心癢難熬，催促問計。任氏盼給她兩匹縑用來賄賂。韋崟便給了。後二日，任氏和韋崟正進餐，刁緬派家人用青驪來接任氏。任氏笑對韋崟說：「差不多了。」

原來任氏先使寵奴生病，針灸、服藥都無效。寵母和刁緬都很擔心，打算找巫覡。任氏密賂巫覡者，告訴她自己所居之處，要她說服刁、母，讓寵奴租任氏的房子暫住，便諸事大吉。巫婆看了寵奴的病，便說：「病人在家不利，要往東南方向某處暫住，才能獲得生氣。」刁緬和寵母一研究，其處正是任氏所居。刁緬請任氏協助讓寵奴住在她那兒。任氏謊稱住家太小，難於接受。經不過刁、母的再三請求，才「勉強同意」。於是刁將軍用車將寵奴母女併一應服玩，送到任氏家。病也就立即好了。不數日，任氏密引韋崟和寵奴私通。一個月左右便懷了孕。寵母害怕，旋即回歸刁緬處。由是韋崟也就和寵奴絕了往來。

有一天，任氏對鄭六說：「能否找到五六千錢，將可謀利。」鄭六說：「沒有問題。」於是他向友人借貸，得了六千錢。任氏說：「有人在馬市中賣馬，一匹股上有小疵的馬。可以買來放著。」鄭六去市場，果見有人牽了一匹左股有青記的馬在叫賣。鄭六買了回來。他的大小舅子都笑他：「這匹馬是廢物呀，買來幹什麼？」不久，任氏說：「馬可拿去賣了，當可賣得三萬。」於是鄭六牽了馬去賣。果然有人出價兩萬。鄭六不肯出手。一市人都說：「那人何為要貴買，這個人為何愛惜（廢物）而不肯賣！」鄭六騎在馬上回家。買馬的人跟在他身後也到了。把出價增加到了兩萬五千。但鄭六仍不肯賣，說：「非三萬不可。」他的大小舅子都罵他。鄭六不得已，只好賣出。始終沒賣到三萬。之後，鄭六偷偷的查訪買馬者的動機。原來照應縣的御馬股有小疵，三年前死掉。廝吏未有及時登記除籍。官徵其價，計錢六萬。設以三萬買回，所得之利不少。若有馬充數，三年來馬吃的飼料錢也不少。都由廝吏獲得。出的錢不多，是以買了。

任氏的衣服破舊了，請韋崟添置。崟擬買整匹的布給她，她卻不要。但說：「願買現成的成衣。」韋崟找商人張大替她買。差他去見任氏，問她要買些什麼衣服。張大見了任氏，大吃一驚。他對韋崟說：「她一定是天人貴戚，為你所偷來，不是人間所能安置的。趕快把她送回去吧，要不能會帶來禍災的！」任氏的容貌竟如此動人。但她只買成衣，不自縫紝。不知為什麼。

一年多又過去了。鄭六接受武調，任命為槐里府果毅尉。地在金城縣。鄭六原有老婆。雖然白天可在外遊蕩，夜晚還是要回家睡覺，常恨不能和任氏專夕親愛。將去金城，乃要求任氏同行。但任氏不願意。她說：「不過個把月，也不能盡情快樂。請算好我所需的糧食，我會規規矩矩的安居等您回來。」鄭六再三懇求，任氏再三不同意。鄭六乃求韋崟幫忙勸說。並且問她何故不肯同行。任氏好一會兒才說：「巫者告訴過我：今年不利於西行。所以不願。」鄭六覺得很困惑。他和韋崟哈哈大笑。說：「妳聰明如此，為何相信妖惑之言？」堅決請同行。任氏說：「假如巫者的話可信，我為您而死，有什麼好處？」鄭、韋二人都說：「哪有這種事？」繼續請求。任氏不得已只好同行。韋崟備與坐騎，並在臨皐設宴餞行。鄭、任遂揮袂啟程。

一宿無話。第二天到了馬嵬。任氏一馬當先，鄭六乘驢在後，女奴的坐騎在更後。其時，西門圉人在洛川訓練獵狗，已十來天了。任氏一行正好在途中碰到，一條蒼色大獵狗從草中竄出，鄭六只見任氏欻然墜馬，恢復原形，向南奔跑。蒼犬在後追趕，鄭六在後呼叫，卻不能制止。一里多路外，任氏的本形為蒼犬所捕殺！鄭六含淚自囊中掏出錢將屍體贖回、埋葬。並削木為記。回頭看任氏騎的馬，正在路旁吃草。任氏所穿衣服都委棄在馬鞍上，鞋襪則吊在馬踏鐙中，只有首飾掉在地下，女奴也不見了。

十幾天後，鄭六返回長安，韋崟和他相見，非常高興。問他：「任氏很好吧？」鄭六眼淚汪汪的答道：「沒有了！」韋崟聽了，不覺大慟。互相抱著哀哭。然後緩緩的問疾病經過。鄭六才告訴他：「被獵狗咬死了！」韋崟很詫異，說：「狗雖凶猛，何能害死人？」答道：「不是人。」「不是人，是什麼？」鄭六才將一切經過相告，韋崟歎息不已。次日，兩人同到馬嵬，挖開泥土檢視，兩人不禁大聲慟哭，之後回轉長安。

兩人追思前事，除了不自己縫製衣服外，任氏和常人毫無不同。

後來，鄭六作了總監使。發了財。年六十五才去世。

五、南柯太守傳

李公佐

東平淳于棼，吳、楚遊俠之士。嗜酒使氣❶，不守細行❷。累巨產，養豪客。曾以武藝，補淮南軍裨將❸，因使酒忤帥，斥逐落魄，縱誕飲酒為事❹。家住廣陵❺郡東十里。所居宅南，有大槐一株，枝幹修密，清陰數畝❻。淳于生日與群豪大飲其下。

貞元十年❼九月，因沈醉致疾。時二友人於坐，扶生歸家，臥於堂東廡❽之下。二友謂生曰：「子其寢矣！余將秣馬濯足，俟子小愈而去❾。」

生解巾就枕，昏然忽忽，髣髴若夢❿。見二紫衣使者，跪拜生曰：「槐安國王，遣小臣致命奉邀。」生不覺下榻整衣，隨二使至門。見青油小車，駕以四牡⓫，左右從者七八，扶生上車。出大戶，指古槐穴而去。使者即驅入穴中。生意頗甚異之，不敢致問。忽見山川風候，草木道路，與人世甚殊⓬。前行數十里，有郛郭城堞⓭。車輿人物，不絕於路。生左右傳車者，傳呼甚嚴⓮，行者亦爭辟於左右⓯。又入大城，朱門重樓，樓上有金書⓰，題曰「大槐安國」。執門者趨拜奔走⓱。旋有一騎傳呼曰：「王以駙馬遠降，令且息東華館。」因前導而去。俄見一門洞開。生降車而入。彩檻雕楹，華木珍果⑱，列植於庭下。几案茵褥，簾幃殽膳，陳設於庭上。生心甚自悅。復有呼曰：「右相⑲且至。」生降階祗奉⑳。有一人紫衣象簡前趨㉑，賓主之儀敬盡焉。右相曰：「寡君㉒不以敝國遠僻，奉迎君子，託以姻親。」生曰：「某以賤劣之軀，豈敢是望！」右相因請生同詣其所㉓。行可百步，入朱門，矛戟斧鉞，布列左右㉔，軍吏數百，辟易㉕道側。生有平生酒徒周弁者，亦趨其中。生私心悅之，不敢前問。

右相引生升廣殿，御衛嚴肅，若至尊㉖之所。見一人長大端嚴，居王位，衣素練服，簪朱華冠㉗。生戰慄，不敢仰視。左右侍者令生拜。王曰：「前奉賢尊㉘命，不棄小國，許令次女瑤芳奉事君子。」生但俯伏而已，不敢致詞。王曰：「且就賓宇，續造儀式㉙。」有旨，右相亦與生偕還館舍。生思念之，意以為父在邊將，因歿虜中，不知存亡。將謂㉚父北蕃交通，而致茲事。心甚迷惑，不知其由。

是夕羔雁幣帛㉛，威容儀度㉜，妓樂絲竹，殽膳燈燭，車騎禮物之用，無不咸備。有群女，或稱華陽姑，或稱清溪姑，或稱上仙子，或稱下仙子，若是者數輩。皆侍從數十㉝，冠翠鳳冠，衣金霞帔，綵碧金鈿，目不可視。遨遊戲樂，往來其門。爭以淳于郎為戲弄。風態妖麗，言詞巧豔，生莫能對。復有一女謂生曰：「昨上巳日㉞，吾從靈芝夫人過禪智寺，於天竺院觀石延舞婆羅門。吾與諸女，坐北牖石榻上。時君少年，亦解騎來看，君獨強來親洽，言調笑謔。吾與窮英妹結絳巾，挂於竹枝上，君獨不憶念之乎？又七月十六日，吾於孝感寺，侍上眞子，聽契玄法師講觀音經。吾於講下(35)捨金鳳釵兩隻。上眞子捨水犀合子一枝。時君亦講筵中，於師處請釵合視之。賞歎再三，嗟異良久。顧余輩曰：「人之與物，皆非世間所有。」或問吾民，或訪吾里。吾亦不答。情意戀戀，矚盼不捨，君豈不思念之乎？」生曰：「中心藏之，何日忘之(36)！」群女曰：「不意今日與君為眷屬。」

復有三人，冠帶甚偉，前拜生曰：「奉命為駙馬相者。」中一人與生且故。生指曰：「子非馮翊(37)田子華乎？」田曰：「然。」生前，執手敘舊久之。生謂曰：「子何以居此？」子華曰：「吾放遊(38)，獲受知於右相武成侯段公，因以棲託(39)。」生復問曰：「周弁在此，知之乎？」子華曰：「周生，貴人也。職為司隸(40)，權勢甚盛。吾數蒙庇護。」言笑甚歡。

俄傳聲曰：「駙馬可進矣。」三子取劍佩冕服更衣之。子華曰：「不意今日獲睹盛禮，無以相忘也。」有仙姬數十，奏諸異樂，婉轉清亮，曲調悽悲，非人間之所聞聽。有執燭引導者，亦數十。左右見金翠步障(41)，彩碧玲瓏，不斷數里。生端坐車中，心意恍惚，甚不自安。田子華數言笑以解之。向者群女姑娣，各乘鳳翼輦(42)，亦往來其間。至一門，號修儀宮。群仙姑姊，亦紛然在側。令生降車輦，拜。揖讓升降，一如人間。撤障去扇(43)，見一女子，云號金枝公主。年可十四五，儼若神仙(44)。交歡之禮，頗亦明顯。

生自爾情義日洽，榮耀日盛。出入車服，遊宴賓御，次於王者[45]。王命生與群寮備武衛，大獵於國西靈龜山。山阜峻秀，川澤廣遠，林樹豐茂。飛禽走獸，無不蓄之。師徒大獲，竟夕而還。

生因他日啓王曰：「臣頃[46]結好之日，大王云：奉臣父之命。臣父頃佐邊將，用兵失利，陷沒胡中，爾來絕書信，十七八歲矣。王既知所在，臣請一往拜覲。」王遽謂曰：「親家翁職守北土，信問不絕。卿但具書狀知聞，未用便去。」遂命妻致饋賀之禮[47]，一以遺之。數夕還答。生驗書本意，皆父平生之跡。書中憶念教誨，情意委曲，皆如昔年。復問生親戚存亡，閭里興廢；復言路道乖遠[48]，風煙阻絕。詞意悲苦，言語哀傷。又不令生來覲。云：「歲在丁丑，當與女相見。」生捧書悲咽，情不自堪。

他日，妻謂生曰：「子豈不思為政乎[49]？」生曰：「我放蕩不習政事。」妻曰：「卿但為之，余當奉贊[50]。」妻遂白[51]於王。累日[52]，王謂生曰：「吾南柯政事不理，太守黜廢，欲藉卿才，可曲屈之[53]。便與小女同行。」生敦授教命[54]。王遂敕有司備太守行李[55]，因出金玉、錦繡、箱奩、僕妾、車馬，列於廣衢，以餞公主之行[56]。生少遊俠，曾不敢有望，至是甚悅。因上表曰：「臣將門餘子，素無藝術[57]，猥當大任，必敗朝章[58]。自悲負乘，坐致覆餗[59]。今欲廣求賢哲，以贊不逮[60]。伏見司隸穎川周弁，忠亮剛直，守法不回[61]，有毗佐之器[62]。處士馮翊田子華，清慎通變，達政化之源[63]。二人與臣有十年之舊，備知才用[64]，可託政事。周請署南柯司憲[65]，田請署司農[66]。庶使臣政績有聞，憲章不紊也[67]。」王並依表以遣之。

其夕，王與夫人餞於國南。王謂生曰：「南柯國之大郡，土地豐穰，人物豪盛[68]，非惠政[69]不能以治之。況有周、田二贊。卿其勉之，以副國念[70]。」夫人戒公主曰：「淳于郎性剛好酒，加之少年。為婦之道，貴乎柔順。爾善事之，吾無憂矣。南柯雖封境不遙，晨昏有間[71]，今日睽別，寧不沾巾[72]。」生與妻拜首南去，登車擁騎，言笑甚歡，累夕達郡。郡有官吏僧道耆老[73]，音樂車轝[74]、武衛鑾鈴[75]，爭來迎奉。人物闐咽[76]，鐘鼓喧嘩，不絕十數里。見雉堞臺觀[77]，佳氣鬱鬱[78]。入大城門，門亦有大榜，題以金字曰「南柯城」。見朱軒棨戶[79]，森然深邃[80]。生下車[81]，省風俗[82]，療病苦，政事委以周田，郡中大理。自守郡二十載，風化廣被。百姓歌謠，建功德碑，立生祠宇[83]。王甚重之，賜食邑[84]，錫[85]爵位，居台輔[86]。周田皆以政治著聞，遞遷大位。生有五男二女。男以門蔭授官[87]；女亦聘於王族。榮耀顯赫，一時之盛。代莫比之[88]。

是歲有檀蘿國者，來伐是郡。王命生練將訓師以征之[89]。乃表周弁將兵三萬，以拒賊之眾於瑤台城。弁剛勇輕敵，師徒敗績[90]，弁單騎裸身潛遁，夜歸城。賊亦收輜重[91]鎧甲而還。生因囚弁以請罪。王並捨之。

是月司憲周弁，疽發背卒[92]。生妻公主遘疾[93]，旬日又薨。生因請罷郡[94]，護喪赴國[95]。王許之，便以司農田子華行南柯太守事[96]。生哀慟發引，威儀在途[97]，男女叫號，人吏奠饌，攀轅遮道者不可勝數[98]。遂達於國。王與夫人素衣哭於郊，候靈轝之至。謚[99]公主曰「順儀公主」。備儀仗羽葆鼓吹[100]，葬於國東十里盤龍岡。是月，故司憲子榮信，亦護喪赴國。

生久鎮外藩，結好中國，貴門豪族，靡不是洽[101]。自罷郡還國，出入無恒。交遊賓從，威福日盛。王意疑憚之[102]。時有國人上表云：「玄象謫見，國有大恐[103]。都邑遷徙，宗廟崩壞。釁起他族，事在蕭牆[104]。」時議以生侈僭[105]之應也。遂奪生侍衛，禁生遊從，處之私第。生自恃守郡多年，曾無敗政，流言怨悖，鬱鬱不樂[106]。王亦知之。因命生曰：「姻親二十餘年，不幸小女夭枉[107]，不得與君子偕老，良有痛傷。」夫人因留孫自鞠育[108]之。又謂生曰：「卿離家多時，可暫歸本里，一見親族。諸孫留此，無以為念。後三年當令迎生。」生曰：「此乃家矣，何更歸焉？」王笑曰：「卿本人間，家非在此。」生忽若惛睡，瞢然久之[109]，方乃發悟前事，遂流涕請還。王顧左右以送生。生再拜而去。復見前二紫衣使者從焉。至大戶外，見所乘車甚劣，左右親使御僕，遂無一人。心甚嘆異。生上車，行可數里，復出大城。宛是昔年東來之途[110]。山川原野，依然如舊。所送二使者，甚無威勢。生逾怏怏[111]。生問使者曰：「廣陵郡何時可到？」二使謳歌自若[112]。久乃答曰：「少頃即至。」俄出一穴，見本里閭巷，不改往日。潸然自悲[113]，不覺流涕。二使者引生下車，入其門，升自階，已身臥於堂東廡之下。生甚驚畏，不敢前近。二使因大呼生之姓名數聲，生遂發寤如初。見家之僮僕，擁篲於庭[114]，二客濯足於榻，斜日未隱於西垣，餘樽尚湛於東牖[115]。夢中倏忽，若度一世矣[116]。

生感念嗟嘆，遂呼二客而語之。皆驚駭。因與生出外尋槐下穴。生指曰：「此即夢中所經入處。」二客將謂狐狸木媚之所為祟[117]。遂命僕夫，荷斤斧[118]，斷擁腫，折查枿[119]。尋穴究源，旁可袤丈[120]，有大穴洞然明朗，可容一榻。上有積土壤，以為城郭台殿之狀。有蟻數斛，隱聚其中。中有小台，其色若丹。二大蟻處之，素翼朱首，長可三寸。左右大蟻數十輔之，諸蟻不敢近。此其王矣。即槐安國都也。又窮一穴，直上南枝，可四丈，宛轉方中[121]，亦有上城小樓，群蟻亦處其中，即生所領南柯郡也。又一穴，西去二丈，磅礴空圬[122]，嵌窞異狀[123]。中有一腐龜殼，大如斗。積雨浸潤，小草叢生，繁茂翳薈[124]，掩映振殼[125]，即生所獵靈龜山也。又窮一穴，東去丈餘，古根盤屈，若龍虺[126]之狀，中有小土壤，高尺餘，即生所葬妻盤龍岡之墓也。追想前事，感歎於懷，披閱窮跡[127]，皆符所夢。不欲二客壞之，遽令掩塞如舊。

是夕，風雨暴發。旦視其穴，遂失群蟻，莫知所去。故先言「國有大恐，都邑遷徙」，此其驗矣。復念檀蘿征伐之事，又請二客訪跡於外。宅東一里，有古涸澗，側有大檀樹一株，藤蘿擁織[128]，上不見日。旁有小穴，亦有群蟻隱聚其間。檀蘿之國，豈非此耶？嗟呼！蟻之靈異，猶不可窮，況山藏木伏之大者[129]所變化乎？

時生酒徒周弁田子華，並居六合縣，不與生過從旬日矣。生遽遣家僮疾往候之。周生暴疾已逝，田子華亦寢疾於床。生感南柯之浮虛，悟人世之倏忽[130]，遂棲心道門[131]，絕棄酒色。後三年，歲在丁丑，亦終於家。時年四十七，將符宿契之限矣[132]。

公佐貞元十八年，秋八月，自吳之洛，暫泊淮浦，偶睹[133]淳于生兒楚，詢訪遺跡，翻覆再三，事皆摭實。輒編錄成傳[134]，以資好事[135]。雖稽神語怪，事涉非經[136]，而竊位著生，冀將為戒[137]。後之君子，幸以南柯為偶然，無以名位驕於天壤間[138]云。前華州參軍李肇贊曰：「貴極祿位，權傾國都。達人視此，蟻聚何殊。」

校志

一、本文根據《太平廣記》卷四百七十五予以校錄。《廣記》題為〈淳于棼〉。李肇《國史補》卷下中說：「有傳蟻穴而稱李公佐南柯太守。」我們依據曾慥《類說》，題為〈南柯太守傳〉。

二、淳于棼夢後，「後三年，歲在丁丑，亦卒於家。」我們翻閱《董作賓先生全集》歷代年表，發現丁丑年應是貞元十三年。三年之前，則應是貞元十年。本文開頭所云「貞元七年九月」可能是「貞元十年」的誤刻。因更正為「十年」。

三、文尾「公佐十八年秋八月，自吳之洛，暫泊淮浦，偶睹淳于生棼，詢訪遺跡。」淳于棼早於貞元十三年去世，公佐何能得見？且所謂尋訪「遺」跡，表示淳于生已死。公佐所見的，當然不是淳于生本人。王夢鷗先生認為公佐見到的是淳于棼，但年代應為「貞元十一年。」「八」字是「一」字之誤。但別本作「偶睹淳于棼之兒楚」，公佐向淳于楚詢訪他父親生前遺跡，也就合乎邏輯了。是以「十八年秋」，甚至再晚幾年，也沒有問題的。

註釋

❶嗜酒使氣——好喝酒，愛意氣用事。

❷不守細行——不拘小節。

❸裨將——副將。

❹因使酒以下三句——因為借酒發脾氣，得罪了統帥，遭斥退而流落，放誕酗酒，不務正事了。

❺廣陵——隋置揚州，又改曰江都，唐復改為揚州。戰國時楚懷王都廣陵，在今江蘇省江都縣東北。東漢及西晉均名之為廣陵。

❻枝幹修密，清陰數畝——修，長也。密——茂盛。樹高葉密，是以樹陰能覆蓋好幾畝地之大。

❼貞元十年——原文為「貞元七年」，貞元乃唐德宗的年號。七年為公元七八五年。本文結尾時，謂「後三年，歲在丁丑，（淳于生）亦終於家。」經查《董作賓先生全集》之歷代紀年表，丁丑應為貞元十三年。

則卷首之「貞元七年」，實係「貞元十年」之誤筆。王夢鷗先生「唐人小說研究」二集中，也有同樣的說法。

❽東廡—東邊的走廊。廡，又作廳堂兩旁的小房間。

❾子其寢以下三句—你且睡吧。我們要餵馬、洗腳。等你好一點了，我們再離去。

❿昏然忽忽，髣髴若夢—昏昏沈沈的，好像在作夢一般。

⓫四牡—四頭公馬。

⓬忽見以下三句—忽然看見山水風景、風俗氣候，乃至於樹木道路，都和人間大大不同。殊者，異也。

⓭郛郭城堞—城外的外城叫郛郭。堞是城牆上的垛子。

⓮傳車者，傳呼甚嚴—古代官員出差，政府在各地設有驛站，供他的歇息進食。驛站所供應的車，叫傳車。車上若坐的是大官，侍從人員要高聲喝叫，稱為喝道。一方面是威儀，一方面也有叫行人讓路之意。甚嚴者，喝叫的聲音很嚴厲。

⓯行者亦爭辟於左右—辟、避通用。行人爭向路的左右避開。

⓰金書—金色的字。

⓱執門者趨拜奔走—看門的官趨前拜見，奔走服務。

⓲彩檻雕楹，華木珍果—軒前的橫木叫檻。楹，柱也。意謂：繪了彩色的門檻和雕了花的柱子，華麗的樹木和珍貴的果樹。

⓳右相—據《唐會要》卷五十一：中書令，高宗龍朔二年改名為西台右相。咸亨二年又改為中書令。唐玄宗天寶二年再改為右相。按：左相為門下省長官侍中。左、右相都是宰相。

⓴生降階祗奉—淳于生乃步下台階，恭恭敬敬的等候。祗，恭敬。

㉑有一人紫衣象簡前趨—唐代的宰相，通常為三品官。服色是紫色。象簡，象牙作的笏。

㉒寡君—古來皇帝自稱寡人，意謂「寡德之人」。臣子對他國人稱本國的國君曰「寡君」。俱為謙虛之辭。

㉓同詣其所—詣，往也，至也。

㉔入朱門以下三句—豪富人家，大門漆成朱紅色。是以「朱門」係指大官的住所。唐三品以上官員的家門前陳列斧鉞，好像現在三軍將官座車上贅有星星，以別官階。

㉕辟易—驚退也。辟避相通。辟易，避去，避開。

㉖至尊—皇帝。唐詩：「為嫌脂粉污顏色，淡掃蛾眉朝至尊。」

㉗衣素練服，簪朱華冠—衣、簪在此為動詞。即穿白練衣，戴朱花冠。

㉘賢尊—令尊。

㉙且就賓宇，續造儀式—賓宇，今之賓館、招待所。續，下一步。造，舉行。暫且住在賓館裡，等下一步舉行儀式。

㉚謂—此處作「以為」的意思。

㉛羔雁幣帛—羔是小羊。雁是大鵝。幣指通貨。帛指絲棉織物。四者為古時結婚所必備的禮品。

㉜威容儀度—這一段，「是夕，羔雁幣帛、妓樂絲竹、殽膳燈燭，車騎禮物之用，無不咸備。」是列舉禮品、妓樂、菜膳、車騎，都準備妥當了。「威容儀度」，和這些東西格格不入。可能是衍文。

㉝皆侍從數「千」—可能是數「十」之誤。因校正為「數十」。每人侍從數千，屋中如何容納得下？

㉞昨上巳日—三月三日為上巳。上巳之日，人民都到郊野遊玩洗濯。「昨」，此處是指「從前」。

㉟講下—講台之下。

㊱中心藏之，何日忘之—《詩經・小雅・隰桑篇》：「心乎愛矣，遐不謂矣？中心藏之，何日忘之？」意謂：「心裡既愛上了他，為什麼不坦坦白白的告訴他呢？愛在心裡，那天能忘記呢？」這是男女在桑間幽

會的詩。生吟此詩，與前述他「不守細行」相呼應。

37 馮翊—唐郡名，約當今陝西省之大荔縣。

38 放遊—任意遊蕩。

39 因以棲託—因而託身棲止。

40 司隸—漢官名。唐為採訪使。唐地方制度，縣上為州。州上有府。府上有道。道的長官為採訪使。

41 步障—擋風禦寒用的屏風。唐詩：「明珠步障幄黄金。」

42 鳳翼輦—按：輦為皇帝所專用的車子。此處泛指車子。鳳翼輦，以鳳鳥為飾繪於車子上，稱鳳翼輦。

43 徹障去扇—撤去屏障，除去紗扇。按：成婚日卻扇。此典出自《世說新語》〈假譎〉第二十七〈溫嶠喪婦〉一條。庾信詩：「分杯帳裏，卻扇床前。」或謂：扇，新娘頭上所披的紗巾。

44 儼若神仙—儼，敬也。矜莊貌也。謂：端莊得像神仙一樣令人敬愛。

45 出入車服以下三句—所乘的車子，所穿的衣服，遊宴時的侍從，僅比國王低一等。

46 頃—前不久。

47 遂命妻致饋賀之禮—因此要妻子致送饋贈祝賀的禮品。

48 路道乖遠，風煙阻絕—路途太遠，風煙相阻。「山水相隔」的意思。

49 為政—「子豈不思為政乎？」意為「你難道不想作官嗎？」

50 奉贊—相協助。

51 白—稟白。下級向上級報告叫「白」。

52 累日—過了幾天。「日」字後「謂生曰」，似乎漏了一個「王」字。原文應該是「王謂生曰。」若不然，這個句子的主詞便變成「妻」了。

53 可曲屈之——可以委屈一下。

54 生敦授教命——敦，投擲之意，詩經〈邶風〉〈北門〉：「王事敦我。」意謂「王事皆擲付於我也。」

55 王遂敕有司備太守行李——國王遂命令主管之官署準備太守應用之物事。

56 因出金玉……以餞公主之行——把金玉、錦繡、箱奩、僕婢、車馬等，陳列在大街上，替公主送行。

57 素無藝術——向來沒有學識、經術。

58 猥當大任，必敗朝章——草草的擔當重任，一定會搞壞朝廷的章法。

59 自悲負乘，坐致覆餗——自己悲哀負責之重，而敗了事。餗，鼎裏煮的食物。覆，打翻。

60 今欲廣求賢哲，以贊不逮——現在想廣求賢良聰明的人，以協助我，打理我照料不到的地方。不逮，不及也。

61 忠亮剛直，守節不回——堅貞忠直，守法不偏。

62 有毗佐之器——有輔佐的才氣。毗、輔也。助也。

63 清慎通變，達政化之源——清高謹慎，通達權變，能洞悉政治教化的根本。

64 備知才用——很聊解他們的才學和專長。

65 司憲——掌管刑法的官。

66 司農——掌管錢穀的官。

67 庶使臣政績有聞，憲章不紊也——以便讓為臣的能夠有好的政績傳聞出來，不至於使大的規章紊亂。

68 土地豐穰，人物豪盛——土地豐饒而收成好，人物豪爽而出色。

69 惠政——嘉惠人民的德政。

70 卿其勉之，以副國念——你好好努力工作，以達成國家對你的期望。

71 封境不遙，晨昏有間——所封的地方並不很遙遠，晨昏定省卻間絕了。古時兒女對父母，早請安問候，傍晚為父母鋪床鋪，謂之「晨昏定省」。

72今日睽別，寧不沾巾——今日離別，那能不淚下沾巾？

73耆老——耆，ㄑㄧˊ，老也。六十歲以上的人稱耆。耆老，年高德劭之人。

74車轝——轝，與或字。車轝，即車輛之意。

75武衛鑾鈴——警衛與太守之座車，駕車之馬項下所繫鈴鐺，或稱之為鸞鈴。以其外形似鸞鳥。一曰鑾鈴。

76人物闐咽——闐，盛貌。咽，塞也。言人民眾多而擁塞。

77雉堞臺觀——雉堞，城上女牆。臺觀，都是高高的建築物，人可在其上眺觀遠方風景。又：和尚所住之地曰寺。道士集居之處曰觀。

78佳氣鬱鬱——鬱鬱，葱盛也。佳氣，祥瑞之氣。

79朱軒棨戶——朱門外設有棨戟，故曰棨戶。唐三品以上官員，居屋甚大。大門外列棨戟，以示威嚴。

80森然深邃——森然，莊嚴也。深邃，表示屋子的縱深甚深。意即大房子。

81下車——官吏到任曰下車。

82省風俗——省，審也。明也。省風俗，觀察風俗。

83風化廣被四句——敦化風俗，處處通行。百姓歌功頌德，樹立碑石來銘誌。建立祠堂來紀念。生祠，人未死而為之立祠，是為生祠。

84賜食邑——國君把一大塊土地賜給某人，准他在這塊土地上徵收租稅，叫賜食邑。

85錫——賜。給。

86居台輔——台，三台也。即泰階星。古稱宰輔得人為泰階平。台輔即宰相的職位。

87以門蔭授官——古時父為大官，兒子便可不經考試而獲授官，稱為「以門蔭入仕」。

88代莫比之—當代之人，沒有可比得上的。
89練將訓師以征之—訓練將、兵以征剿來犯之敵人。
90師徒敗績—全師徒眾大敗。敗績，大敗也。
91輜重—軍隊中的重要補給曰輜重。如兵器、糧秣材料等。
92疽—漢書陳平傳：「疽發背而死。」疽，一種古時無法治療的爛瘡。
93遘疾—遘，遇也。遘疾，遭到重病。
94罷郡—解除郡守的職務。
95護喪赴國—護送靈柩回國都。
96行南柯太守事—代理南柯太守的職務。
97生哀慟發引，威儀在途—發引，出殯也。威儀在途，謂騶從眾多，行於路上。
98人吏奠饌二句—老百姓和官員，爭相以祭品弔奠，攀著車轅，遮住道路者，非常之多。（古時人民不捨賢明的長官離去的表現。）
99諡—古來大官去世，皇帝要主管官署，以死者生前的表現，須贈諡號。文章好的，諡曰「文」。忠於君的，諡曰「忠」。如宋時的歐陽修，他的諡號是「文忠」。後世都稱他為「歐陽文忠公」。
100儀仗羽葆鼓吹—儀仗，行典禮時儀隊所執的兵杖。羽葆，用綢緞所製的圓傘（或稱華蓋。）用羽毛加以裝飾者。鼓吹—敲打與吹奏樂器所組成的樂隊。
101生久鎮外藩四句—生久為一外郡之重鎮大員，和國都中若干大官結好。貴門大族，沒有不相處融洽的。
102王意疑憚之—國王對他懷疑，怕他造反。
103玄象謫見，國有大恐—上天顯示譴謫的天象。國家可能有大恐慌。

104 事在蕭牆—蕭牆，作為內部屏障的小牆。意謂禍患將自內部發生。

105 侈僭—侈，奢侈過分。僭，僭越也。指使用高於自己身分的禮儀、設備。

106 流言怨悖，鬱鬱不樂—為流言所中傷而受害，而受到歧視，因此悶悶不樂。

107 小女夭枉—小女年紀輕輕的死了。

108 鞠育—撫養。鞠，養也。

109 生忽若惛睡，瞢然久之—生忽然像昏暈似的，昏昏沈沈的睡著了，迷迷糊糊的好半天。

110 宛是昔年東來之途—清清楚楚的是從前東來的路途。

111 怏怏—不痛快。

112 謳歌自若—自顧自的唱著歌。（意思是不理答）

113 潸然自悲—潸然，流淚的樣子。

114 擁篲於庭—拿著掃把在庭前掃地。

115 餘瀝尚湛於東牖—酒杯裡殘餘的酒仍然擺在東邊的窗子旁，發出湛湛的綠色。

116 夢中倏忽，若度一世矣—夢中匆匆忙忙的，卻似乎是過了一生。

117 二客將謂狐狸木媚之所為祟—兩位客人以為是狐精，或者是木怪作祟。

118 荷斤斧—荷，以肩承之曰荷。唐詩：「農夫荷鋤至。」斤，砍樹木用的斧頭。

119 斷擁腫，折查枿—把鼓起來的樹木破斷。把新長出來的楂枿給折斷。枿，木斬而復生曰枿。查通楂，水中浮木曰楂。樹枝歧出曰楂枒。亦作查牙。

120 旁可袤丈—袤丈，丈把長。一丈左右。

121 婉轉方中—曲曲折折在這一方地之內。

122 磅礴空圬——寬寬大大，空空洞洞，四圍堆滿了圬土。
123 嵌窞異狀——窞，ㄉㄢˋ。深深地凹進去的洞。凸凸凹凹的異狀。
124 繁茂翳薈——為茂密的草木所蔭蓋著。
125 掩映振殼——言小草掩映，輕拂龜殼。
126 虺——ㄏㄨㄟˇ，音毀，一種毒蛇。
127 披閱窮跡——披閱，翻看。窮跡，細查蹤跡。
128 藤蘿擁織——藤和蘿互相攀結，糾纏在一起。
129 山藏木伏之大者——藏在山中和伏在樹中的大動物。（意謂「比螞蟻大的東西。」）
130 人世之倏忽——人生一世，十分短暫之謂。
131 棲心道門——一心向道也。
132 符宿契之限——符合了從前約定的期限。（前文有「王又謂生曰：『……後三年，當令迎卿。』之語。」）
133 睹——ㄉㄨˇ，音賭，看見也。
134 詢訪遺跡四句——詢問與尋訪遺跡，再三推敲研究，摭錄事實，編成傳記。
135 以資好事——給好事的人作資料閱讀。
136 雖稽神語怪，事涉非經——雖然是研究神仙談論妖怪，乃涉及不合常理之事。
137 而竊位著生，冀將為戒——竊居高位以討生活的人，希望能以此為戒。冀，希望。
138 天壤間——天地之間也。

導讀

這是一篇精彩的故事，十分突出、新鮮。但若以純文藝的眼光來評斷，總覺得可議之處甚多。如：

「臥於堂廡之下」，似乎是躺在地上。為何不躺在榻上？

「忽見山川、風候，草木、道路，與人世甚殊。」但全文未再提及如何「甚殊」之處！

周弁原為司隸，後改任南柯司憲。田子華以處士任司農。後段寫「周、田皆以政治著聞，遞遷大位。」但周弁直到「疽發背死」，還是司憲。田子華以司農列南柯太守事，也沒升一級，遷大位。

前段寫生「生有五男二女，男以門蔭授官，女亦聘於王族。」意思是都已獨立。生與金枝公主於公主十四五歲時成婚。數年後守郡。守郡又二十載。罷郡回都，雖未言多久。但從他表現得罪遭忌憚而看，總也有三兩年吧。假如公主婚後一年生子，五男二女，八年後最小子女出生。以二十五年減去八年，最幼者當也十七歲。若最幼者為女，以公主十四五結婚而論，也早已嫁人了。其他男孩都已作了官，當然都不是孩提。後段「夫人留孫自鞠育。」便與敘述不合！

生回到家中，日已西斜。也就是天將暮了。他醒了，將夢中情事告知二客。告知完畢，可能已經天黑了。那能立即出門，命僕夫荷斤斧，斷擁腫，折查枿。尋穴究源……又窮一穴，直上南枝……又一穴，西去二丈……又窮一穴，東去丈餘……我們奇怪，他們怎能於片刻之間作這麼多事？因為：

「是夕，風雨暴發……」他們若第二天動手，便什麼也見不到了。

語譯

東平地方的淳于棼，是吳楚間遊手好閒的人。平常好意氣用事，喜歡喝酒，不守細節，家資雄厚，好養豪客。他曾經頗通武藝，任淮南軍的副將。因為喝醉酒得罪了主帥，被革了職。落魄江湖，荒誕酗酒為事。他家住廣陵郡東十里地。所居住房子的南邊有一棵大槐樹，枝條豐密，清蔭數畝之大，他天天都和一些豪客在樹下喝酒。

唐德宗貞元十年九月，淳于棼喝得爛醉而得了病。兩個同坐的友人扶他回家，讓他在大堂東邊的走廊下靜臥。兩個朋友對他說：「你好好睡吧。我們去餵馬、洗腳，等你稍稍好一點了再離開。」

淳于生除去頭巾，就枕而睡，昏昏沈沈的，好像作夢。只見兩位紫衣使者來到，向他跪拜。說：「槐安國國王，派遣小臣邀請。」他下意識的下了床，整理衣衫，隨同兩位使者出門。只見一輛套著四匹牡馬的青油布篷車停在門口。左右隨從七八人，扶他上車。車隨即啟動，向著古槐樹的大樹洞駛去。使者把車駛進洞中，他覺得很怪異，卻不敢發問。忽然看到山川風物，草木道路，和人世迥然不同。走了數十里，到了一地，外城、內城、城垛都具有。往來出城入城的車、馬、人物，絡繹不絕。他左右趕車的人，喝道甚嚴。行人爭相向左右避開。然後又到了一個大城，紅色城門。城樓高聳。城樓上有四個金色大字：「大槐安國」。守城吏上前拜見侍候。隨即有一人騎馬到來，吩咐說：「大王說：駙馬遠來勞頓，且先到東華館休息。」說完，便在前引路。到了一處，屋門洞開。他下馬進入。但見彩色的欄杆，雕花的屋柱，還有奇樹異果，列植庭下。大小桌子、茶几、地毯、羅幃，乃至於被褥、美食，俱陳設於庭上。他看了，十分高興。又有人呼報：「右丞相駕到。」他便下台階恭候。有一位大官，身穿紫衣，手執象牙笏向前趨進。賓主隨即行了禮。右丞相開口說：「寡君不因敝國偏遠，奉迎君子，結為姻親。」淳于生答道：「鄙人賤劣不堪，那敢如此指望。」右相因請生同往一處。約走了一百步，進入一個大紅門，左右都排列有斧鉞，軍官文吏數百人，在路旁肅立行禮。他平生一起飲酒的朋友周弁也在其中。他心中高興，卻不敢發問。

右相導引他登上大殿，只見御前侍衛，儀容嚴肅，似乎是到了國王所在。有一人，高大端嚴，坐在大位上。穿著白色絲綢衣服，帶著一頂插了紅花的帽子。他不覺怕得發抖，不敢抬頭仰望，左右侍者令他下拜。國王說：「前些時得到令尊的信，不嫌棄我們小國，允許我的第二個女兒瑤芳嫁給你。」他只能趴在地上，不敢開口。國王又說：「且在賓館中休息。再繼續準備各種儀節。」於是國王下旨，命令右相陪同他返回賓館。他想起父親是任守邊的將軍，因為失陷胡虜中，生死未卜。也許是父親交通北蕃，而定下這門親事。但只覺得十分迷惑，想不出原由為何。

這天晚上，羔羊、大鵝、錢幣、布帛，乃至於歌舞音樂、美食、燈燭、及車騎、禮品等，全已備齊。又有一群婦女，或叫華陽姑，或叫清溪姑，或叫上仙子，或叫下仙子，這一類的女郎好幾人，都帶了隨從數十人，帶著翠鳳冠，穿著金霞帔，佩著碧玉金鈿等首飾，令人眼花撩亂，到賓館來來去去，嬉笑遊玩。找新郎開玩笑。她們風姿綽約，氣態妖麗，言詞乖巧而香豔，新郎不能應付。

有一女郎對他說：「記得那年上巳日，我跟靈芝夫人到禪智寺，在天竺院欣賞石延跳婆羅門舞。我和好些女士坐北窗石榻上。那時你還年輕，亦解下座騎來看舞。你強來親近我們，調笑戲謔。我和瓊英妹子把絳巾作結，掛在竹枝上，難道你不記得嗎？七月十六日那天，我陪了上真子聽契玄法師講觀音經，我在講台下奉獻金鳳釵兩隻。上真子則施捨水犀合一個。當時你也在講筵中，從法師處請求觀賞釵、合，再三讚賞，歎慕很久。對我們說：『這人和物，都非世間所有。』或問我們姓名，或探我們鄉里，我們都未回答。而你情意眷戀，一直注視我們，不肯離去。難道你都不想念嗎？」淳于生答道：「我一直記在心頭，一天都忘不了！」女郎們都說：「想不到今天和你竟成姻親了。」

又有三人，冠帶修整，趨前下拜說：「奉命作駙馬爺的儐相。」其中一人且係淳于生的舊識，他問：「你不是馮翊的田子華兄嗎？」田答說：「正是。」他上前握住田的手敘舊。問他：「怎麼來到此地？」田答：「我好遊蕩，得到右相武成侯段公的照應，因此託庇棲身此處。」又問：「周弁也在這裡，你知道嗎？」子華說：「周生現在是貴人呢！他任司隸，甚有權勢。我好幾次得到他的庇護。」兩人言談甚歡。

俄而有司遺傳呼說：「駙馬爺可以進入了。」於是三人為他換上冠帶衣服與佩劍。子華說：「想不到今天能參加盛禮，可不能把我給忘記。」

有美姬數十人，演奏奇妙的音樂。曲聲婉轉清亮，曲調卻淒涼悲傷，不是世間所曾聽到過的。又有拿著燭引導者數十人。向左右望去，則是金翠步障，彩色玲瓏，連綿數里。新郎危坐車中，心神恍惚，很不安心。田子華在旁用笑語開導他。前面所說的那些姑娘們，都坐在鳳翼香車中往來其間。而後到了一處宮殿，號修儀宮。到達宮門，那些姑娘們紛紛擾擾，也在一旁，要他下車、下拜、揖、讓拜、起，同人間一樣。拿掉幛幕，移去紗扇，然後看到一位小姐，說是金枝公主，年約十四五，莊嚴有似神仙。但行交歡之禮，和常人也沒不同。

從此之後，生與公主情義日趨融洽。王室賜給他的榮耀也越來越盛大。衣服，車騎，遊宴，賓御，僅次於王者。國王命他和百官禁衛，大獵於國西之靈龜山。山高而秀，澤深而廣，林樹豐茂，而且蓄有種種的飛禽走獸。全軍收穫多多，夜分始回轉。

有一天，他對國王說：「臣結婚那天，大王說，是由家大人的意思訂親的。臣父佐輔邊將，因用兵失利，失陷胡邦。音書斷絕，已超過十七八年了。大王既知其所在，臣請前往拜謁。」國王即說：「親家翁鎮守邊疆，音問不斷。你只要先寫個信問候，不用馬上去。」他便吩咐妻子打點餽贈的禮物，派人送去。不幾天便有了回信。他察看信中內涵，和父親平生的事蹟相符。書中憶念之情，教誨之意，詳細婉轉，一如以往。父親又問及親戚的存亡，鄉里的興衰。又說道路遙遠，關山阻隔，詞義悲苦，詞句哀傷。又要生不必遠去相見。且說：「丁丑之歲，當和你見面。」他拿著信，不覺悲痛哽咽，傷心得不得了。

又一天，公主問他：「你難道不想從政嗎？」他說：「我放蕩不羈，不會從政。」妻說：「你但做去，我當會幫你。」妻遂向國王報告。

過了幾天，國王對他說：「我的南柯郡太守不理政事，我已經革了他的職。想借重你的長才，屈就太守之職。就請和小女一起去南柯。」他恭恭敬敬的接受了命令。國王即令主管官府為他打點行裝。又拿出金玉、錦繡、箱奩、僕妾、車馬，陳列在大街上，為公主餞行。他從小放蕩無行，從無大志，此時不禁十分歡喜。臨行前上表給國王說：「臣係將門之子，沒有治國的才學，突然擔當大任，深恐貽誤朝廷的章法。臣擔心責任太大，壞了大事。所以廣求賢能睿哲的人，來幫助我，照料我看不到的地方。臣見任司隸的穎川人周弁，堅貞忠直，守法不偏，有輔佐的才器。馮翊的田子華處士，清廉謹慎，通權達變。懂得政治教化的根本。兩人與臣相識都有十年之久，所以深明他們的才用，可以政事託付。請派周弁為南柯司憲，田子華為司農，以使臣之政績有所發揚，一切規矩都會有序不亂。」國王依照他的意思照派兩人。

當天晚上，國王與夫人在首都南邊為他餞行。國王對他說：「南柯是我國的大郡，土地肥沃，收成豐饒，人物豪爽，人文複雜，非施行德政，難以治理。現在又有周、田兩人輔助你，希望你好好努力，以達到我的期望。」夫人也告誡公主說：「你的丈夫性剛烈，又好飲酒，而且年輕。作妻子的道理，總以溫柔順從為貴。妳好好的侍候他，我便不擔心了。南柯離都城雖然並不太遠，但也不能朝夕都見面。今天要和妳分別了，怎麼能忍住眼淚呢？」

他和妻子拜別了國王和夫人向南而去。登上車子，在護衛騎士簇擁之下，夫妻說說笑笑，數日後，便到達了南柯郡。郡中有官吏、僧道、耆紳、音樂、車馬，爭相來歡迎。只見人物眾多，鐘鼓喧嘩，達十數里。遙望城垛、臺觀，喜氣洋溢。進大城門，城門上也有塊大匾，上面有三個大金字：「南柯城」。但見棨門朱戶，莊嚴深邃。他上任之後，即省察風習，除去人民疾苦。政事委之周、田二人。郡中大治。他一守郡竟達二十年之久，風化廣被。百姓為他歌頌。建功德碑，立生祠。國王甚是愛重他，封他爵位，賜他采邑，位居宰相。周、田兩人也都以政治才幹出名，迅速升官階。

二十年間，他們夫妻生了五男二女。兒子都以父蔭而得到了官職。女兒都由王族聘去作媳婦，榮耀顯赫，可稱一世之盛。當代沒人能比得上。

這一年，有一個檀蘿國，興兵侵犯南柯。國王命令他選將練兵來對抗。他表薦周弁將兵三萬和敵人在瑤台城接戰。周弁雖則剛勇，但輕視敵軍，終於敗下陣來。周弁單身裸體逃歸城。敵人搶了許多輜重鎧甲，收軍走了。他很難過，他把周弁囚禁起來向國王請罪。國王把他們兩人都赦免了。

是月，周弁背上長了腫瘤，旋即去世。他的妻子金枝公主又得了重病，十來日，也死了。他請求辭去太守職務，護送公主的靈柩回京城。國王批准了。便命田子華司農暫代太守事。他十分哀慟，護送靈車起行。太守的威儀、惠政。公主的名聲，使一路上男女哭號、百姓和官吏爭先恐後的路祭，攀車轅，塞道路，人多到不可勝數。終於到了首都。國王和夫人在郊外迎候靈車到來，素衣哭泣。國王給公主以「順儀公主」的諡號。準備了儀仗隊，羽飾華蓋，全班鼓吹樂隊，送公主下葬於國都東十里的盤龍崗。同月，周弁的兒子周榮信也護父親的靈車回首都。

淳于生久處外藩，卻沒間斷和朝中大員結好。貴族豪門，無不融洽。罷郡返回首都之後，出入不常，交遊甚廣。賓從眾多，威福日盛。國王懷疑他，忌憚他。其時，有國人上表說：「上天顯象，無非譴責。國家將發生極為恐惶的事。都邑將變遷，宗廟會崩壞。禍害起自他族。禍根實在內部。當時的輿都認為是他奢侈僭越所造成。」國王遂解去他的侍衛，禁止他與外人交遊。甚至把他禁在私第之中。他自認為郡守多年，並無差錯。因流言而受害，因此悶悶不樂。國王知道了，因對他說：「作了二十多年的親戚。不幸小女夭亡，不得同你偕老。實在難過。」夫人乃留孫輩親自養育。國王又對他說：「你離家多時，可暫歸本鄉，見見親族。諸孫留在此，不必掛念。三年後，當再迎接你來。」他回說：「這便是家，還要回到那兒去呢？」王笑笑，說：「你本人間，老家不在此。」他忽然覺得似乎在昏睡之中。模模糊糊的過了好一會兒，才記起紫衣使者迎接來此的事，遂流著眼淚，懇求送還。國王命左右送他走，他再拜之後離去。便見到從前兩位紫衣使跟在身後，到了大門外，只見到很不起眼的車子，也沒有親使隨從，心甚詫異。他坐上車，走了幾里路，出了城。依稀是當年東來時的路途。山川原野，絲毫未改。送他的兩位使者，卻毫無威風可言。心裡很不受用。他問使者：「什麼時候可到達廣陵？」兩位使者只自顧自的唱著歌，過了好一會兒才答說：「一會兒就到。」俄而出了一個洞穴，已看到本里門巷，不改往年，不覺悲從中來，流下眼淚。兩位使者引領他下車，進了門，走過台階，忽然看見自己躺在堂東走廊下。他有點害怕，不敢走近前。兩位使者大聲呼叫他的名字，他才大夢初醒過來。看看自己家裡的僮僕，正拿著掃把在院子裡掃地。兩位客人則坐在臥榻上泡腳。斜日還照在西邊牆上。東窗邊的酒杯中還有餘瀝在。夢中匆忽之間，好像過了一生呢。

生想起夢中經歷，感歎不已。遂將一切經過情形告知兩位客人。客人聽了，也非常驚駭。便和他出外尋找槐樹下的洞穴。找到了，他和二客人說：「這就是夢中所經過進入的地方。」兩位客人認為可能是狐精或木魅所為祟，遂令僕人，帶了大斤小斧，砍斷臃腫的樹幹。折去旁出的枝椏，尋找洞穴求根源。旁邊徑丈之地，有一個大穴。空洞洞的，卻很明朗。可放下一張床。洞中積有土壤，作成城、郭、台、殿的樣子。有螞蟻好幾斛，隱聚其中。中間有一個朱色的小台，兩個大螞蟻，白翅朱首，長可三寸，處於其上。左右有大螞蟻好幾十個環侍著。其他螞蟻不敢靠近。這應該便是國王和夫人了。這也是槐安國都所在。又尋到一個洞，直上南枝，大約四丈遠。曲曲折從四面往中間，也有土城、小樓、裡面也有許多螞蟻。這應該就是他所治理的南柯郡了。又有一個洞，西去兩丈許，寬寬大大，空空洞洞，四圍堆滿了圬土，凹凸不平，奇形異狀。中間有一個腐爛的龜殼，其大如斗。有積雨浸潤，小草叢生，為茂密的草木所蔭蓋著。這便是他所打獵的龜靈山了。又發現一個穴，向東去開一丈多，樹根盤屈，狀似龍蛇。中有小土堆，高尺餘。那是他埋葬公主的盤龍崗墓地。追憶經過，滿懷感歎。比對遺跡，一一相符。他不想兩位客人將之破壞，立即命令僕人照舊掩蓋。

當天晚上，狂風暴雨。再去看蟻穴，已經找不到螞蟻了。不知去了何處。所以頭先說：「國有大恐，都邑遷徙。」都應驗了。他又想起和檀蘿國征伐的事，又請兩位客人到屋外去訪尋。東一里許，有個乾涸了的山澗。其側有大檀樹一株，佈滿了橫七豎八的藤蘿，上不見日。其旁有一小穴，也有螞蟻隱聚其中。檀蘿之國，莫非就是這裡？唉，螞蟻的靈異，尚且無法研究透徹。隱藏在山中、棲息在大樹之間的大型物事，其變化當真是更難理解了。

其時，淳于生和他的酒友周弁和田子華都住在六合。他們已有十來天沒見過面了。他立即派家僮前往六合致意。家僮回報說：周生已得急病去世。田子華也臥病在床。他感到南柯的虛幻，覺得人生的太過短暫，因而棄絕了酒色，棲心道門。後三年，歲在丁丑，他也病死在家中。年才四十七歲，正符合了南柯夢中的約定。

公佐貞元十八年秋八月，自吳郡去洛陽，暫時在淮浦停留，湊巧遇見了淳于生的兒子淳于楚，詢問與訪求遺跡，再三討論，認為所說都是事實。於是寫成本篇，以供好事的人參閱。雖然說的都是些無稽的神怪故事，不合常理，但也未嘗不可供竊位偷生者提供一些警告，而以之為戒。後來的君子，幸以南柯為偶發的事，不要以自己的名位驕傲凌人。

前華州參軍李肇先生為這個故事寫了一個贊：

貴極人臣，權傾國都，君子視之，蟻聚何殊。

六、霍小玉傳

蔣防

大曆❶中，隴西李生名益❷，年二十，以進士擢第。其明年拔萃，俟試於天官❸。夏六月，至長安，舍於新昌里。

生門族清華❹，少有才思，麗詞嘉句，時謂無雙；先達丈人，翕然推伏❺。每自矜風調❻，思得佳偶，博求名妓，久而未諧。長安有媒鮑十一娘者，故薛駙馬家青衣❼也；折券從良❽，十餘年矣。性便辟❾，巧言語，豪家戚里，無不經過，追風挾策，推為渠帥❿。常受生誠託厚賂，意頗德之⓫。

經數月，李方閑居舍之南亭。申未間⓬，忽聞扣門甚急，云是鮑十一娘至。攝衣從之⓭，迎問曰：「鮑卿今日何故忽然而來？」鮑笑曰：「蘇姑子作好夢也未⓮？有一仙人，謫在下界，不邀財貨，但慕風流⓯。如此色目⓰，共十郎相當矣。」生聞之驚躍，神飛體輕，引鮑手且拜且謝曰：「一生作奴，死亦不憚。」因問其名居。鮑具說曰：「故霍王小女⓱，字小玉，王甚愛之。母曰淨持。淨持，即王之寵婢也。王之初薨，諸弟兄以其出自賤庶，不甚收錄。因分與資財，遣居於外，易姓為鄭氏，人亦不知其王女。姿質穠艷，一生未見；高情逸態，事事過人；音樂詩書，無不通解。昨遣某求一好兒郎格調相稱者。某具說十郎。他亦知有李十郎名字，非常歡愜。住在勝業坊古寺曲⑱，甫上車門宅是也。已與他作期約。明日午時，但至曲頭覓桂子⑲，即得矣。」

鮑既去，生便備行計。遂令家僮秋鴻，於從兄京兆參軍尚公處假青驪駒、黃金勒⑳。其夕，生浣衣沐浴，修飾容儀，喜躍交並，通夕不寐。遲明㉑，巾幘㉒，引鏡自照，惟懼不諧也。徘徊之間，至於亭午㉓。遂命駕疾驅，直抵勝業。至約之所，果見青衣立候，迎問曰：「莫是李十郎否？」即下馬，令牽入屋底，急急鎖門。見鮑果從內出來，遙笑曰：「何等兒郎，造次入此㉔？」生調誚㉕未畢，引入中門。庭間有四櫻桃樹；西北懸一鸚鵡籠，見生入來，即語曰：「有人入來，急下簾者！」生本性雅淡，心猶疑懼，忽見鳥語，愕然不敢進。

逡巡㉖鮑引淨持下階相迎，延入對坐。年可四十餘，綽約多姿，談笑甚媚。因謂生曰：「素聞十郎才調風流，今又見儀容雅秀，名下固無虛士。某有一女子，雖拙教訓，顏色不至醜陋，得配君子，頗為相宜。頻見鮑十一娘說意旨，今亦便令永奉箕箒。」生謝曰：「鄙拙庸愚，不意顧盼㉗，倘垂採錄，生死為榮。」遂命酒饌，即令小玉自堂東閤子中而出。生即拜迎。但覺一室之中，若瓊林玉樹，互相照曜，轉盼精彩射人。

既而遂坐母側。母謂曰：「汝嘗愛念『開簾風動竹，疑是故人來。』即此十郎詩也。爾終日吟想，何如一見。」玉乃低鬟微笑，細語曰：「見面不如聞名。才子豈能無貌？」生遂連起拜曰：「小娘子愛才，鄙夫重色。兩好相映，才貌相兼。」母女相顧而笑，遂舉酒數巡[28]。生起，請玉唱歌。初不肯，母固強之。發聲清亮，曲度精奇。酒闌，及瞑，鮑引生就西院憩息。閑庭邃宇[29]，簾幕甚華。鮑令侍兒桂子、浣沙與生脫靴解帶。須臾，玉至，言敘溫和，辭氣宛媚。解羅衣之際，態有餘妍，低幃暱枕[30]，極其歡愛。生自以為巫山[31]、洛浦[32]不過也。

中宵之夜[33]，玉忽流涕觀生曰：「妾本倡家，自知非匹。今以色愛，託其仁賢。但慮一旦色衰，恩移情替，使女蘿無托[34]，秋扇見捐[35]。極歡之際，不覺悲至。」生聞之，不勝感嘆。及引臂替枕，徐謂玉曰：「平生志願，今日獲從，粉骨碎身，誓不相捨。夫人何發此言！請以素縑，著之盟約。」玉因收淚，命侍兒櫻桃褰幄[36]執燭，授生筆研[37]。玉管弦之暇，雅好詩書，筐箱筆研，皆王家之舊物。遂取繡囊，出越姬烏絲欄素縑[38]三尺以授生。生素多才思，援筆成章。引諭山河，指誠日月，句句懇切，聞之動人。染畢[39]，命藏於寶篋之內。自爾婉孌相得，若翡翠之在雲路也[40]。如此二歲，日夜相從。

其後年春。生以書判拔萃登科，授鄭縣主簿[41]，至四月，將之官，便拜慶於東洛[42]。長安親戚，多就筵餞。時春物尚餘，夏景初麗[43]，酒闌賓散，離思縈懷[44]。玉謂生曰：「以君才地名聲，人多景慕[45]，願結婚媾，固亦衆矣。況堂有嚴親，室無冢婦[46]，君之此去，必就佳姻。盟約之言，徒虛語耳。然妾有短願，欲輒指陳。永委君心，復能聽否[47]？」生驚怪曰：「有何罪過，忽發此辭？試說所言，必當敬奉。」玉曰：「妾年始十八，君才二十有二。迨君壯歲之秋[48]，猶有八歲。一生歡愛，願畢此期。然後妙選高門，以諧秦晉[49]，亦未為晚。妾便捨棄人事，剪髮披緇[50]，夙昔之願，於此足矣。」生且愧且感，不覺涕流。因謂玉曰：「皎日之誓，死生以之[51]，與卿偕老，猶恐未愜素志，豈敢輒有二三[52]。固請不疑，但端居相待。至八月，必當卻到華州，尋使奉迎，相見非遠。」更數日，生遂訣別東去。

到任旬日，求假往東都覲親。未至家日，太夫人已與商量表妹盧氏，言約已定。太夫人素嚴毅，生逡巡不敢辭讓，遂就禮謝。便有近期[53]。盧亦甲族[54]也，嫁女於他門，聘財必以百萬為約，不滿此數，義在不行。生家素貧，事須求貸，便托假故，遠投親知，涉歷江、淮，自秋及夏。

生自以孤負盟約，大愆回期。寂不知聞，欲斷其望。遙托親故，不遺漏言。玉自生逾期，數訪音信。虛詞詭說，日日不同。博求師巫，遍詢卜筮[55]，懷憂抱恨，周歲有餘，羸臥空閨，遂成沈疾。雖生之書題竟絕，而玉之想望不移，賂遺親知，使通消息。尋求既切，資用屢空，往往私令侍婢潛賣篋中服玩之物，多托于西市寄附鋪[56]侯景先家貨賣。

曾令侍婢浣沙將紫玉釵一只，詣景先家貨之。路逢內作老玉工[57]，見浣沙所執，前來認之曰：「此釵，吾所作也。昔歲霍王小女，將欲上鬟[58]，令我作此，酬我萬錢。我嘗不忘。汝是何人，從何而得？」浣沙曰：「我小娘子。即霍王女也。家事破散，失身於人。夫婿昨向東都，更無消息。悒怏成疾，今欲二年。令我賣此，賂遺於人，使求音信。」玉工淒然下泣曰：「貴人男女，失機落節[59]，一至於此！我殘年向盡，見此盛衰，不勝傷感。」遂引至延光公主宅，具言前事。公主亦為之悲嘆良久，給錢十二萬焉。

時生所定盧氏女在長安，生既畢於聘財，還歸鄭縣。其年臘月，又請假入城就親。潛卜靜居[60]，不令人知。有明經[61]崔允明者，生之中表弟也。性甚長厚，昔歲常與生同歡於鄭氏之室，杯盤笑語，曾不相間。每得生信，必誠告於玉。玉常以薪芻衣服，資給於崔。崔頗感之。生既至，崔具以誠告玉。玉恨嘆曰：「天下豈有是事乎！」遍請親朋，多方召致。生自以愆期負約，又知玉疾候沈綿，慚恥忍割，終不肯往[62]。晨出暮歸，欲以迴避。玉日夜涕泣，都忘寢食，期一相見，竟無因由。冤憤益深，委頓床枕[63]。自是長安中稍有知者。風流之士，共感玉之多情；豪俠之倫，皆怒生之薄行。

時已三月，人多春遊。生與同輩五六人詣崇敬寺玩牡丹花，步於西廊，遞吟詩句。有京兆韋夏卿者，生之密友，時亦同行。謂生曰：「風光甚麗。草木榮華。傷哉鄭卿，銜冤空室！足下終能棄置，實是忍人。丈夫之心，不宜如此。足下宜為思之！」嘆讓之際，忽有一豪士，衣輕黃紵衫，挾弓彈，豐神雋美，衣服輕華，唯有一剪頭胡雛從後，潛行而聽之。俄面前揖生曰：「公非李十郎者乎？某族本山東，姻連外戚。雖乏文藻，心嘗樂賢[64]。仰公聲華，常思覯止。今日幸會，得睹清揚。某之敝居，去此不遠，亦有聲樂，足以娛情。妖姬[65]八九人，駿馬十數匹，唯公所欲，但願一過。」生之儕輩，共聆斯語，更相嘆美。因與豪士策馬同行，疾轉數坊，遂至勝業。生以近鄭之所止，意不欲過，便托事故，欲回馬首。豪士曰：「敝居咫尺，忍相棄乎[66]？」乃輓挾其馬，牽引而行。遷延之間，已及鄭曲。生神情恍惚，鞭馬欲回。豪士遽命奴僕數人，抱持而進。疾走推入車門，便令鎖卻，報云：「李十郎至也！」一家驚喜，聲聞於外。

先此一夕，玉夢黃衫丈夫抱生來，至席，使玉脫鞋。驚寤而告母。因自解曰：「『鞋』者，『諧』也。夫婦再合。『脫』者，『解』也。既合而解，亦當永訣。由此徵之，必遂相見，相見之後，當死矣。」凌晨，請母妝梳。母以其久病，心意惑亂，不甚信之。僶勉[67]之間，強為妝梳。妝梳才畢，而生果至。

玉沈綿日久，轉側須人[68]。忽聞生來，欻然自起[69]，更衣而出，恍若有神。遂與生相見，含怒凝視，不復有言。羸質嬌姿，如不勝致[70]，時復掩袂，返顧李生。感物傷人，坐皆欷歔。

頃之，有酒餚數十盤，自外而來。一座驚視，遽問其故，悉是豪士所致也。因遂陳設，相就而坐。玉乃側身轉面，斜視生良久，遂舉杯酒酬地曰：「我為女子，薄命如斯！君是丈夫，負心若此！韶顏稚齒，飲恨而終。慈母在堂，不能供養。綺羅弦管，從此永休。徵痛黃泉[71]，皆君所致。李君李君，今當永訣！我死之後，必為厲鬼，使君妻妾，終日不安！」乃引左手握生臂，擲杯於地，長慟號哭數聲而絕。母乃舉尸，寘[72]於生懷，令喚之，遂不復甦矣。

生為之縞素[73]，旦夕哭泣甚哀。將葬之夕，生忽見玉繐帷[74]之中。容貌妍麗，宛若平生。著石榴裙，紫褴襠，紅綠帔子[75]。斜身倚帷，手引繡帶，顧謂生曰：「愧君相送，尚有餘情。幽冥之中，能不感嘆。」言畢，遂不復見。明日，葬於長安御宿原[76]。生至墓所，盡哀而返。

後月餘，就禮於盧氏。傷情感物，鬱鬱不樂。夏五月，與盧氏偕行，歸於鄭縣。至縣旬日，生方與盧氏寢，忽帳外叱叱作聲。生驚視之，則見一男子，年可二十餘，姿狀溫美，藏身暎[77]幔，連招盧氏。生惶遽走起，繞幔數匝，倏然不見。生自此心懷疑惡，猜忌萬端，夫妻之間，無聊生[78]矣。或有親情，曲相勸喻。生意稍解。

後旬日，生復自外歸，盧氏方鼓琴於床，忽見自門拋一斑犀鈿花合子，方圓一寸餘，中有輕絹，作同心結，墜於盧氏懷中。生開而視之，見相思子[79]二、叩頭蟲一、發殺觜[80]一、驢駒媚[81]少許。生當時憤怒叫吼，聲如豺虎，引琴撞擊其妻，詰令實告。盧氏亦終不自明。爾後往往暴加捶楚[82]，備諸毒虐，竟訟於公庭而遣之[83]。

盧氏既出，生或侍婢媵妾之屬，蹔[84]同枕席，便加妒忌。或有因而殺之者。生嘗遊廣陵，得名姬曰營十一娘者，容態潤媚，生甚悅之。每相對坐，嘗謂營曰：「我嘗於某處得某姬，犯某事，我以某法殺之。」日日陳說，欲令懼己，以肅清閨門。出則以浴斛[85]覆營於床，周迴封署，歸必詳視，然後乃開。又畜一短劍，甚利，顧謂侍婢曰：「此信州葛溪鐵，唯斷作罪過頭！」大凡生所見婦人，輒加猜忌，至於三娶，率皆如初焉[86]。

校志

本文據《太平廣記》卷四八七校錄

註釋

❶大曆——大曆是唐代宗年號，自公元七〇六到七七九共十四年。

❷隴西李生名益——唐代看重門第。隴西姑臧李姓是山東五大郡姓之一。唐有兩李益。文章李益為大曆十才子之一，兩唐書均有傳。另一李益號門第李益。

❸以進士擢第，其明年拔萃，俟試於天官——唐進士考試及第之後，還要到吏部應書判拔萃試。禮部主考進士，給予出身。吏部試及格之後，才能授官。天官即吏部。

❹門族清華——稱人門第高貴之意。

❺先達丈人，翕然推伏—先達，先進。丈人，長輩。一起推崇佩服。

❻自矜風調—每以自己的風流高格而自傲。

❼故薛駙馬家青衣—已故薛駙馬家的奴婢。皇帝的女婿稱駙馬。

❽折券從良—古時將兒女賣給有錢人家作奴婢，都有賣身契。折券，即是把賣身契折價若干現金，交給買主，要回身契，成為自由身。從良，嫁人。

❾性便僻—便僻，恭敬太過。即是最會拍馬屁，奉承人。

❿追風挾策，推為渠帥—追風，或謂係追求女人之意，未悉何據。挾策，，胸懷策謀。渠帥，強盜頭。意謂鮑十娘專為人策劃追女人，為個中翹楚。

⓫常受生誠託厚賂，意頗德之—常常得到誠懇的囑託和厚禮。心裡很感李生之德。

⓬申未間—午後一至三時之間。

⓭攝衣從之—攝，整理之意。整理好衣裳。

⓮蘇姑子作好夢也未—意謂「有沒有作了好夢？」「蘇姑子」或謂是唐代俗語。出處不詳又如「神飛體輕」之形容快樂，韋蘇州詩云：「神歡體自輕。」都是當時形容一個人高興時，似乎骨頭都輕了許多。

⓯有一仙人，謫在下界，不邀財貨，但慕風流—有一個被謫下凡的仙女，只愛風流人物，不貪錢財。

⓰如此色目—色目，名目也。如此一個出色的人物。

⓱故霍王小女—霍王元軌，乃高祖李淵之子。武后時因謀反被殺。至大曆已六十餘年。當然不可能有十幾歲的遺腹女兒。唐時妓女，多假高門。不足為怪。

⓲勝業坊古寺曲—曲，今之巷也。

⓳但至曲頭覓桂子—請到巷口找一個叫桂子的人。

20 於從兄京兆參軍尚公處假青驪駒、黃金勒—到堂兄京兆府作參軍的尚公處借好馬、配黃金勒口。唐州、府都有參軍，分掌各曹。但不一定是武職。

21 遲明—黎明。

22 巾幘—幘，包髮之布。巾，意為戴上。動詞。

23 亭午—當午也。顏延之《纂要》：「日在午曰亭。在未曰昳。」《正字通》云：「亭午即直午之謂。」

24 何等兒郎，造次入此？—什麼男人，闖進此地？造次，匆忙，倉卒之意。

25 調誚—調笑也。

26 逡巡—卻退貌。公羊傳宣六年：「趙盾逡巡北面，再拜稽首而出。」

27 不意顧盼—想不到眷顧。劉峻廣《絕交論》：「至於顧盼增其倍價，翦拂使其長鳴。」

28 舉杯數巡—舉杯好幾遍了。

29 閑庭邃宇—邃，深遠也。謂寬廣的庭堂，深邃的宇舍。

30 低幃暱枕—幃放得很低，枕頭都是很親密的。暱，親近之意。

31 巫山—宋玉《高唐賦》序略云：懷王遊高唐，夢見巫山神女與之歡會。

32 洛浦—曹植所愛之甄氏，他父親把她配與曹丕。甄氏後犯錯，為魏文帝，即曹丕，所殺。曹植經洛水，夢見甄氏，因作〈感甄賦〉。魏明帝把賦名改為〈洛神賦〉。

33 中宵之夜—夜半。

34 女蘿無托—女蘿為一種爬藤植物，生必附於大樹上。一如婦人之靠丈夫生活。若丈夫不喜歡了，就好像女蘿失去了依靠。

35 秋扇見捐—捐，棄也。到了秋天，天氣涼了，扇子英雄無用武之地，不免被拋棄。

36 褰幄——褰，揭除帷幄也。幄是帳子。形如屋，故名。

37 筆研——筆硯也。研同硯。

38 越姬烏絲欄素縑——越女所織一種有烏格子素底的絹。引論山河，指誠日月——引山河以明愛之深厚。指日月以誓愛之真誠。

39 染畢——寫完了。

40 婉孌相得，若翡翠之在雲路也——婉孌，親愛也。翡翠魚狗的一種。雄為翡。翠為雌。謂二人相親愛，如翡翠之翱翔於天空。

41 生以書判拔萃登科，授鄭縣主簿——主簿，視上縣、中縣、下縣之別，官階為正九品下、從九品上、從九品下。主簿「職司簿書，蓋曹掾之流耳。」

42 拜慶於東洛——拜慶，拜母親。東洛，東都洛陽。

43 春物尚餘，夏景初麗——春天的花木還在，夏天的景色剛顯出其美麗。

44 酒闌賓散，離思縈懷——闌，晚也。樂曲終了曰闌。酒席終了，賓客散去，離別的愁思在心裡縈迴。

45 以君才地名聲，人多景慕——以你的人品門地和聲譽，大家都很景仰羨慕。駱賓王〈討武則天檄〉「性非和順，地實寒微。」地指郡望，家世。

46 堂有嚴親，室無冢婦——堂上有嚴親在，室中無主婦。

47 妾有短願，欲輒指陳。永委君心，復能聽否——賤妾有一個小小的心願，常常想向您稟說，讓您永遠放在心上，您能不能聽我說呢？

48 迨君壯室之秋——等到您三十而娶妻的壯年。《禮記。曲禮》上說：「三十曰壯，有室。」〈枕中記〉：「今已過壯室，猶勤畎畝。」

㊾妙選高門，以諧秦晉—好好的選擇高門的女子，以成就門當戶對的婚姻。按春秋時秦、晉世為婚姻。後人稱聯姻為「秦晉之好」。諧，和諧也。成功也。

㊿捨棄人事，剪髮披緇—拋棄人世間的俗事，剪掉頭髮，穿上尼姑的緇衣。意思就是出家當尼姑。

51皎日之誓，死生以之—指著大太陽發過誓，生死都不會改變。

52豈敢輒有二三—那兒敢常懷三心二意。

53遂就禮謝，便有近期—於是就依禮去盧家謝親，而且便有了結婚的喜期。

54盧亦甲族—唐代郡望最高的門第為山東郡姓的崔、盧、李、鄭、王，有如晉代的王、謝。而其中又以崔、盧較高。《北齊書》載：崔㥄（註：清河崔氏，地位高於博陵崔氏。）謂盧元明曰：「天下盛門，為我與爾。博崔趙李，何事者哉！」

55博求師巫，遍訪卜筮—到處找命相師、巫師，甚至占卦、卜筮，希望能獲得李生的消息。

56寄附鋪—有如今日的委託行。

57內作老玉工—大內的作坊中的老年玉工。

58上鬟—女孩子十五歲為及笄之年，要把頭髮向上梳起，插上簪子，表示可以出嫁了。笄便是竹子製的簪子。又叫上鬟。沒有錢的人家用竹，有錢人家則用金、銀、玉石為簪。

59失機落節—失去機運，落魄之至。

60潛卜靜居，不令人知—偷偷的找地方靜靜的住下來，不讓人知道。

61明經—唐代考試科目之一。如元和詩人元微之便是明經出身。

62生自以愆期負約，又知玉疾候沈綿，慚恥忍割，終不肯往—李生因為約期誤了，又背了誓盟，更知道小玉病得很沈重，既慚愧，又羞恥，因此忍心割捨，使終不肯往見小玉。沈綿，沈痼也。

63委頓床枕—委頓，廢壞也。謂困疲於床枕上。

64雖乏文藻，心嘗樂賢—雖然自己缺乏文采，卻常樂於和賢俊之士相往還。

65妖姬—妖豔美麗的侍姬。

66敝居咫尺，忍相棄乎—蝸居只有幾尺遠了，忍心相棄，不進去坐坐嗎？

67僶勉—勉強。

68沈綿日久，轉側須人—病太久了，連翻身都要人幫忙。

69欻然自起—忽然之間，自己爬起床來。

70羸質嬌姿，如不勝致—瘦弱的體質，和嬌怯的姿態，如不勝意態。

71徵痛黃泉—造成在黃泉之下的苦痛。

72寘—置也。

73為之縞素—為之帶孝服喪。

74繐帷之中—靈帳之中。

75石榴裙，紫褴，紅綠帔子—（石榴）紅的裙子，紫色的外袍、紅綠相間的紗巾。

76御宿原—地名。葬人之地。

77藏身映幔—藏起身子，而身影卻自薄幔中映出來了。

78無聊生矣—夫妻之間發生了許多無聊的事情。

79相思子—紅豆也。古以託相思之意。王維詩：「紅豆生南國……此物最相思。」

80發殺觜—不知何物。或謂是媚藥。

81驢駒媚—驢駒初生，墮地前，口中有一肉塊，名媚。婦人佩之能媚。

❽❷暴加捶楚—暴加鞭打。捶，以杖擊。楚，荊也。捶楚也是杖刑。或云捶之使痛楚。晉書劉隗傳：「捶楚之下，無求不得。」

❽❸訟於公庭而遣之—到衙門打官司把妻子遣出去了。

❽❹蹔—同暫。

❽❺浴斛—洗澡桶。日本現在還在使用。

❽❻率皆如初—完全像初開頭時一樣。

語譯

唐大曆年間，隴西有個叫李益的書生，二十歲就考上了進士。次年，他將到吏部接受書判考試。其夏六月，他到了長安，住在新昌里。

李生系出高門，從小便有才華。所作文章，其中麗詞佳句，在儕輩中無人可比。前輩先生，都同聲讚歎、佩服。他也自認才調高於儕輩，常想找一個美嬌娘為伴。他到處打聽名妓，都不得要領。長安有一位叫鮑十一娘的媒婆。她原是薛駙馬家的婢女，贖身從良，已十多年了。她很懂拍馬屁、吹牛，能言善道。經常進出豪門，拉皮條，為人策劃玩女人，可稱是箇中翹楚。她經常收到李益的誠託厚贈，頗為感激。

數月之後的一天，李益在所居南亭中閑坐，大約下午一兩點鐘，忽然聽到急促的扣門聲，說是鮑十一娘來了。李益連忙整衣出迎，問道：「鮑阿姨今天緣何突然見訪呢？」鮑十一娘笑道：「大男生有沒有作到好夢？有一位仙女，謫下凡塵。她不在乎金錢，只想找風流才子。這樣的出色仙女，和您十分相配呢。」李益聽了，高興得跳起來。神采飛揚，一身輕快。拿著鮑婦的手，且拜且謝。說：「願意一生世為這位仙女作牛馬，死也不怕！」便忙著問佳人的芳名與居處。鮑十一娘具體的告訴他說：「她是已故霍王的夭女，小字小玉。甚得霍家寵愛。她的母親叫淨持，乃是霍王寵愛的婢女。王故世之後，兄弟們認為小玉是婢女所生，不願收容她。只分了些錢財，打發她母女離開王府。她們也改姓鄭。旁人也不知她原是霍王的女兒。美麗的姿質，穠豔的風態，是我一生僅見過的美女。高爽的情懷，清逸的舉止，處處過人。她昨天拜託我為她找一個格調相稱的好郎君，我想起十郎，她也知道您的名字。十分高興。她家住在勝業街的古寺巷，剛過車門宅的便是。我已經和她約好，明天中午，您到古寺巷巷口，有一個叫桂子的丫鬟會在那裡等候。」

鮑十一娘離去之後，李益便忙著為次日的約會作準備。首先，吩咐家僮秋鴻到堂兄時任京兆參軍的尚公家借一匹青色好馬並黃金馬勒。當晚，李益已迫不及待的沐浴更衣，整飾儀容，興奮得整夜難眠。黎明之時，戴上頭巾，拿鏡子照來照去，生怕事情會弄不成。焦急的走來走去，終於到了午時左右，當即命僕人備妥車馬，直奔勝業街。到了約定之處，果然有一名女婢站在當地等候。她走上前問：「莫非是李十郎？」於是李益下了馬，將馬轠交給婢女。李益進了屋，婢女立即把門鎖上。只見鮑十一娘從裡面走出來。老遠的便笑著發話：「是什麼人哪？慌慌張張的闖進人屋裡？」李益也回嘴誚笑。於是他被引進中門，庭院中有四棵櫻桃樹，西北角懸著一個鸚鵡籠。鸚鵡見有人來，出聲叫：「有人入來，有人入來，放下簾子，放下簾子。」李益本性清淡，原便有點心懷疑懼，聽到鸚鵡的叫聲，愕然不敢前進。

逡巡之間，鮑十一娘帶領著淨持下階相迎。請李益進屋入坐。淨持年約四十餘歲。猶然綽約美麗，談笑嫵媚。她對李益說：「一向聽說李十郎文采風流，今日一見，果然儀表出眾，名不虛傳。我有一個女兒，雖然缺少教誨。容色還過得去。能和君子相配，頗為合適。鮑十一娘好幾次對我說起您的意思，現在就讓她永遠跟著您吧！」李益連忙道謝，說：「在下庸愚拙劣，承蒙青睞，願賜俯允。實是畢生榮幸。」淨持便命擺酒設宴，並叫小玉從東閣出見，李益立即拜迎。一時俊男美女，有若瓊花玉樹，照耀生輝。眼波流轉，精彩射人。

小玉遂在母親身旁坐下。母親對她說：「你常念『開簾風動竹，疑是故人來。』兩詩句，就是這位十郎作的，妳整天吟詠，思念，現在見到的作詩的人了，怎麼樣？」小玉低頭微笑，細聲說：「見面不如聞名，才子怎能沒有好相貌呢？」李益聽了，站了起來，連連作揖，說：「小娘子愛文才，鄙人愛美色，兩人在一起，可不就是才貌相兼了嗎？」說得小玉母女都笑了。酒過數巡之後，李益起身請小玉唱首歌。小玉開始不肯，經不起母親的堅請，只好遵命。她的歌聲清亮，曲調精奇。酒喝得差不多了，天也就快黑了。鮑十一娘領生到西院休息。但見庭院深邃，簾幙華麗。鮑十一娘叫婢女桂子和浣紗侍候李益脫靴解帶。一會兒，小玉也就到了。她輕言細語，婉轉嫵媚，寬衣解帶的時候，風姿十分迷人，於是同床共枕，極其歡樂愛撫。生以為楚王巫山會神女，曹植洛浦見洛神，可能都比不上。

夜半時分，小玉忽然對著李益流下眼淚來，她說：「妾身出自倡家，自知配不上您。只以姿色，託身高賢。將來容色衰減，便會讓我失去依靠，像到了秋天的扇子一樣被拋棄。值此極其歡樂的時候，不覺悲從中來！」

李益聽了，不勝感慨。於是把手伸過去作枕頭，讓小玉睡在他的臂上，柔聲對她說：「平生最大願望，今天已達到。此後那怕粉身碎骨，也絕不捨棄妳。夫人何以說這種話呢？請妳拿一幅白色絲絹，我把我的盟誓的話寫在上面作為憑證。」於是小玉收起眼淚，叫侍婢櫻桃揭起帷帳，掌起燈燭，拿過筆硯來。她平生弄絃管之外，便是喜歡詩書。家中文房四寶，都是王府舊物。她從一個繡花袋中，拿出一幅三尺長的素絹給李益。李益一向才思敏捷，提起筆就寫。誓文中用山河來表愛情深厚，用日月來作證表示真誠，辭句懇切，詞意感人。寫完了，交給小玉收藏。

此後，兩人相愛相得，好像翡翠鳥的比翼雲路之中。匆匆便過了兩年。

第三年春天，李益通過了吏部的書判試，分發作鄭縣主簿。四月即將上任。上任前，擬先回洛陽探望母親。於是在長安的親友們都擺酒席為他餞行。時值春末夏初，春花尚開，夏景初麗。酒終人散，不覺離情別緒，縈迴增恨。小玉對李益說：「以您的文才、門第，一向都為人景慕。願意和您結親的，當然很多。而且您上有高堂，家中卻沒有操持家務的媳婦，您這次回去，一定會成就門當戶對的好姻緣。我們的那些山盟海誓，終究是空話而已。但我還是有一個小小的願望，想向您說明，希望您能永遠放在心上。不知您願不願意聽？」

李益說：「我作錯了什麼？妳要對我如此說話？請說出妳想要說的話，我一定聽從。」

小玉說：「我今年十八，您才二十二歲。等到您三十歲，還有八年之久。希望能和您在此八年之中，互相廝守。這便是我一生歡愛之期。八年過後，您妙選高門，締結婚姻，也不為晚。屆時我就削髮為尼。平生的願望也就算達成了。」

李益聽了，又慚愧，又感動，不覺流下眼淚。他說：「我對太陽發過誓，生死都不會變心。和妳一起白頭到老，還覺得不夠呢，那裡敢三心二意。請莫見疑，妳只要安居等候。等到八月，我便會派人接妳到華州。我們很快便會再見面。」

過了幾天，李益便訣別了小玉，往東而去。

到任十來天，李益請假回東都洛陽去省親。還沒到家，母親已經為他和表妹盧氏訂了親事。母親的脾氣向來很嚴厲堅決，李益躊躇著不敢推辭，於是就到盧家去謝婚，並決定在短期內舉行婚禮。盧家也是世家大族，嫁女兒一定要百萬的聘禮；不到這個數目，是不會答應的。李益家裡並不富裕，只得四出奔走，向親友借貸。從秋天到夏天，他跑遍了江、淮一帶地方。

李益覺得自己辜負了盟約，對小玉感到很慚愧，就有意不通音信，想要使她斷念頭。又一一拜託京城的親友，不要走露風聲。小玉久等李益不回來，連連派人去打聽，得到的消息卻都是敷衍瞎說，天天不同。她到處求神問卜，也沒什麼結果。成天憂思疑慮，鬱鬱不樂，不覺便過了一年多。她一天比一天消瘦地守著空房，到後來竟成宿疾。雖然李益始終沒有音信，小玉卻仍然時刻盼望著。她在親友間廣為贈禮，希望由他們那兒能得到一點李益的消息。尋求心切，花費也多，漸漸便窮困了，常常叫侍婢偷偷地拿首飾出去變賣，多數都放在西市侯景先那裡寄售。

一次，她命侍婢浣紗拿著一隻紫玉釵，到侯景先的舖中去賣。路上遇見一個宮廷裡的老玉工，看見浣紗拿的玉釵，就過來辨認，說：「這釵是我作的！當年霍王為了他的小女兒及笄，要我作這隻紫玉釵，還賞了我一萬錢。這件事，我始終沒忘記。你是什麼人？從那裡得來這隻玉釵？」浣紗說：「我家小娘子，就是霍王的小女兒。從王府裡被趕了出來，又不幸失身於人。夫婿去了東部，便沒有消息；她日夜憂愁成病，現在已經快兩年了。她叫我來賣掉這東西，得了錢，好去做人情，請人幫忙打聽消息。」玉工聽了，不覺悽然的流下淚來，說：「沒想到貴戚人家，一旦落魄，竟然如此地步！我已經一大把年紀了，還見到這樣盛衰無常的事，真是叫人感傷。」就帶浣紗到延光公主宅內，把這件事說給她聽。公主也十分同情，嘆息了好一陣子，賜了浣紗十二萬錢。

李益所聘的盧家小姐，家在長安，李益送過了聘禮，仍然回鄭縣去。到了這年的臘月，又告假到京城來成親。悄悄地在城裡住下，不讓人知道。有一個明經及第的人叫崔允明的，是李益的表弟，性情很忠厚，以前常跟李益一起到鄭家去玩，大家熟得很。他每次得到李益的消息，都來一五一十地告訴小玉。小玉常常送他些衣服、日用品，崔允明很感激。這次李益來長安，崔允明知道了，就老老實實地告訴小玉。小玉恨恨地嘆氣說：「天下竟會有這樣的事嗎！」於是到處請託親友，想法子找李益來。李益慚愧自己負了約，又知道小玉病得很沈重，於是忍痛捨棄，始終不肯去，每天早出晚歸，故意迴避。小玉天天以淚洗面，不能吃也不能睡，巴望著見李益一面，竟然找不到機會。心裡的怨恨痛苦越來越深，病勢也就越發沈重。從此長安城裡慢慢就有人知道這件事了。風流人士，莫不為小玉的多情所感動；豪傑俠客，也都氣憤李益的薄倖。

三月裡，正是遊春的時節，李益同了五、六個朋友到崇敬寺賞牡丹花，漫步西廊下，大家輪流吟詩。其中有個京兆人韋夏卿，是李益的好友，對他說：「春光如此美麗，草木都欣欣向榮；可憐鄭姑娘，卻含冤憔悴，獨守空閨！你竟然真的忍心拋棄了她，實在殘酷得很！以一個君子的存心，是不應該這樣的。希望你好好考慮考慮！」正感嘆責備的時候，忽然有一個豪俠之士，身穿華麗的黃色衣衫，攜著弓彈，神采俊逸，帶著一名胡人小廝，暗暗跟在李、韋兩人身後，偷聽到了他們的談話。一會兒，他走上前來，對李益作了一個揖說：「您不就是李十郎嗎？我是山東人，算來和你有點親戚關係，雖然我自己沒有什麼文才，卻喜歡結交賢士，向來仰慕您的聲名，常希望能見上一面。今天很榮幸，能瞻仰到您的風采。舍下離這裡不遠，也有些歌兒舞女，還可以娛人。美姬有八、九人，駿馬有十來匹，只要您喜歡，都可以奉送。我誠懇地希望您能賞光。」大家聽到這一番話，都很讚賞。李益就跟著那豪士騎馬同行。很快地轉過了幾條街，就到了勝業街。李益因為這個地方離鄭家很近，不願意經過，便藉口有事，想要撥馬回去。豪士說：「寒舍就在前面，您怎麼可以不賞光呢？」一面伸手拉住他的馬，往前走。不一會兒，已經到了鄭家的門口，李益神情恍惚，舉鞭打馬就要回去，豪士叫家人驚喜萬分，鬧哄哄的聲音，直傳到戶外。

頭一天晚上，小玉做了個夢，夢見一個穿著黃色衣衫的男子，抱著李益進來。到了席前，李益便叫她脫鞋。小玉驚醒了，把夢境告訴母親，並且自己解釋說：「『鞋』跟『諧』同音，這是表示夫妻會再見面；脫的動作，是表示分離；既然再見了，又分離，這恐怕是要永別了。這樣看起來，我一定會再見到十郎的面；相見之後，就是我的死期了！」第二天早上，小玉起來，請母親為她梳妝。母親以為她病久了，心神迷亂，不大相信她的話，但還是勉強替她梳妝。剛打扮好，李益果然就來了。

小玉纏綿病榻多日，平常連翻個身都要人幫著，這時聽說李益來了，卻一下子自己站起身來，似有神助似的。出去跟李益相見。她含恨目不轉睛地看著李益，一句話也不說。孱弱的身子搖搖晃晃，不時舉起衣袖來擦拭眼淚，又愛慕地看著李益。滿座的人見了這傷感的場面，都唏噓不已。

才一會兒，門外又送來幾十盤酒菜。大家都覺得奇怪，詢問原由，才知道全是那位黃衫豪客叫飯店送來的。於是擺開桌椅，羅列酒菜。小玉側身轉面，斜睨李益甚久，然後舉起一杯酒到在地上。說：「我是一個弱女子，如此薄命！您是一位大丈夫，卻如此薄倖！使我紅顏稚年，含恨而死！慈母在堂，我不能供養，綺羅衣飾，絃管音聲，從此都沒有了。如此痛歸九泉，都是您一手造成的！李君李君，我們永別了。我死之後，當化為厲鬼，使您的閨房妻妾，永無平安！」她把左手緊抓住李益的手臂，把酒杯摔到地上，放聲大哭了數聲，便絕了氣息。小玉的母親抱起小玉的屍體，置放到李益的懷中，要李益呼喚她。可小玉已香消玉殞，喚不回來了。

李益為小玉穿上喪服，早晚哭泣，十分哀痛。臨下葬的前夕，他忽然見到小玉的身影掩映在靈帳中，穿著石榴裙、紫羅衫，紅綠帔子，容貌豔麗，跟平日一樣。她斜倚著帷帳，手裡拉著繡帶，對李益說：「想不到你還會為我送終，倒還有一點點感情，我雖身在幽冥之中，也不能不感嘆呀！」說完，就不見了。第二天，下葬在長安的御宿原。李益一直送到墓地，哭得十分傷心才離去。

一月之後，李益和盧家小姐成了親。但李益忘記不了小玉的遭遇悽慘，悶悶不樂。夏五月，兩口子回到了鄭縣。

一夜，兩人正要就寢，忽然聽到帳外有叱叱的聲音。李益吃了一驚，連忙察看。只見有一個二十多歲左右的英俊男子，藏在帳幔後面。不斷用手招盧氏。李益連忙起床，繞著帳幔追了幾圈，那人忽然就不見了。從此之後，李益便猜忌盧氏有外遇，夫妻之間常起一些無聊的爭吵。好些親戚為他們曲為勸解，李益略略放鬆了些。

又過了十多天，李益從外歸家，盧氏在床前彈琴，忽然從外面拋進一個班紋犀牛角雕成、鑲嵌著金花的盒子。方圓一寸多。中間有一條作成同心結的細絲帶，落入盧氏懷中。恰巧被李益看到。李益把盒子打開，發現裡面藏的是相思子、叩頭蟲一、發殺觜一、驢駒媚少許。李益頓時大吼大罵，聲音像虎吼狼嚎。他抓起琴便望盧氏身上打去，而且要她從實招來，盧氏自己也不明白是怎麼回事。事後，李益動輒毒打老婆，把她折磨得實在難以忍耐。最後只能鬧上公堂，他把妻子給打發了。

盧氏被出之後，李益和他的侍妾或侍婢，只要暫同過枕席，便會遭到他的猜忌。甚至有因而被他殺死的，他曾去到廣陵，討回名姬營十一娘。十一娘非常美麗，李益很喜歡她。但他改不了猜忌的毛病，每每相對談話時，他會說：「我曾在某處討了某女子，她犯了某事，我用某法宰了她。」天天胡說，目的在讓十一娘害怕自己，不敢作出不規矩的事。出門的時候，他會用洗澡盆把她蓋在床上，四周貼上封條。回家後經過詳細檢查，認為一切正常之後，才打開澡盆。他又預備了一把短劍。對侍婢們說：「這是信州葛溪的鐵所鑄成，鋒利無比。專門斷犯罪者的頭。」大凡他所親近過的，無不猜忌。他娶了三次，都和起初一樣。

七、湘中怨解

沈亞之

垂拱中❶，駕在上陽宮。

太學❷進士鄭生，晨發銅駝里，乘曉月度洛橋。聞橋下有哭聲，甚哀。生即下馬察之。見一艷女，翳然蒙袂❸曰：「我孤，養於兄嫂，嫂惡，常苦我。今欲赴水，故留哀須臾❹。」生曰：「能遂我歸乎❺？」應曰：「婢御無悔❻！」遂載與之歸所居，號曰汜人。能誦楚詞九歌招魂九辯之書，亦常擬其調、賦為怨歌。其詞艷麗，世莫有屬者❼。因撰風光詞曰：「隆佳秀兮昭盛時，播薰綠兮淑華歸。故室荑與處萼兮，潛重房以飾姿。見耀態之韶華兮蒙長靄以為幃，醉融光兮渺渺瀰瀰，遠千里兮涵煙眉，晨陶陶兮暮熙熙。無婑娜之穠條兮，娉盈盈以披遲。酡遊顏兮倡蔓卉，縠流倩電兮髮隨旋。」

生居貧，汜人嘗出輕繒❽一端賣之。有胡人酬千金。居歲餘，生將遊長安。是夕謂生曰：「我湖中蛟室之妹也❾，謫❿而從君。今歲滿，無以久留君所」乃與生訣。生留之不能，竟去。

後十餘年，生兄為岳州刺史。會上巳日，與家徒⓫登岳陽樓，望鄂渚，張宴樂酣，生愁思吟曰：「情無限兮蕩洋洋，懷佳期兮屬三湘。」聲未終，有畫艫⑫浮漾⑬而來。中為綵樓⑭，高百餘尺，其上施幃帳⑮，欄籠畫飾。帷褰⑯，有彈絃鼓吹者，皆神仙蛾眉，被服煙霓⑰，裾袖皆廣長⑱。其中一人起舞，含嚬怨慕⑲，形類汜人，舞而歌曰：「泝青山兮江之隅，拖湖波兮裊綠裾。荷拳拳兮未舒，非同歸兮將焉如。」舞畢，斂袖索然⑳。須臾，風濤崩怒㉑，遂不知所往。

校志

一、本文根據明翻刻之宋本《沈下賢文集卷三》、《太平廣記》卷二百九十八校補。《廣記》題名〈太學鄭生〉，下注：「出《異聞集》」。《沈下賢文集》題名〈湘中怨解〉，較為切合內容。

二、本文前原有：

〈湘中怨〉者，事本怪媚，為學者未嘗有述。然而淫溺之人，往往不寤。今欲概其論，以著誠而已。從生韋敖，善譔樂府，故牽而廣之，以應其詠。

註釋

❶垂拱——武后年號，共四年。元年為公元六八五年。

❷太學——唐代太學與國子學、四門學，並隸於國子監。七品以上之子弟得入國子學。八品以下之子弟及庶民之俊秀者，得入太學。

❸翳然蒙袂——袂，衣袖也。言以衣袖遮臉。

❹今欲赴水，故留哀須臾——現在要投水自盡，故停下來整理一下哀怨的情緒。須臾，一下子，片刻之意。

❺能逐我歸乎——能隨我回家嗎？宋詞：「明月逐人歸。」

❻婢御無悔——雖然奴婢、作駕車者，也不後悔。御，駕車馬者。

❼世莫有屬者——人世間沒有和他相當的人。

❽繒——帛之總名。漢書：「灌嬰，睢陽販繒者也。」即買賣布匹的。

❾蛟室之妹也——蛟，龍之屬。蛟，又通鮫。《述異記》：「南海中有鮫人室，水居如魚。不廢機織。其眼能泣則出珠。」晉木玄虛〈海賦〉云：「天琛水怪，蛟人之室。」

❿謫——罰罪曰謫。謫而從君——謂犯罪被處罰因而跟隨了你。

⓫家徒——家人。

⓬畫艫——畫艫，船頭有彩色圖畫的船。「舳艫千里。」舳為船尾。艫為船頭。謂船之多也。

⓭浮漾——漾，為舟搖動而前進也。

⓮綵樓──今謂五色綢曰綵。綵樓者，有結綵之樓也。即以五色綢裝飾之樓。
⓯幃帳──簾帷帳幔之類。
⓰帷褰──簾帷捲了起來。
⓱皆神仙蛾眉，被服煙霓──皆具神仙的美貌，穿著如煙似的輕紗，而五彩繽紛。蛾眉，指女子。
⓲裾袖皆廣長──裾，衣之大襟也，言襟袖背其寬大。
⓳含嚬怨慕──如怨如慕、如泣如訴。嚬，同顰，眉蹙貌。
⓴斂袖索然──把袖子收起來，而顯出落寞的樣子。
㉑風濤崩怒──風大浪高，好像崩裂、發怒。

語譯

堂垂拱年中，御駕在上陽宮。

太學進士鄭生，黎明之時，從銅駞里出行，乘曉月尚明，上洛橋。忽然聽到橋下有人在哭，而且哭得非常悲哀。

鄭生乃下馬察看。只見一位豔麗的小姐（見鄭生來到），用衣袖遮住臉，說：「我孤苦無依，兄嫂養我。嫂嫂惡劣，經常虐待我。我現在要去投水自盡。一時悲從中來，故留在水畔痛哭，發洩一下。」

生問她：「願隨我回家嗎？」

應道：「作奴作婢都不後悔。」

生遂將她載回到所住的地方。稱她為「汜人」。汜人背誦《楚辭・九歌》〈招魂〉、〈九辯〉等書。而且常模擬這些文章的格調寫出怨歌。她用的詞句很艷麗，世上沒有能和她相當的人。她所撰的〈風光詞〉說：

隆佳秀兮昭盛時，播薰綠兮淑華歸。故室荑與處萼兮，潛重房與飾姿。見耀態之韶華兮，蒙長靄以為幃。醉融光兮渺渺瀰瀰，遠千里涵煙眉。晨陶陶兮暮熙熙。無婑娜之穠條兮，騁盈盈以披遲。酡遊顏兮倡蔓卉，縠流倩電兮髮隨旋。

鄭生窮，汜人曾拿出一匹繒去賣。一位胡人給了千金買去，住了一年多，鄭生將去長安。其晚，汜人對他說：「我是湖中蛟龍的妹妹。因犯了過錯被謫而跟隨了你。現在謫期已滿，不能再留在你處了！」她和鄭生訣別，鄭生要留也留不住，她終於走了。

十多年後，鄭生的兄長時任岳州刺史。三月上巳禊之日，和家人同登岳陽樓。遙望鄂渚，張宴樂甚，酒酣之際，鄭生（想起了汜人）不覺悲愁而吟曰：「離情無限，如水波之蕩蕩洋洋。思念相聚的好日子，令人懷念三湘！」吟聲未了，忽見有一艘船頭有作畫的大船搖搖向前而來。中間是飾有綵綢的船樓，高百餘尺。樓上有簾、帷、帳、幔等飾物。帷捲了起來，看見有彈弦、擊鼓、吹奏樂器的小姐們，都是蛾眉如仙。衣服若彩虹，廣裾長袖，風態迷人。其中有一人，正翩翩起舞。含嚬怨慕，看起來似汜人。她一面跳舞，一面唱歌。歌曰：

泝青山兮江之隅，拖湖波兮裊綠裾。荷拳拳兮未舒，非同歸兮將焉如。

舞畢，收起袖子，顯出落寞的樣子。

忽然之間，風起浪生，遂失所在。

八、異夢錄

沈亞之

元和❶十年，沈亞之始以記室從事隴西公軍❷涇州❸，而長安中賢士，皆來客之。五月十八日，隴西公與客期，宴於東池便館。既坐，隴西公曰：「余少從邢鳳遊，得記其異，請言之❹。」

客曰：「願聽。」

公曰：「鳳、帥家子，無他能，後寓居長安平康里南，以錢百萬買故豪洞門曲房之第❺。即其寢而晝偃❻。夢一美人，自西楹❼來。環步從容，執卷且吟❽。為古粧，而高鬟長眉，衣方領繡帶，被廣袖之襦❾。鳳大悅曰：『麗者何自而臨我哉❿？』美人笑曰：『此妾家也，妾好詩而常綴此⓫。』鳳曰：『幸少留，得觀覽』。於是美人授詩，坐西床。鳳發卷，視首篇，題之曰〈春陽曲〉，終四句，其後諸篇，皆類此數十句。美人曰：『君必欲傳，無令過一篇。』鳳即起，從東廡⓬下几上取彩箋，傳春陽曲。其詞曰：『長安少女踏春陽，何處春陽不斷腸。舞袖弓彎渾忘卻，羅帷空度九秋霜⓭。』鳳卒吟。請曰：『何謂弓彎？』曰：『妾昔年。父母使教妾此舞。』美人乃起，整衣張袖，舞數拍為彎弓狀以示鳳。既罷。美人低頭良久，即辭去。鳳曰：『願復少留須臾間。』竟去。鳳亦尋覺，昏然忘有所記，及更衣，於襟袖得其辭，驚視，復省所夢。事在貞元⑭中。後鳳為余言如是。」

是日監軍使⑮與賓府郡佐，及宴客隴西獨孤鉉，范陽盧簡辭，常山張又新，武公蘇滌，皆歎息曰：「可記。」故亞之退而著錄。

明日客有後至者。渤海高元中，京兆韋諒，晉昌唐炎，廣漢李瑀。吳興姚合，洎⑯亞之；復集於明至泉，因出所著以示之。

於是姚合曰：「吾友王炎者，元和初，夕夢遊吳，侍吳王。久之，聞宮中出輦，吹簫擊鼓，言葬西施。王悲悼不止，立詔門客作挽歌詞。生應教為詞曰：『西望吳王闕，雲書鳳字牌。連江起珠帳，擇土葬金釵。滿地紅心草，三層碧玉階，春風無處所，悽恨不勝懷。』詞進，王甚嘉之。及寤，能記其事。」炎，本太原人也。

校記

一、此文見《太平廣記》卷二百八十二，下注：「出《異聞集》。」唐谷神子所撰之《博異記》

也有類似故事，文句頗有刪損。經根據明翻宋本《沈下賢文集》卷四相校錄。段成式所著《酉陽雜俎》卷十四〈諾皋記〉也有類似故事。既未著姓名，文辭也非常簡單。其〈春陽曲〉一詞，末句為「蛾眉空帶九秋霜。」胡應麟以為較「羅幃空度九秋霜」為佳。

二、「王炎」，廣記但稱「王生」。《全唐詩》十二函七冊有載本篇附見之詩句，題名〈葬西施輓歌〉。題下注作者王炎。當是根據《沈下賢文集》編錄的。

註釋

❶元和—唐憲宗年號，共十五年，自公元八〇六年至八二〇年。

❷以記室從事隴西公軍—隴西為李之郡姓，亦即李之代號。記室，書記。

❸涇州—今甘肅省之涇川縣。

❹請言之—請為諸公說一說。

❺洞門曲房之第—大而曲折的大房子。

❻晝偃—偃：息也。晝偃：午睡。

❼西楹—屋一列為楹。西楹，西邊的一列房子。

❽環步從容，執卷且吟—緩緩的，繞著圈子而來，手拿著書。一邊走，還一邊唸。

❾高鬟長眉以下三句—梳著高高的髮髻，留著長長的眉毛（不是如長眉佛之長，而是不把雙眉鬥畫長之

長），穿著方領的衣服，繫著飄飄的綉帶，披著寬大袖子的上衣。

❿麗者何自而臨我哉—美麗的小姐自何處而來降臨我處？

⓫妾好詩而常綴此—我喜歡詩，常常拿著這個。按：綴—拘也，連也。

⓬東廡—廡，廊也。

⓭此詩版本甚多。如起句有「長安少女玩春陽。」末句有「蛾眉空帶九秋霜。」等。胡應麟認「蛾眉空帶九秋霜」為優。

⓮貞元—德宗年號，二十年。自公元七八五至八〇四年。

⓯監軍使—唐時皇帝以內侍（太監）為監軍使駐在軍中，監視將官之行動。

⓰洎—音既，及也。

語譯

唐憲宗皇帝元和十年，沈亞之以書記身分追隨隴西公從軍於涇州。長安中的好友們都來餞聚。五月十八日，隴西公和諸客約定，會宴於東池便館。入座之後，隴西公說：「我年少時和邢鳳一起遊玩。所以記得一些他的異事。現在說給大家聽。」客人說：「請講。」

隴西公說：「邢鳳是將門之子，並沒有什麼才能。他後來住在長安平康里南邊，是用一百萬錢買來的原屬一個大亨的房子。房子洞門曲房，相當大。有一天，他在寢室中睡午覺，夢見一位美女，從西邊的房屋走過來。緩步從容，一邊走，一邊還就手上的書卷吟讀。美女一身古裝，梳著高高的髮髻，留著長長的眉毛，穿著方領的內衣，繫著飄飄的綉帶，披著寬大袖子的上襖。邢鳳大悅，問：『美人從那裡來到我處？』美女說：『這是我家呀。我喜歡詩，常常拿著這個。』鳳說：『希望妳稍作停留，讓我也可欣賞一下詩句。』於是美女把詩卷交給他，自己在西床上坐下。邢鳳打開詩卷，看第一篇，題名〈春陽曲〉，只有四句。其後各篇，每篇都有幾十句。美女對他說：『假如你要把詩句傳出去，只可以傳一篇。』邢鳳乃起身，從東邊廊廡裡書案上拿了一張彩箋，把〈春陽曲〉抄錄在上面：

長安少女踏春陽，何處春陽不斷腸？
舞袖弓彎渾忘卻，羅帷空度九秋霜！

「邢鳳吟頌完了，問：『什麼是弓彎？』美女答：『我從前，父母差人教我這種舞步。』她於是起身，整衣張袖，舞了數拍身體作彎弓之狀給邢鳳看。

「之後，美女低下頭好一會兒，起身辭去。邢鳳說：『希望妳再坐一會。一下下。』但美女孩還是走了。邢鳳隨即醒來，昏昏然不記得曾抄錄了什麼。等到更衣時，才在襟袖間看見這張彩箋。他吃了一驚，細讀其辭，才記起夢中經過。

「這是貞元中發生的事。後來邢鳳把原原委委告訴了我。」

這一天在座者，有監軍使和賓府官員。和客人隴西獨孤鉉、范陽盧簡辭、常山張又新、武功蘇滌。他們都嗟歎說：「值得記下來。」是以亞之告退之後便錄寫了出來。

次日，又有後到的客人：渤海高元中，京兆韋諒、晉昌唐炎、廣漢李瑀、吳興姚合，還有我。大家在明至泉聚會。亞之乃把所著錄的故事給大家看。

於是姚合說：「我有一個友人，叫王炎。元和初年，有一天晚上作夢到了吳國，侍候吳王。許久，聽到宮中有輦車出來，還有擊鼓吹簫的聲音，說是葬西施。吳王甚為悲悼，下詔令門客作輓歌。王炎應命作詞曰：

西望吳王闕，雲書鳳字牌。
連江起珠帳，擇土葬金釵。
滿地紅心草，三層碧玉階。
春風無處所，悽恨不勝懷。

「詞進，吳王甚為嘉賞。睡醒了，王炎還能記得夢中經過。」

王炎是太原人。

九、秦夢記

沈亞之

太和[1]初，沈亞之將之邠[2]。出長安城，客櫜泉邸舍。春時晝夢入秦。主內史廖，舉亞之。秦公召至殿，膝前席[3]曰：「寡人欲強國，願知其方，先生何以教寡人？」亞之以昆彭齊桓[4]對。公悅，遂試補中涓[5]，使佐西乞術[6]伐河西。亞之帥將卒前攻，下五城。還報，公大悅。起勞曰：「大夫，良苦，休矣。」[7]

居久之，公幼女弄玉婿蕭史[8]先死。公謂亞之曰：「微大夫，晉五城，非寡人有。甚德大夫[9]！寡人有愛女，而欲與大夫備灑掃，可乎？」亞之少自立，雅不欲遇幸臣蓄之[10]。固辭。不得請，拜左庶長，尚公主[11]，賜金二百斤。民間猶謂蕭家公主。

其日，有黃衣中貴，疾騎馬來，延亞之入。宮闕甚嚴。呼公主出。鬒髮[12]，著偏袖衣，裝不多飾。其芳姝明媚，筆不可模樣[13]。侍女祗承[14]，分立左右者數百人。召見亞之便館。居亞之於宮，題其門曰翠微宮；宮人呼為沈郎院。雖備位下大夫，繇公主故，出入禁衛[15]。公主喜鳳簫。每吹簫，必翠微宮高樓上。聲調遠逸，能悲人。聞者莫不自廢。公主七月七日生，亞之嘗無貺[16]

壽。內史廖曾為秦以女樂遺西戎，戎主與之水犀小合。亞之從廖得以獻公主。主悅，嘗愛重，結裙帶上。穆公遇亞之，禮兼同列，恩賜相望於道。

逾一年春，公之始平，公主忽無疾卒。公追傷不已，將葬咸陽原，公命亞之作挽歌。應教而作曰：「泣葬一枝紅，生同死不同。金鈿墜芳草，相繡滿春風。舊日聞簫處，高樓當月中。梨花寒食夜，深閉翠微宮」進公，公讀詞善之。時宮中有出聲若不忍者，公隨泣下。又使亞之作墓誌銘。獨憶其銘曰：「白楊風哭兮石甃髯莎，雜英滿地兮春色煙和。珠愁粉瘦兮不生綺羅，深深埋玉兮其恨如何[17]！」亞之亦送葬咸陽原。宮中十四人殉。亞之以悼悵過戚被病，臥在翠微宮。然處殿外特室，不入宮中矣。

居月餘，病良已。公謂亞之曰：「本以小女相託久要[18]，不謂不得周奉君子，而先物故。弊秦區區小國，不足辱大夫。然寡人每見子，即不能不悲悼。大夫盍適大國乎[19]？」亞之對曰：「臣無狀，肺腑申公室。待罪右庶長[20]。不能從死公主。君免罪戾，使得歸骨父母國。臣不忘君恩[21]，如今日。」

將去，公追酒高會，聲秦聲，舞秦舞，舞者擊膊拊髀，嗚嗚而音有不快。聲甚怨[22]。公執酒亞之前曰：「壽。顧此聲尚善，願沈郎賡揚歌以塞別[23]。」公命趣進筆硯。亞之受命，立為歌辭曰：「擊體舞。恨滿煙光無處所。淚如雨，欲擬著辭不成語。金鳳銜紅舊繡衣，幾度宮中同看舞。人間春日正歡樂，日暮東風何處去[24]？」歌卒，授舞者，雜其聲而道之，四座皆泣。既，再拜辭去[25]。公復命至翠微宮，與公主侍人別。重入殿內時，見珠翠遺碎青階下，窗紗檀點依然，宮人泣對亞之。亞之感咽良久，因題宮門。詩曰：「君王多感放東歸，從此秦宮不復期。春景自傷秦喪主，落花如雨淚燕脂。」竟別去。公命車駕送出函谷關。出關已，送吏曰：「公命盡此，且去。」亞之與別。語未卒，忽驚覺，臥邸舍。

明日，亞之為友崔九萬具道之。九萬，博陵人，諳古。謂余曰：「皇覽云：『秦穆公葬雍橐泉祈年宮下。』非其神靈憑乎？」亞之更求得秦時地志，說如九萬言。

嗚呼，弄玉既仙矣，惡又死乎？

校記

一、《太平廣記》卷二百八十二載本文，題名為〈沈亞之〉。下注：「出《異聞集》。」經依照明翻宋本《沈下賢文集》卷二校錄，並依沈集原題名。

二、《廣記》與《沈下賢文集》所載，文字略有出入，編者以主觀觀點校錄，錯誤在所難免。誠盼有志學者研究訂正。

三、文首「索泉旅邸」，《沈下賢文集》、《玉谿生詩箋註》、《歸田詩話》、《全唐詩》都作

《橐泉》，因照改。

四、「主內史廖」，《說海》為「主內史廖家」。即住在內史廖的家中。

五、侍女「分立左右者數百人」。數百，似太多，恐有誤。

註釋

❶太和—唐文宗皇帝年號。共九年。當西元八二七至八三五年。

❷邠—音彬。地名。約當今陝西之邠縣地。

❸主內史廖，舉亞之。秦公召至殿前，膝前席—秦時，內史為掌治京都之官。他舉荐沈亞之。秦公召亞之到殿上，移膝向前（以便可和亞之交談），古來沒椅子，人多坐在地上。地上鋪了座蓆。

❹齊桓公—名小白，春秋時諸侯，任管仲為相，尊周攘夷，九合諸侯，一匡天下。為春秋五霸之首。

❺中涓—官名。侍從之臣。《漢書。曹參傳》顏注云：「中涓，親近之臣。若謁者、舍人之類。」

❻西乞術—秦之大將。西乞、復姓。

❼公大悅。起勞曰：「大夫，良苦，休矣。」—秦公大大的高興。起身慰問說：「大夫辛苦啦。可以好好休息了。」勞，在此為動詞。有如今日「勞軍」的「勞」。

❽蕭史—周宣時史官。善吹簫。秦穆公以女弄玉招他為駙馬。傳說蕭史吹簫引來鳳凰，跨坐升天而仙去。

❾微大夫，晉五城非寡人有。甚德大夫。—秦穆公對亞之說：「沒有大夫，晉國的五個城不可能為我們所

有。我非常感激大夫的恩德。」微：無。沒有。微大夫：若不是大夫。德：在此為動詞。甚德大夫：非常感大夫之德。

⑩雅不欲遇幸臣而蓄之—雅，頗也。雅不欲、不太願意。遇幸臣而蓄之。當作幸臣的待遇來供養。

⑪固辭。不得請。拜左庶長，尚公主—沈亞之竭力推辭。不能夠。拜為左庶長的官，尚弄玉公主。

⑫有黃衣中貴，延亞之入。呼公主出。鬒髮，著偏袖衣，裝不多飾—穿黃衣服的中貴人（太監、內侍），延請亞之入內。喚公主出。公主鬒（音軫）髮（黑髮），著左右異色的衣服，不甚妝扮。

⑬芳姝明媚，筆不可模樣—道德高超曰芳。姝，美好。謂其莊重美麗，筆墨無法形容。

⑭侍女祇承—祇、恭恭敬敬。承，侍候。侍女們恭恭敬敬的侍候著。

⑮雖備位下大夫，繇公主故，出入禁衛—雖然官位不高，由於公主之故，乃能出入禁宮。

⑯貺—音況。賜也。贈也。貺壽，送壽禮。

⑰白楊風哭兮石甃髯莎，雜英滿地兮春色烟和。珠愁粉瘦兮不生綺羅，深深埋玉兮其恨如何！—白楊通常植於墓地，白楊風起，聲似哭嚎。井甃莎草，也顯淒涼。雜花落地，春色慘淡。香消玉殞，珠愁粉瘦！玉人深埋，恨如之何！

⑱本以小女相託久要—《論語》（憲問）：「久要不忘平生之言。」言「成人平生期約雖久，至今不得忘少時之言。」孔注：「舊約也。」相託久要，意思是說：「以小女和你訂長久之約。」有「白頭偕老」的意思。

⑲弊秦區區小國，不足辱大夫。大夫盍適大國乎—秦乃區區小國，不好意思委屈大夫。大夫何不（盍）到大國去發展呢？

⑳臣無狀，肺腑中公室。待罪右庶長—臣無狀、自謙之詞。肺腑中公室，意思是忠肝義膽以事國家。待罪、古來官員，多戰戰兢兢任事唯恐得罪。宰相向皇帝上言，常自稱「臣待罪宰相。」此處亞之自稱「臣待罪

右庶子。」

21不能從死公主。君免罪戾，使得歸骨父母國。臣不忘君恩—臣不能殉公主之喪，從之於地下。君王免去我的罪，使能歸骨父母之邦，臣不會忘記君王的恩典。

22聲秦聲，舞秦舞，舞者擊髆拊髀，嗚嗚而音有不快。聲甚怨—唱秦歌，跳秦舞，舞者拍打臂膊與外股，音有不快，聲甚哀怨。

23公曰：「壽。願此聲尚善，願沈郎賡揚歌以塞別。」—穆公對亞之說：「乾杯！看看這些音樂舞蹈還不錯，願沈郎繼續寫首歌來辭別。」壽，通常是敬酒時向對方說「壽」。有如今日的「乾」。賡揚：繼續也。

24擊體舞歌辭—擊體舞，恨滿煙光，無處不是。淚下如雨，想作歌詞，卻泣不成句。從前妳穿著金鳳銜花的綉衣，多少次和妳同看歌舞！人間正值春天，處處歡樂。我卻在日暮東風慵惆之時，不知應去何處！

25既，再拜辭去—既，完畢。

語譯

唐文宗太和初年，亞之將去邠縣。出了長安城，居停於橐泉邸舍。春天時候，白晝夢入秦國，住內史廖家。廖舉薦亞之，秦公召至殿前。坐定後，秦公移膝向前，問曰：「寡人想強國，願知道方法。先生如何教寡人。」亞之拿昆彭、齊桓公的故事相答。秦公高興，遂命亞之試補中涓之職。協助西乞術攻打河西。亞之率領將卒進兵，連下五城。秦公大悅，慰勞亞之。說：「大夫辛苦啦，休息一下吧。」

過了很久，秦公的小女兒原嫁蕭史，不幸蕭史短命死了。秦公乃對亞之說：「沒有大夫，晉國的五個城池不會歸我所有。我很感激大夫。我有愛女，想將她配給大夫供灑掃，如何？」亞之從小獨立，很不願作為王室的幸臣。因此堅辭不可。但公不聽所請。封為左庶長，尚弄玉公主，賜金兩百斤。民間還稱弄玉為「蕭家公主」。

成婚之日，有一穿黃衣的中官，疾騎馬來，領亞之進宮。但見宮闕十分莊嚴。而後請公主出。公主黑髮，穿左右異色的衣服，不甚裝扮。但她的莊重、美貌，筆墨難以形容。侍女們恭恭敬敬的侍候，分立左右者數百人。把亞之招呼到便館，讓亞之住在宮中。在宮門上題名為「微翠宮」宮人稱之為沈郎院。亞之雖位僅下大夫，但因公主之故，可以出入禁衛。

公主好吹簫。每次吹簫，定必登上翠微宮的高樓。如此，則簫聲能及遠。也能使人悲傷。聽到的人莫不自廢。（此處有誤）七月七日是公主的生日，亞之卻無奉禮。內史廖為秦國使者送女樂去西戎。西戎主回贈他一個水犀小合。亞之從廖內史處獲得這一個小合獻給公主（為壽禮），公主很是高興，很愛它，把它繫在裙帶上。秦穆公待亞之不錯，既是女婿，又是朝官。恩賜不絕。

又一年春天，秦公去始平。公主忽然無疾而去世。秦公哀傷不已。將葬公主於咸陽原。他命亞之作挽歌。亞之奉命即作成：

泣葬一枝紅，生同死不同。金鈿墜芳草，相繡滿春風。舊日聞簫處，高樓當月中。梨花寒食夜，深閉翠微宮。

呈給秦公。秦公讀詞，稱「好」。時宮中有出聲想哭又忍住不哭者。公亦隨之淚下。他又叫亞之作墓誌銘。其銘曰：

白楊風起，聲似哭嚎。井甃莎草，也顯淒涼。雜花落地，春色慘淡。香消玉殞，珠愁粉瘦。玉人深埋，恨如之何？

亞之隨亦扶靈柩安葬於咸陽原。宮中有十四人殉葬。亞之以悼悵遇感而病倒，臥在翠微宮。只在殿外特室，不進宮中了。

經過一個多月，病才好。秦公對亞之說：「本望你和小女相偕到老，想不到她不能周到的奉侍你，而先亡故。我們區區小國，也不能屈你留此為大夫。我每一看到你，便想起女兒而悲不自禁。你還是去大國吧！」亞之答道：「微臣失態，忠心公室，任右庶長，不能從公主死，您免亞之罪，使能歸骨父母之國，微臣絕不會有忘君上的恩德。」

將離去之時，秦公置酒高會（以餞別）。唱秦歌，跳秦舞。舞者拍打臂髆與外股，節奏怏怏，聲甚哀怨。公執酒對亞之說：「乾杯。聽這音樂還不錯，希望你能作個歌詞來告別。」於是命人趕緊遞上筆硯紙張。亞之受命，立即寫成一首歌詞：

擊體舞。恨滿煙光無處所。淚如雨，欲擬者辭不成語。金鳳銜紅舊繡衣，幾度宮中同看舞。人間春日正歡樂，日暮東風何處去？

歌畢，將歌交給舞者，予以解說。四座都泣下。宴會完畢，亞之再拜辭去。公復命亞之到翠微宮和公主的侍女們道別。

亞之重入翠微宮殿內，但見破碎的珠翠飾物遺落階下，窗紗之上，舊時沾上的檀香粉迹猶存。宮人們看到亞之，無不哭泣。亞之感傷，哽咽良久。因在宮門上題詩云：

君王多感放東歸，從此秦宮不復期。
春景自傷秦喪主，落花如雨淚胭脂。

便離別而去。秦公命車駕將亞之送出函谷關。到了關外，送行的官吏說：「秦公命我們送到此處為止。請告別。」亞之便和他們告別。告別的話還沒說完，忽然驚醒。發現自己正躺在旅舍中。

次日，亞之為友人崔九萬具道其事。九萬是博陵人，諳悉古籍。他告訴我說：「《皇覽》云：『勤穆公葬雍之橐泉祈年宮下。』真非他的神靈所憑？」亞之後找到秦時的《地志》，證實九萬所說是正確的。

唉，弄玉既已成仙，怎麼又會死呢？

十、李娃傳

白行簡

汧國夫人❶李娃，長安之倡女也。節行瓌奇，有足稱者❷，故監察御史白行簡❸為傳述。

天寶中，有常州刺史滎陽公❹者，略其名氏不書。時望甚崇，家徒甚殷❺。知命之年❻，有一子，始弱冠❼矣。雋朗有詞藻❽，迥然不群❾，深為時輩推伏❿。其父愛而器之⓫，曰：「此吾家千里駒也。」應鄉賦秀才舉⓬，將行，乃盛其服玩車馬之飾，計其京師薪儲之費⓭，謂之曰：「吾觀爾之才，當一戰而霸⓮。今備二載之用，且豐爾之給，將為其志也⓯。」生亦自負，視上第如指掌⓰。自毘陵⓱發，月餘抵長安，居於布政里。

嘗遊東市還，至平康⓲東門入，將訪友於西南。至鳴珂曲，見一宅，門庭不甚廣，而室宇嚴邃⓳。闔一扇扉⓴，有娃方凭一雙鬟青衣立㉑，妖姿要妙㉒，絕代未有。生忽見之，不覺停驂久之㉓，徘徊不能去。乃詐墜鞭於地，候其從者敕取之㉔。累眄㉕於娃，娃回眸凝睇㉖，情甚相慕。竟不敢措辭而去。

生自爾意若有失，乃密徵其友遊長安之熟者以訊之。友曰：「此狹邪女㉗李氏宅也。」曰：「娃可求乎？」對曰：「李氏頗贍㉘。前與通之者。多貴戚豪族，所得甚廣。非累百萬，不能動其志也㉙。」生曰：「苟患其不諧，雖百萬，何惜？」

他日，乃潔其衣服，盛賓從㉚而往叩其門。俄有侍兒起扃。生曰：「此誰之第耶？」侍兒不答，馳走大呼曰：「前時遺策郎也㉛。」娃大悅曰：「爾姑止之。吾當整粧易服而出。」生聞之私喜。乃引至蕭牆㉜間，見一姥，垂白上僂㉝，即娃母也。生跪拜前致詞曰：「聞茲地有隙院，願稅以居，信乎㉞？」姥曰：「懼其淺陋湫隘㉟，不足以辱長者所處，安敢言直耶㊱？」延生於遲賓之館㊲，館宇甚麗。與生偶坐，因曰：「某有女嬌小，技藝薄劣，欣見賓客，願將見之。」乃命娃出。明眸皓腕，舉步艷冶。生遽驚起，莫敢仰視。與之拜畢，敘寒燠㊳，觸類妍媚㊴，目所未睹。復坐，烹茶斟酒，器用甚潔。久之，日暮，鼓聲四動。姥訪其居遠近。生紿之曰㊵：「在延平門外數里。」冀其遠而見留也。姥曰：「鼓已發矣。當速歸，無犯禁。」生曰：「幸接歡笑，不知日之云夕。道里遼闊，城內又無親戚，將若之何？」娃曰：「不見責僻陋，方將居之，宿何害焉。」生數目姥，姥曰：「唯唯。」生乃召其家僮，持雙縑㊶，請以備一宵之饌。娃笑而止之曰：「賓主之儀，且不然也。今夕之費，願以貧窶㊷之家，隨其粗糲㊸以進之，其餘以俟他辰。」固辭，終不許。

俄徙至西堂，幃幙簾榻，煥然奪目。妝奩衾枕，亦皆侈麗。乃張燭進饌，品味甚盛。徹饌，姥起，生娃談話方切，詼諧調笑，無所不至。生曰：「前偶過卿門，遇卿適在屏間。厥後心常勤念，雖寢與食，未嘗或捨。」娃答曰：「我心亦如之。」生曰：「今之來，非直求居而已，願償平生之志，但未知命也若何。」言未終。姥至，詢其故。具以告。姥笑曰：「男女之際，大欲存焉。情苟相得，雖父母之命，不能制也。女子固陋，曷足以薦君子之枕席。」生遂下階拜而謝之，曰：「願以己為廝養44。」姥遂目之為郎，飲酣而散。

及旦，盡徙其囊橐，因家於李之第。自是生屏跡戢身45，不復與親知相聞。日會倡優儕類，狎戲遊宴。囊中盡空，乃鬻46駿乘及其家童。歲餘，資財僕馬蕩然。邇來姥意漸怠，娃情彌篤47。他日，娃謂生曰：「與郎相知一年，尚無孕嗣。常聞竹林神者，報應如響，將致薦酹求之48，可乎？」生不知其計，大喜。乃質衣于肆，以備牢醴49，與娃同謁祠宇而禱祝焉。信宿而返。策驢而後，至里北門。娃謂生曰：「此東轉小曲中，某之姨宅也。將憩50而觀之，可乎？」生如其言，前行不踰百步，果見一車門。窺其際，甚弘敞。其青衣自車後止之曰：「至矣。」生下，適有一人出，訪曰：「誰。」曰：「李娃也。」乃入告。俄有一嫗至，年可四十餘，與生相迎曰：「吾甥來否？」娃下車，嫗迎訪之曰：「何久疎絕！」相視而笑。娃引生拜之。既見，遂偕入西戟門51偏院中。有山亭，竹樹蔥蒨，池榭幽絕。生謂娃曰：「此姨之私第耶？」笑而不答，以他語對。俄獻茶果，甚珍奇。食頃，有一人控大宛52，汗流馳至曰：「姥遇暴疾頗甚，殆不識人。宜速歸！」娃謂姨曰：「方寸亂矣！某騎而前去，當令返乘，便與郎偕來。」生擬隨之。其姨與侍兒偶語，以手揮之，令生止於戶外，曰：「姥且歿矣。當與吾議喪事，以濟其急。奈何遽相隨而去？」乃止，共計其凶儀齋祭之用。

日晚，乘不至。姨言曰：「無復命，何也？郎驟往覘之，某當繼至。」生遂往。至舊宅，門扃鑰甚密53。以泥緘之。生大駭，詰其鄰人，鄰人曰：「李本稅此而居，約已周矣。第主自收。姥徙居，而且再宿矣。」徵徙何處？曰：「不得其所。」生將馳赴宣陽以詢其姨，日已晚矣，計程不能達。乃弛其裝服，質饌而食，賃榻而寢。生恚怒方甚，自昏達旦，目不交睫。質明54，乃策蹇55而去。既至，連扣其扉，食頃，無人應。生大呼數四，有宦者徐出。生遽訪之56，姨氏在乎？曰：「無之。」生曰：「昨暮在此，何故匿之？」訪其誰氏之第。曰：「此崔尚書宅，昨者有一人稅此院，云遲中表之遠至者，未暮去矣。」生惶惑發狂，罔知所措57，因返訪布政舊邸。邸主哀而進膳。生怨懣，絕食三日，遘疾甚篤，旬餘愈甚58。邸主懼其不起，徙之於凶肆之中59。綿綴移時60，合肆之人，共傷歎而互飼之。後稍愈，杖而能起61。由是凶肆日假之令執繐帷62，獲其直以自給63。累月，漸復壯。每聽其哀歌，自歎不及逝者，輒嗚咽流涕，不能自止。歸則效之。生，聰敏者也。無何，曲盡其妙。雖長安無有倫比64。

初，二肆之傭凶器者，互爭勝負。其東肆，車轝皆綺麗，殆不敵；唯哀挽劣焉[65]。其東肆長知生妙絕，乃醵錢二萬索顧焉[66]。其黨耆舊，共較其所能者，陰教生新聲而讚和[67]。累旬，人莫知之。其二肆長相謂曰：「我欲各閱所傭之器於天門街，以較優劣[68]。不勝者罰直五萬，以備酒饌之用，可乎？」二肆許諾，乃邀立符契，署以保證，然後閱之。士女大和會[69]，聚至數萬。於是里胥[70]告於賊曹[71]，賊曹聞於京尹[72]。四方之士，盡赴趨焉，巷無居人。自旦閱之，及亭午。歷舉輦轝威儀之具[73]，西肆皆不勝，師有慚色。乃置層榻於南隅，有長髯者擁鐸[74]而進，翊衛數人[75]。於是奮髯揚眉，扼腕頓顙而登[76]，乃歌白馬[77]之詞。恃其夙勝，顧眄左右，旁若無人，齊聲讚揚之，自以為獨步一時，不可得而屈也。有頃，東肆長於北隅上，設連榻[78]。有烏巾少年，左右五六人，秉翣[79]而至。即生也。整衣服，俯仰甚徐，申喉發調，容若不勝[80]，乃歌《薤露》[81]之章。舉聲清越，響振林木，曲度未終，聞者歔欷掩泣。西肆長為衆所誚，益慚恥。密置所輸之直於前，乃潛遁焉[82]。四坐愕眙，莫之測也[83]。先是天子方下詔，命外方之牧，歲一至闕下，謂之入計[84]。時也，適遇生之父在京師，與同列者易服章竊往觀焉[85]。有一老豎，即生乳母婿也[86]，見生之舉措辭氣，將認之而未敢，乃泫然流涕。生父驚而詰之。因告曰：「歌者之貌，酷似郎之亡子。」父曰：「吾子以多財為盜所害。奚至是耶？」言訖亦泣。

及歸，豎間馳往，訪於同黨曰：「向歌者誰，若斯之妙歟！」皆曰：「某氏之子。」徵其名，且易之矣。豎凜然大驚，徐往迫而察之。生見豎色動，回翔將匿於衆中。豎遂持其袂曰：「豈非某乎？」相持而泣。遂載以歸。至其室，父責曰：「志行若此，污辱吾門。何施面目，復相見也[87]！」乃徒行出，至曲江[88]西杏園東，去其衣服，以馬鞭鞭之數百。生不勝其苦而斃。父棄之而去。

其師命相狎暱者陰隨之，歸告同黨，共加傷歎。令二人齎葦席瘞焉[89]。至則心下微溫。舉之良久，氣稍通。因共荷而歸[90]，以葦筒灌勺飲，經宿乃活。月餘，手足不能自舉。其楚撻之處[91]，皆潰爛，穢甚。同輩患之，一夕棄於道周[92]。行路咸傷之，往往投其餘食，得以充腸。十旬，方杖策而起。被布裘，裘有百結，襤褸如懸鶉[93]。持一破甌，巡于閭里，以乞食為事。自秋徂冬[94]，夜入於糞壤窟室，晝則周遊廛肆[95]。

一旦大雪，生為凍餒所驅，冒雪而出，乞食之聲甚苦，聞見者莫不悽惻。時雪方甚，人家外戶多不發[97]。至安邑東門，循里垣北轉第七八，有一門，獨啓左扉，即娃之第也。生不知之，遂連聲疾呼「饑凍之甚！」音響悽切，所不忍聽。娃自閤中聞之，謂侍兒曰：「此必生也。我辨其音矣。」連步而出，見生枯瘠疥癘，殆非人狀[98]，娃意感焉。乃謂曰：「豈非某郎也。」生憤懣絕倒[99]，口不能言，頷頤而已[100]。娃前抱其頸，以繡襦擁而歸於西廂。失聲長慟曰：「令子一朝及此，我之罪也！」絕而復蘇。姥大駭，奔至，曰：「何也？」娃曰：「某郎。」姥遽曰：「當逐之。奈何令至此。」娃斂容卻睇[101]曰：「不然。此良家子[102]也。當昔驅高車，持金裝[103]，至某之所，不踰期而蕩盡[104]。且互設詭計，捨而逐之，殆非人。令其失志，不得齒於人倫[105]。父子之道，天性也。使其情絕，殺而棄之，又困躓[106]若此。天下之人，盡知為某也。生親戚滿朝，一旦當權者，熟察其本末，禍將及矣。況欺天負人，鬼神不祐，吾自貽其殃[107]也。某為姥子，迨今有二十歲矣，計其資，不啻直千金[108]。今姥年六十餘，願計二十年衣食之用以贖身，當與此子另卜所詣[109]。所詣非遙，晨昏得以溫凊[110]。某願足矣。」姥度其志不可奪[111]，因許之。給姥之餘，有數百金。北隅四五家稅一隙院，乃與生沐浴，易其衣服。為湯粥，通其腸，次以酥乳潤其臟[112]。旬餘，方薦水陸之饌[113]。頭巾履襪，皆取珍異者衣之。未數月，肌膚稍腴。卒歲，平愈如初[114]。

異時[115]，娃謂生曰：「體已康矣，志已壯矣。淵思寂慮，默想曩時之藝業，可溫習乎[116]？」生思之曰：「十得二三耳。」娃命車出遊，生騎而從。至旗亭南偏門鬻墳典之肆，令生揀而市之[117]。計費百金，盡載以歸，因令生斥棄百慮以志學，俾夜作晝，孜孜矻矻[118]。娃常偶坐，宵分乃寐[119]。伺其疲倦，即諭之綴詩賦[120]。二歲而業大就，海內文籍，莫不該覽[121]。生謂娃曰：「可策名試藝[122]矣。」娃曰：「未也，且令精熟，以俟百戰。」更一年，曰：「可行矣。」於是，遂一上，登甲科[123]，聲振禮闈[124]。雖前輩見其文，罔不斂袵敬羨，願友之而不可得[125]。娃曰：「未也。今秀士苟獲擢一科第，則自謂可以取中朝之顯職，擅天下之美名。子亓穢跡鄙，不侔于他士[126]。當礱淬利器，以求再捷[127]。方可以連衡多士，爭霸群英。」生由是益自苦勤，聲價彌甚[128]。其年遇大比[129]，詔徵四方之雋[130]。生應直言極諫科，策名第一[131]，授成都府參軍[132]。三事以降[133]，皆其友也。將之官，娃謂生曰：「今之復子本軀，某不相負也。願以殘年，歸養老姥。君當結媛鼎族，以奉蒸嘗。中外婚媾。無自黷也[134]。勉思自愛。某從此去矣。」生泣曰：「子若棄我，當自剄[135]以就死。」娃固辭不從，生勤請彌懇[136]。娃曰：「送子涉江，至於劍門[137]，當令我回。」生許諾。

月餘，至劍門，未及發而除書[138]至。生父由常州詔入，拜成都尹，兼劍南採訪使[139]。浹辰[140]父到，生因投刺謁於郵亭[141]。父不敢認，見其祖父官諱[142]，方大驚。命登階，撫背慟哭移時。曰：「吾與爾父子如初。」因詰其由，具陳其本末。大奇之，詰娃安在。曰：「送某至此，當令復還。」父曰：「不可。」命駕與生先之成都，留娃於劍門，築別館以處之。

明日，命媒氏通二姓之好，備六禮[143]以迎之，遂如秦晉[144]之偶。娃既備禮，歲時伏臘，婦道甚修[145]。治家嚴整，極為親所眷向[146]。後數歲，生父母偕歿，持孝甚至。有靈芝產於倚廬[147]，一穗三秀[148]。本道上聞[149]。又有白燕數十，巢其層甍[150]。天子異之，寵錫加等[151]。終制，累遷清顯之任[152]。十年間，至數郡[153]，娃封汧國夫人。有四子，皆為大官；其卑者，猶為太原尹。弟兄姻媾，皆甲門[154]。內外隆盛，莫之與京[155]。

嗟乎，倡蕩之姬，節行如是，雖古先烈女，不能踰也。焉得不為之歎息哉！

予伯祖嘗牧[156]晉州，轉戶部，為水陸運使，三任皆與生為代[157]，故諳詳其事[158]。貞元中，予與隴西公佐話婦人操烈之品格，因遂述汧國之事。公佐拊掌竦聽[159]，命予為傳。乃握管濡翰，疏而存之[160]。時乙亥歲秋八月，太原白行簡云。

校志

一、「汧國夫人李娃……白行簡為傳述」等三十一字，和篇末敘語重覆。按：本文見《太平廣記》卷四百八十四。下注：「出《異聞集》」。我們懷疑這三十一個字的卷首語可能是編撰《異聞集》的陳翰加上去的。「故」監察御史的「故」字是「已故」的意思。因為，白行簡於貞元中撰寫此文時，才是一個十九歲的大孩子，不但沒作官，連進士試還沒參加呢。是以這個「故」字，不可能是「因此」，或「所以」的意思。

二、本文若干處根據宋羅燁所撰《醉翁談錄》（李亞仙不負鄭元和）一文校正。

三、原文：娃贖身之後，才餘百金。後為生買書，又費百金。不通。「買書費百金」，我們把「餘百金」改為「數百金」。

註釋

❶汧國夫人——汧指唐代的汧陽郡。今屬陝西省。汧，音牽。

❷節行瓌奇，有足稱者——節操行為尊貴珍奇，大可值得讚揚。

❸白行簡——唐大詩人白居易之弟，本文著者。

❹滎陽公——當為鄭姓之一員大官。唐人以郡望相高。如稱人為「隴西李益」、「趙郡李吉甫」等。滎陽鄭氏為五大郡姓之一。

❺家徒甚殷——家產富有，侍僕眾多。

❻知命之年——《論語》子曰：「吾五十而知天命。」後人稱五十歲為知命之年。

❼弱冠——古男子二十加冠。二十歲便稱為冠年。年近二十者便稱為弱冠。

❽雋朗有詞藻——雋，俊也。俊朗，英俊清秀。有詞藻，有文才也。

❾逈然不群——逈然，大不相同。不群，高出群眾之上。

❿深為時輩推伏——大大的為同時之人所推許，拜伏。

⓫其父愛而器之——他的父親愛他，器重他。

⓬應鄉賦秀才舉——唐時，進士（後有稱秀才者）和賦稅都由鄉、郡貢給中央政府。（鄭）生應舉到京城參加禮部所主持的考試。

⓭盛服玩車馬以下二句——大大的給予衣服車馬及生活費用，外加備用之款項。

⓮一戰而霸—意謂一試即可高中也。
⓯豐爾之給，將為其志也—從寬給予你費用，以便達成目的。
⓰視上第如指掌—把考中前幾名像看自己的手掌一樣容易。
⓱毘陵—唐常州晉陵郡。約當今之江蘇鎮江。
⓲平康—唐代長安的平康里，乃妓女聚居之處。有如今日之風化區。
⓳嚴邃—嚴整、深邃。
⓴闔一扇扉—關著一扇門。
㉑有娃方凭一雙鬟青衣立—有一個年青的女子，靠著一個梳有兩個髻的丫頭，站立著。
㉒妖姿要妙—妖冶的姿態，十分美妙。
㉓停驂久之—三匹馬拖的車子叫驂。此處泛指馬。
㉔勑取之—命拾起來。
㉕眄—斜目而視。眄、音麪。
㉖回眸凝睇—回目凝視。
㉗狹邪女—即妓女。或作狹斜。
㉘李氏頗贍—李氏頗有錢的。
㉙非累百萬，不能動其志也—不花上百萬錢，是不可能打動她的心的。
㉚盛賓從—帶了很多從人。
㉛前時遺策郎也—前些時候丟掉馬鞭的那位郎君來了！策，馬鞭。
㉜蕭牆—屋內的矮牆。屏風。

㉝垂白上僂——近乎花白的頭髮，上身有點駝。垂，近乎。

㉞聞此地有隙院，願稅以居，信乎——聽說此地有空院子，很想租來住。的確嗎？

㉟懼其淺陋湫隘——只怕太過簡陋狹窄。湫隘，謂低濕狹小也。

㊱安敢言直耶——怎麼敢說租錢呢？直，值也。價值。此處指租金。

㊲遲賓之館——遲，待也。接待賓客之處。客房。

㊳敘寒燠——寒，冷也。燠，熱也。敘寒燠，寒暄之意。

㊴觸類妍媚——一舉一動都好美、好迷人。

㊵紿之曰——紿，欺騙也。「紿之曰」，意為「騙他說」。

㊶縑——高級絲織品。雙縑，兩疋高級絲綢。

㊷貧窶——貧者困於財，無能備禮，稱窶。貧窶，貧窮也。

㊸粗糲——粗米曰糲。謂食物不夠精細也。

㊸帷幙——帷，圍也。遮蓋的物事。在旁曰帷。在上曰幙。

㊹廝養——奴僕。賤役。

㊺屏跡戢身——屏跡，匿避也。戢，藏也。止身也。

㊻鬻——音育，賣也。

㊼娃情彌篤——李娃對生的感情越發純厚了。彌，益也。篤，純也。厚也。

㊽將致薦酹求之——無牲而祭曰薦。以酒沃地而祭曰酹。

㊾質衣於肆，以備牢醴——因此把衣服向店裡當了錢，來備辦牲酒。質在此念致。點當物品曰質。牢，牲也。太牢指牛，少牢指羊。醴，甜酒。通常「牛、羊、豕三牲皆具為一牢」。

50 憩—同憇。音ㄑㄧˋ。休息也。

51 戟門—戟，兵器之一種。唐制：官階勳三品以上者許私門立戟。故通稱貴顯之家的門曰戟門。

52 大宛—大宛產名馬。大宛，馬也。如現今產白蘭地之柯尼耶克，柯尼耶克便是白蘭地的代名詞。

53 扃鑰甚密—扃，關鈕也。謂關門上鎖。

54 質明—天正明的時候。質，正也。

55 策蹇—謂騎著瘦弱的驢子。蹇ㄐㄧㄢˇ。跛足的意思。

56 生遽訪之—訪，詢問。生迫不及待的問他。

57 惶惑發狂，罔知所措—驚惶困惑，不知道要怎麼辦。

58 遘疾甚篤，旬餘愈甚—遘，遇也，遭遇也。篤，病得很厲害。十幾天後，更加厲害。

59 邸主二句—旅館老闆怕他死掉，把他送到凶肆之中，

60 綿綴移時—或作緜惙，病危將絕之狀。例：沉痾緜惙。移時，本為暫時之意。此處謂即將因病亡故之意。

61 杖而能起—拿著枴杖才能走路。

62 凶肆日假之令執繐帷—假，借的意思。此處謂借用生，令作執紼的工作。凶肆，有如今日之殯儀館。

63 獲其直以自給—傭錢曰直。得一點工錢以養活自己。

64 曲盡其妙二句—婉轉的唱得盡善盡美。全長安都沒有人能比得上。倫比者，相敵。相當之意。

65 車轝以下三句—轝，與或字。東肆的車輿都非常美麗，無有敵手。而哀挽之歌較劣。

66 醵錢二萬索顧焉—醵，原意為湊錢買酒同喝之意。顧與僱通。大家湊了兩萬錢僱生來唱挽歌。

67 其黨以下三句—他們這一行的老前輩們，共同研究他們所能唱的，偷偷的教生新的挽歌，而大家和唱。

68 我欲以下二句—閱，校閱，意為展覽、陳列之意。把出租的設備拿到天門街展出，以比較好壞。

69 士女大和會—男男女女大大的聚和會合在一起參觀。

70 里胥—古官名。略等於今日之里長。

71 賊曹—捕盜賊的官。略等於今日警察局長。

72 京尹—京城的府尹，唐京兆府的長官。京兆及雍州。轄治長安等十二縣。

73 輂轝威儀之具—靈車、馬車、旗幟、羅傘等出殯時用以加強莊嚴哀戚氣氛的道具。

74 鐸—大鈴。

75 翊衛數人—侍從數人。翊，輔也。翊衛原為侍衛官名，隋始置。

76 於是奮髯揚眉，扼腕頓顙而登—奮髯揚眉，表示驕傲的樣子。左手抓著右手的手腕叫扼腕。顙是前額，頓顙即點頭，表示打招呼，行禮。

77 白馬—古時以白馬為盟誓或祭祀的犧牲。白馬歌或以為祭奠之曲。

78 連榻—大約和今日臨時搭建的戲台或演講台差不多。

79 翣—ㄕㄚˋ，棺上之羽飾。此處為扇。用羽毛作成者。

80 整衣服以下四句—整理衣履，動作從容，試發歌聲，狀若不能勝任。此一段形容生之謙虛，與上一段形容西肆歌者之傲氣相比對。

81 薤露—古挽歌，崔豹古今注云：「薤露、蒿里，並喪歌，本出田橫門人。橫自殺，門人傷之，為作悲歌。言人命奄忽，如薤上之露，易晞滅也。亦謂人死魂魄歸於蒿里。至漢武帝時，李延年分為二曲。薤露送王公貴人。蒿里送士大夫庶人。使挽柩者歌之，亦謂之挽歌。」

82 密置所輸之直於前，乃潛遁焉—偷偷地把輸的錢放在前面，偷偷的遁走。因為慚恥，不敢面對群眾。

83 四坐愕眙，莫之測也—觀眾大大的驚訝而呆呆地看著，不知道生的底細。

❽❹天子方下詔，命外方之牧，歲一至闕下，謂之入計——皇帝詔命各州郡地方長官（牧），每年來到朝廷一次，稱為入計。（有如現今的「述職」）

❽❺與同列者易服章前往觀焉——和其他州郡長官，換去了官服，也去參觀比賽。

❽❻有一老豎，即生乳母婿也——有一個老僕人，即是生奶娘的丈夫。豎，僮僕未冠者為豎。後稱下賤之人為豎。如牧牛童為牧豎。

❽❼何施面目，復相見也？——施，設也，布也。意謂：你把臉放在什麼地方來見我？

❽❽曲江——長安之遊樂勝地。

❽❾令二人齎葦瘞焉——令兩人拿草席子去把生埋掉。

❾⓿舉之良久以下三句——扶起來好一會兒，才緩過氣來。因此共抬回來。

❾❶楚撻之處——楚，扑撻之具。被鞭打過的地方。

❾❷道周——路旁。

❾❸懸鶉——把鵪鶉倒懸，它的羽毛看起來像一堆破爛布。是以通常稱衣服破爛曰「鶉衣百結」。

❾❹自秋徂冬——徂，往也。往西徂東，意為由西向東去。自秋徂冬，從秋天到冬天。

❾❺夜入於糞壤窟室，晝則周遊廛肆——夜晚到糞臭不堪的洞穴中棲息，白天則在街上乞食。

❾❻廛肆——市物邸舍曰廛。市廛曰肆。廛肆，即市場。

❾❼外戶多不發——發，開也。謂大門多不打開。

❾❽枯瘠疥癘，殆非人狀——身體瘦弱，滿身疥瘡，幾乎不成人形。疥，疥瘡。癘，惡瘡。

❾❾憤懣絕倒——因憤恨怨懣而暈絕地上。

⓿⓿頷頤——頷，低頭也。頤，面頰也。動動腮。和點點頭的意思差不多。

101 斂容卻睇——莊重的顏色，正眼相對。

102 良家子——家世清白人家的子、女。

103 驅高車，持金裝——形容生從前駟馬高車，盛裝貴飾的情形。

104 不踰期而蕩盡——沒有多久便化完了。

105 不得齒於人倫——不齒，不登錄之意。即今之開除，除名。指生不為父所接受。亦可解作：不為別人所瞧得起。

106 困躓——困苦。躓，跛腳。凡事不順利曰躓。

107 自貽其殃——自己把禍害留給自己。

108 不啻直千金——不下於千金之值也。

109 別卜所詣——卜，卜居、卜宅之意。另外找一個住處。

110 所詣非遙，晨昏得以溫情——所居之處不遠，早晚可向姥請安。

111 姥度其志不可奪——度ㄉㄨㄛˊ揣測、料想。姥料想娃的計劃不可能改變。

112 為湯粥，通其腸，次以酪乳潤其臟——病後之人，先喝湯、稀飯，先使腸胃通順。再吃乳酪等較營養的食物，滋潤臟腑。

113 方薦水陸之饌——最後才吃山珍海味。薦，舉而敬之。

114 未數月以下四句——幾個月之後，肌肉膚色都豐潤了一些。一年之後，身體平復，和從前一樣了。

115 異時——有一天，過了些時候。

116 淵思寂慮以下三句——淵思，深思也。寂慮，靜靜的想。從前所習的各種學業，能不能記起來，好重新溫習。

117 至旗亭以下二句——旗亭，市樓也。墳典，指三墳五典，實際上為八部書。墳典即是書的意思。或謂唐代正午敲鼓三百下，商店即開始營業。傍晚敲鑼三百下，商店必須打烊。擊鼓敲鑼的地方，便叫旗亭。

118因令生斥棄百慮以下三句—要生把一切煩惱都丟掉來唸書，日夜不息，孜孜矻矻，用功不輟也。

119宵分乃寐—到夜半才休息。

120伺其疲倦，即諭之綴詩賦—看到他有疲倦的樣子，便命他作詩賦。綴本是連接之意。綴文，謂綴聯辭句以成文也。

121該覽—博覽之意。

122策名試藝—報名應考。

123遂一上，登甲科—一考，便考中了甲科。據學者研究，唐代甲科十分難考。我們能從史籍中找到的，有唐一代，只白居易和許孟容兩人而已。

124聲振禮闈—聲名驚動了主試的禮部，闈，小門。試院曰闈。

125雖前輩見其文，罔不斂衽敬羨，願友之而不可得—前一輩的進士，看到生的文章，沒有不表示佩服的。斂衽本為施禮之意。爭欲相交（他本作「願女之而不可得」意為「要把女兒嫁給他而沒法達成。」都通。）

126子行穢跡鄙，不侔於他士—你有過去不清白的事跡，不能和其他學子相比。侔，音謀，齊等也。

127當礱淬利器，以求再捷。方可以連衡多士，爭霸群英—應當廣讀詩書，磨練文筆，再考上一個制科，才能和同仁切磋，和各方士子一爭長短。礱，以石磨刀、劍。淬，以水鍊燒紅的鐵。

128聲價彌甚—聲譽越發好。

129大比—大考試以試多士也。

130詔徵四方之雋—皇帝的命令曰詔。以詔書徵選四方俊傑之士。

131生應直言極諫科，策名第一—生應極言直諫科之考試，名列第一。

132授成都府參軍—皇帝派他為成都府的參軍官。唐制：各府大都有功、倉、戶、兵、法、士六曹，每曹參軍一人，俱為文官。
133 三事以降──三事，三公也。唐以太尉、司徒、司空為三公。此處謂：三公以次的官員。
134 結媛鼎族──和鐘鳴鼎食之家的女兒結婚，來主持秋、冬兩季的祭祀大禮，婚姻要門戶相當，不必貶低自己。
135 自剄──以刀割自己頸而自殺。
136 生勤請彌懇──生更殷勤的請求。情意益加懇切。
137 劍門──今四川省劍閣縣東北之地。
138 除書──除，任命也。除書，即今之任命令、任官狀。
139 拜成都尹、兼劍南採訪使──任命為成都府的長官，和劍南道的採訪使。一道鎮數府。道之長官，在唐為採訪使。
140 浹辰──浹，一周之意。浹辰，從子到亥，十二辰為一周。浹辰即十二天之意。
141 投刺謁於郵亭──刺，即今日之名片。郵亭，驛站。古來過路官員歇息之所。
142 官諱──官職和名字。
143 六禮──古時士族婚姻，要由男方向女方納采、問名、納告、納徵、請期、親迎等六道手續。號稱六禮。
144 秦晉──春秋之時，秦、晉兩國時為婚姻。後人稱門當戶對的婚姻為結秦、晉。
145 歲時伏臘，婦道甚修──逢年過節，甚能克盡作媳婦的本分。伏是夏祭。臘是冬祭。媳婦要奉蒸嘗，也就是辦理祭祀。
146 極為親所眷向──大為雙親所愛重。
147 有靈芝產於倚廬──靈芝，古稱仙草。倚廬，父母去世，孝子在墓側以草為廬，居於其中，名為守墓。是為倚廬。

148 一穗三秀—一根稻莖結三顆穀子。一穗雙秀，已是少有。一穗三秀，更是吉利了。

149 本道上聞—本道長官把這些祥瑞之事上奏給皇帝知道。

150 層甍—房屋的大樑。

151 寵錫加等—賞賜加等發給。

152 終制，累遷清顯之任—古父母去世，守孝三年，稱守制。守孝期滿即係終制。累遷清貴重要的官職。

153 十年間，至數郡—十餘年間，官至管轄數郡的大位。

154 弟兄姻媾，皆甲門—弟兄們都和望族通婚。

155 內外隆盛，莫之與京—家門的興盛，在朝中或外任，無人能及，

156 牧—在此為動詞。牧晉州，即為「擔任晉州牧」之意。

157 三任皆與生為代—三任官都是和生為前後任。

158 語詳其事—語，熟習也。詳，悉也。很清楚的曉得這些經過。

159 拊掌竦聽—撫掌恭聽。拊掌，拍手、拍掌。

160 疏而存之—詳細的寫下。保存起來。

語譯

（汧國夫人李娃，原係長安的娼妓。她的節操可珍，行為可貴，大有可稱道之處。是以從前的監察御史白行簡氏為她寫了一篇傳。）

唐玄宗天寶年中，有一位任常州刺史的滎陽公，此處且略去姓名，當時聲望甚隆。家產殷富。四十歲才得一子。年已十八九歲，長得清秀開朗，甚有文才。超然出群，深為同輩推崇。他的父親非常愛他，也很器重他。常對人說：「這是我家的千里駒。」生應鄉賦試，將進京參加禮部考。其父為他準備了一應服玩車馬，計算他在京師的費用，從寬給予。對生說：「我看你的才學，應該一次便可考上。我現在準備了你兩年的用度，而且預算都是從寬準備，以便能完成你的志向。」生亦很自負，把登第看得非常容易。於是從毘陵出發，一月多，到了長安。居住在布政里。

某日，生遊完東市回寓所途中，到了平康里東門，生打算進入，訪住在里西南方的友人。到了鳴珂巷，看見一所房子，門庭雖不很大，但很端正、深邃。一扇門開著，有一位女娃，靠著結有雙鬟的丫頭，站在門口。妖冶的姿態，絕代難見。生看見了，不覺停下了馬。徘徊很久，就是不願離開。於是假裝馬鞭掉在地上。等他的從人到了，令他拾取，卻不斷的回望那位女娃。女娃也回眸凝視，頗有愛慕的意思。但生畢竟害羞，不敢說一句話便離開了。

生自是似乎失了魂、落了魄。因此找到熟悉長安的友人，祕密訊問。有一位友人告訴他說：「這是娼女李氏的住宅。」生曰：「那女娃可求得到嗎？」對曰：「李氏頗有錢財。前此和她好過的，大都是貴戚豪族。賺到不少錢，沒有百萬錢財，很難得到她的青睞。」生曰：「只怕事不能成，即使是百萬，也在所不惜。」

過了幾天，生穿著很整潔的衣服，帶了許多賓客和隨從，前往李家叩門。俄而，有一個侍女打開門。生問她：「這是誰家的住宅？」侍兒不答，卻跑回去大叫說：「前時丟掉馬鞭的那位公子來了。」娃大悅，對侍女說：「妳先留住他，我換了衣服再出來。」生聽到了，中心竊喜。侍女把他帶到玄關，只見有一個白髮駝背的老婆婆，即娃的母親。生上前拜見，開口說：「聽說這裡有空房子，願租來住。是真的嗎？」姥說：「就怕太狹小、太粗陋，不能供貴人住居，租錢更談不上了。」於是導引生進入客廳。客廳很華麗。姥陪他坐下，又說：「老婆子有一個女兒，才藝都不怎麼樣。但她好見客人，希望您見見她。」乃呼娃出來。但見娃眸子明亮，手腕潔白，步態艷冶動人。生卒然站起，不敢逼視，互相行禮之後，說些閒話。娃舉手投足，無不妍媚，生從未見過。

入坐之後，於是烹茶斟酒。器用都十分高潔。過了許久，天色已暮，鼓聲四起。姥問生住居遠近，生騙她說：「在延平門外幾里之處。」希望姥會說他住太遠了，夜行不便，留他住宿。但姥卻說：「暮鼓已鳴，要趕快回去了。稍遲恐犯夜禁。」生曰：「幸得相談笑歡敘，便不知已經這麼晚了。回居處道路太遠，城裡又沒親戚家可借住！這要怎麼辦呢？」娃接道：「若不以粗陋見責，本來要來這裡住，睡一夜有什麼不好？」生看看又看看姥。姥終於說：「好吧。」生即命令他的家僮，拿出兩匹綢布，作為晚上酒菜之費。娃笑著阻止說：「賓主之禮，不是這樣的。今天的費用，請讓我們貧窮人家，拿我們的粗茶淡飯來接待。其餘的事，將來再說吧。」她堅決推辭，始終不肯收。

一會兒遷移到西堂，帳幭、簾帷，莫不光彩奪目。粧奩、被枕，也都十分華麗。然後點起蠟燭，開始上菜斟酒。菜的樣數既多，味道也好。吃完飯，收拾乾淨，姥起身離去。生和娃調笑，戲謔，打情罵俏，無所不至。生說：「前時偶而經過妳的門前，湊巧看見妳在屏門間。自後便念念不忘。睡覺吃飯，也一刻難忘。」娃說：「我心也同您一樣。」生曰：「我今天來，並非只求居住，但願能達成平生的願望。不知道我有沒有那個福氣。」剛說到這裡，姥便到了。問起原委，乃具以告。姥笑曰：「男歡女愛，自然之理，若兩情相悅，雖父母之命，也不能制止。我的女兒雖醜陋，只怕難匹配君子呢。」生遂下階對姥下拜致謝，說：「作奴作僕都甘心。」姥乃稱生為女婿，彼此暢飲後，姥乃離去。

次日晨，生把所有的行囊都搬到李家。從此之後，他斂跡藏身，不再和親友相往來。天天和那些娼妓戲子們一起吃喝玩樂。囊中金錢漸漸全都花淨了。於是賣去座車，賣掉駿馬，甚至連家僮都賣掉了。一年多一點，資財、僕馬，全部都沒有了。姥的心意也越來越怠慢了。但娃對生的情意卻更深厚。有一天，她對生說：「賤妾與郎相處一年多，可還沒有孕嗣。常聽說竹林神甚為靈異，有求必應。我們帶些酬神祭品去拜求，如何？」生大喜，因而把衣服當了，備辦牲口和當酒。和娃同往謁神祠，禱告拜祝。過了兩夜才回轉。回程乘驢經過里北門，娃對生說：「自此往東轉的小巷中，是我姨媽的住宅。去拜候他、歇息一下。如何？」生表示同意。往前走不到一百步，果然看見一個能進出馬車的大門。望裡看，十分寬敞。小丫頭自車後叫「停車。到了。」生下車，剛有一人出來。問：「是哪一位呀？」說：「是李娃。」那人奔入報告。隨即有一婦人出，約四十來歲。與生相見，問生：「我的姨甥女有來嗎？」娃下車，那婦人乃迎上去笑著說：「怎麼這麼久都不來看我呀！」兩人相視而笑。娃為生介紹拜見。於是一起進入列有棨戟的西門。偏院之中，有假山、亭台、竹樹，樹木青蔥，池榭幽靜。生問娃：「這是阿姨的私家嗎？」娃笑而不答，卻說些別的事。一會兒佣人獻上茶菓，都很珍奇。正享用間，有一大漢騎大宛馬到來，滿頭大汗，喘息著說：「姥突然得了急病，非常危急，什麼人都認不出來。請趕速歸去。」娃向阿姨說：「我已經心亂如麻了，我先騎馬回去。然後讓馬回來再接你跟相公一起來。」生還打算跟她同行。但阿姨同侍兒講悄悄話商量，向生打手勢，請他暫且留下。對他說：「看樣子姥就要死了。我們且先商量一下後事如何辦，怎麼要急急隨她走呢？」生只得留下。共同商量葬禮齋祭的用度。

不久，天已將晚，娃騎去的馬並未遣回。阿姨說：「怎麼沒有消息？郎君且先去查看，我隨後來。」生乃動身前去。到了原居住之地，只見屋門緊閉，上了鎖，而且用泥巴封了起來。生大驚，問鄰居，鄰居說：「李家本在此租住。現租約到期，屋主收回房屋。姥已遷走兩宿了。」問：「遷移去那裡去了？」答道：「不知什麼地方。」生打算馳返宣陽問阿姨，但日色已晚，計程到不了。因此脫了衣服去典當，買食物裹腹，租一張床過夜。他心懷怨怒，從黃昏到天亮，難以闔眼。天剛亮，便騎著瘦驢上路。到了阿姨住處，便急急叩門，都無人答話。生大叫再三，才有一個差官似的人緩緩走出。生立即問他：「阿姨可在？」說：「沒有阿姨。」生說：「阿姨昨天傍晚還在這裡，為什麼把她藏起來？這是誰家的房子？」「這是崔尚書的房子。昨天有人來租此院，說是等遠來的中表親戚。還沒到夜晚便走了。」生又驚恐，又憤怒，不知如何是好。他回到原居住的布政里客店，店主人可憐他，給他吃飯。他滿懷怨懟，絕食三天，得了重病，十來天後，越發沈重。店主人怕他會死，把他送到殯葬館，看樣子便要一病嗚呼了。殯葬肆的人，大家都可憐生，互相餵他。生究竟年輕力壯，病卻漸漸好了起來。可以扶著枴杖走路。於是殯葬肆的人讓他執靈幃，得錢自給。一月後，漸漸恢復了健壯。每聽人唱哀挽歌，自歎不及死人，一了百了。常嗚咽流淚，難以自己。回到下處，經常模仿。生本聰慧，學唱哀歌，總能曲盡其妙。長安雖大，沒有人能比得上。

開始時，東西兩個租傭凶器的商肆，互爭勝負。東肆的車馬靈車都綺麗，無可比敵。但在唱哀挽歌方面卻較劣。東肆的老闆打聽到生唱哀歌能曲盡其妙，無可比敵。於是拿了兩萬錢，僱生來唱輓歌。肆中老一輩的挽歌手中的佼佼者，偷偷的傳授新的挽歌和老的技巧，而且陪他唱和。過了十數天，都沒人知道。

有一天兩肆的老闆商議說：「我們揀一天各將所能出租的器材在天門街展出，一決優劣。輸家須罰錢五萬，作為酒菜之錢。」兩人同意了，簽了合約，外加證人簽署。然後開始比賽。

展出當天，長安士女聚觀者達數萬人。里長告知派出所，派出所告知警察局，四方人士，都來觀賞。萬人空巷。自早晨到中午，雙方擺出靈車、馬車、羅傘、錦旗送殯用品，可西肆就是比不過東肆。西肆老闆面有愧色。西肆在南面搭了一個高台，有一位長髯老者，由幾個隨從擁護著，抱了一個大鈴，吹鬍子、聳眉毛，扼腕頓顙，登上高台，頗有先聲奪人的架勢。於是唱出〈白馬歌〉。他從來便以挽歌出名，一時左顧右盼，旁若無人。自以為獨步一時，無人能勝過他。台下一片讚揚聲。

不一會兒，東肆的老闆在北面也設了高台。有一位烏巾少年，在五六位隨從擁護之下，手上拿著一個羽毛作成的扇，款款而來。他整整衣服，從容有緻，而後啟嗓發歌，好像有悲不自勝的樣子。他唱的是〈薤露〉之章。聲音清越，響振林木。一曲還未唱完，聽眾皆歔欷掩泣。西肆的老闆為觀眾所譏誚，臉色無光，甚感慚恥。他偷偷的將所輸的錢放到前面，悄悄的溜走了。觀眾大大的驚愕，不知烏巾少年是何方神聖。

是時，天子有下詔書，命各郡牧守，每年一詣闕下，謂之入計。生之父也到了京師。為了好奇，他也和同列官員換了便服來參觀。他隨從中有一老僕，原係生奶娘的丈夫。他看到生的一舉一動，和他的口音，想上前相認，又不太敢。不覺流下眼淚。生父吃驚，問他：「是怎麼回事？」因告訴生父說：「那位歌者的面貌，十分像您去世的少爺。」生父說：「我兒子因為帶了太多財寶，被強盜所殺，如何會到這裡來唱歌呢？」說罷，也流下了眼淚。

回到下處，老僕不甘心，再到比賽地點查問：「那位歌者是誰，怎麼唱得那麼好？」都說：「是某某人的兒子。」問他的名字，誰知生連名字都改了。老僕人大驚，乃近前察看。生見老僕，回頭便走，想藏身人群之後。老僕上前拿住他的袖子說：「你不是小少爺嗎？」於是兩人相持而泣。老僕把他載上車同回住處。父親見了，怒罵生。說：「你這種行徑，辱及祖先。你還有什麼臉見我？」乃徒步把生帶到曲江西邊杏園的東旁，剝下生的衣服，用馬鞭鞭打了數百下，一直看到生在痛苦中死去，生父才離開。置生的屍體不顧。

東肆老師父們派人跟隨看究竟。其人將各情回報後，老師父們覺得生太可憐，派了兩人，拿了草蓆，準備將生的屍體下葬。到了當地，發現生心下微溫。舉起他，過了好一會兒，稍有氣息，因把他抬回，用蘆葦管給予漿水，第二天早上才活過來。差不多一個月，手足都抬不起來。被鞭打的地方都開始潰爛，臭穢不堪。眾人均甚厭惡，一晚，大家把他丟到路旁。過路人看見了，或投以殘食，得以裹腹。一百天之後，才能拄杖行走。穿著一件滿是布釘的棉衣，破爛得像一隻倒掛著的鵪鶉。手上拿著一個破碗，在大街小巷中行走、乞食。由秋天，到了冬天。白天閒蕩討飯，晚上睡破窯中。

一日大雪，生為飢寒所苦，冒雪出門討飯。叫喊之聲甚苦，聽到或看到的人莫不悽惻。時，雪下的很大。人家外戶莫不緊閉。生行至安邑東門，循著牆北轉，走過七八家人家，有一家人家，左門開著，乃是娃的住宅。生連聲呼喊，音聲悽切，人都不忍聽。娃在房中聽到聲音，對侍兒說：「這一定是生，我能分辨出他的聲音。」快步奔出。果然看見生，枯乾瘦削，而且一身瘡癘，不像人樣了。娃趨前問：「您不是某生嗎？」生看見娃，當場因憤懣而昏倒。口不能言，只能點點頭。娃上前抱住他的頸，用綉襖批在生身上，領他回到西廂房。看到生的慘狀，不禁失聲大哭，說：「讓你走到今天這種地步，都是我的罪過！」哭到暈過去又再醒過來。姥大驚，跑過來，問：「怎麼回事？」娃說：「就是某生也。」姥立刻說：「應該把他趕出，怎麼讓他來到這裡！」娃正容凝視姥，說：「不可以，他原來也是貴公子。當年高車駟馬，帶著金銀財寶來我處，不久消耗淨盡。然後我們用詭計把他趕走。這不是人所能做出的事。且令他失去抱負，為父親所不齒。竟然與之情絕，殺而棄之！現在困頓到如此地步，天下的人，都知道這是我造的孽！生親戚滿朝，一旦有一位當權者站出來究察原原本本的經過，我們是逃不過罪責的。而且欺天負人，鬼神都不會保佑的。我們是自取其禍！我為您的女兒已二十年了。為您賺的錢何止千金。您今年六十餘歲。我現在計算您往後二十年的衣食費用，來贖身。我便和他別找就近棲所，晨昏遂可以定省。我也就心滿意足了。」姥心想：娃既已心決，恐怕無法讓她改變心意。因此就答應了。娃給了姥錢財後，還多下數百金，乃在宅北四五家外租了一個院子，為生沐浴更衣。而後先給湯粥，使腸道暢通。然後吃些酥奶之類，安定內腑。十數日之後，才給他正式吃喝。再為他添置了頭巾、衣服和鞋襪。數月之後，皮膚有了色澤，肌肉也長了不少。過了年，乃平復如初。

有一天，娃對生說：「你身體已經康復了，雄心壯志也有了。你且深思靜慮，默念舊時所習書文，可以溫習嗎？」生想了想，說：「大約還能記得兩三成。」於是娃命車出遊，生騎馬相從。到了旗亭南偏門賣書的書坊，要生揀取所需書籍，花了百金。載回住處。她要生一心讀書，不作旁騖。摒除雜念，晝夜不息。娃則常陪坐伴讀，半夜才就寢。有時生讀書疲倦了，娃便讓他習作詩賦。兩年之後，學業大有進步。國內名書古籍，差不多都讀遍了。生對娃說：「我現在可以去應試了。」娃說：「還不行，要更精熟，以備各種測試。」再讀了一年書，娃才說：「現在可以去赴考了。」於是一試便考上了甲科。名聲大振，禮部官員都感到震驚。前輩看到他的文章，莫不表示敬佩，想和他作朋友，而不得其門而入。但娃對生說：「你還不行，方今秀士，若是考中了一科，便自認可獲得朝中清要的職位，得到天下的美才名。但你曾經有過不乾淨的行徑，不能和他人相比。你必須精益求精，更上層樓。才可以和他人相比，和英才一較長短。」

生由是更加用功，名聲更大。是年碰到制考，天子詔徵四方的俊士大考。生報考直言極諫科，名列第一。經派任成都府參軍。三公以下，都是他的朋友。將赴成都就任，娃對生說：「今天已經使你恢復了本來面目，我總算沒有虧欠你了。我希望有生之年，歸去侍奉姥姥。你要找門當戶對的大家小姐結婚，祭奉祖宗。千萬莫辱沒自己，多多保重，我要從此離開你了。」生說：「妳若棄我而去，我即自殺就死。」娃堅決推辭不答應。生請求得越發懇切。最後，娃說：「那麼我送你過江。到了劍門，你要讓我回北。」生許諾了。

月餘，抵達了劍門，娃還沒離開，生父的任命發表，由常州轉升成都尹，而且兼劍南採訪使。十二天後，父親到了劍門，在官府設的驛站過夜。生因而投名片在驛站中拜謁。父不敢認，但看到祖、父的官諱，才大吃一驚。叫生上前，撫著生的背大哭。對生說：「我們父子如初。」因問經過，生向父親一一稟告。父大奇，問：「娃現在何處？」生說：「她送我到了此地。當讓她北返。」父說：「不可。」即日找了一處房屋供娃居住。父子兩則將先到成都上任。

次日，父命媒人依禮通二姓之好。而且按納采、問名、納吉、納徵、請期、親迎等六個步驟將娃娶回家中為生的媳婦。

娃嫁入生家後，很能克盡作媳婦的本分。治家也非常嚴整，很得雙親愛寵。數年後，生父母病歿，娃亦持孝備至。

生守制畢，累遷清要的職位。十年間，曾守好幾個郡。娃受封汧國夫人。四子都很優秀。弟兄們姻媾，也都是甲族。家門昇旺，盛極一時云云。

編譯者註

①文後議論，和故事無關，故未語譯。

②原文滎陽公五十得子。其子十八九赴京趕考，和娃同居了一年多。流落了一年多，再和娃相處讀書，大約四年後考上制科。等到受命為成都府參軍時，該是二十五六了。其父則應是七十五六了，如何還沒致仕？譯者把原文改成「四十得子」。則生任官時，其父不過六十五六，較為合情合理。

③娃贖身後，原文說：「給姥之餘，有百金。」而她和生去書店買書，便「計費百金」。若然，他們那有錢過活？譯者在「有百金」的百字前加了個「數」字。數百金，花一百金買書之後，還有許多錢可以生活呢。

十一、柳氏傳

許堯佐

天寶中❶，昌黎韓翊❷有詩名，性頗落托❸，羈滯❹貧甚。有李生者，與翊友善，家累千金❺，負氣愛才❻。其幸姬曰柳氏❼，艷絕一時，喜談謔，善謳詠❽。李生居之別第，與翊為宴歌之地。而館翊於其側❾。翊素知名，其所候問，皆當時之彥❿。柳氏自門窺之，謂其侍者曰：「韓夫子豈長貧賤者乎！」遂屬意焉。

李生素重翊，無所悋惜⓫。後知其意，乃具饍⓬請翊飲，酒酣，李生曰：「柳夫人容色非常，韓秀才⓭文章特異。欲以柳薦枕⓮於韓君，可乎？」

翊驚慄，避席⓯曰：「蒙君之恩，解衣輟食久之。豈宜奪所愛乎？」

李堅請之。柳氏知其意誠，乃再拜，引衣接席。李坐翊於客位，引滿極歡⓰。

李生又以資三十萬，佐翊之費。翊仰柳氏之色，柳氏慕翊之才，兩情皆獲，喜可知也。

明年，禮部侍郎陽浚⓱擢翊上第，屏居間歲⓲。柳氏謂翊曰：「榮名及親，昔人所尚⓳。豈宜以濯浣之賤，稽采蘭之美⓴乎？且用器資物，足以待君之來也。」

翊於是省家於清池。

歲餘，乏食，鬻妝具以自給㉑。

天寶末，盜覆二京㉒，士女奔駭。柳氏以豔獨異，且懼不免，乃剪髮毀形，寄跡法靈寺㉓。

是時侯希逸自平盧節度淄青㉔，素藉翊名㉕，請為書記㉖。洎宣皇帝以神武返正㉗，翊乃遣使間行求柳氏㉘，以練囊盛麩金㉙，題之曰：「章臺柳㉚，章臺柳！昔日青青今在否？縱使長條似舊垂，亦應攀折他人手。」柳氏捧金嗚咽，左右悽憫㉛，答之曰：「楊柳枝，芳菲節，所恨年年贈離別。一葉隨風忽報秋，縱使君來豈堪折㉜！」

無何，有蕃將㉝沙吒利者，初立功，竊知柳氏之色，劫以歸第，寵之專房。

及希逸除左僕射㉞，入覲㉟，翊得從行。至京師，已失柳氏所止，歎想不已。偶於龍首岡㊱見蒼頭以駮牛駕輜軿㊲，從兩女奴。翊偶隨之。自車中問曰：「得非韓員外乎㊳？某乃柳氏也。」使女奴竊言失身沙吒利，阻同車者㊴，請詰旦㊵幸相待於道政里㊶門。

及期而往，以輕素結玉合，實以香膏㊷，自車中授之，曰：「當遂永訣，願寘誠念。」乃回車，以手揮之，輕袖搖搖，香車轔轔㊹，目斷意迷，失於驚塵㊺。翊大不勝情㊻。

會淄青諸將合樂酒樓，使人請翊。翊強應之，然意色皆喪，音韻悽咽㊼。

有虞侯[48]許俊者，以材力自負，撫劍言曰：「必有故。願一效用[49]。」翊不得已，具以告之。俊曰：「請足下數字[50]，當立致之。」

乃衣縵胡，佩雙鞬[51]，從一騎[52]，徑造沙吒利之第[53]。候其出行里餘，乃被衽執轡[54]，犯關排闥[55]，急趨而呼曰：「將軍中惡[56]，使召夫人。」僕侍辟易[57]，無敢仰視。遂升堂，出翊札示柳氏[58]，挾之跨鞍馬，逸塵斷鞅[59]，倏忽乃至[60]。引裾而前[61]曰：「幸不辱命[62]。」四座驚歎。柳氏與翊執手涕泣，相與罷酒[63]。是時沙吒利恩寵殊等，翊俊懼禍，乃詣希逸[64]。希逸大驚曰：「吾平生所為事，俊乃能爾乎[65]？」遂獻狀[66]曰：「檢校尚書金部員外郎兼御史[67]韓翊，久列參佐，累彰勳效[68]，頃從鄉賦[69]。有妾柳氏，阻絕凶寇，依止名尼。今文明撫運，遐邇率化[70]。將軍沙吒利凶恣撓法[71]，憑恃微功，驅有志之妾，干無為之政[72]。臣部將兼御史中丞許俊，族本幽薊[73]，雄心勇決[74]，卻奪柳氏，歸於韓翊。義切中抱[75]，雖昭感激之誠[76]；事不先聞，固乏訓齊之令[77]。」

尋[78]有詔，柳氏宜還韓翊，沙吒利賜錢二百萬。柳氏歸翊；翊後累遷至中書舍人[79]。

然即柳氏，志防閑而不克者[80]。許俊慕感激而不達[81]者也。向使柳氏以色選，則當熊辭輦之誠可繼，許俊以才舉，則曹柯澠池之功可建[82]。夫事由跡彰，功待事立[83]。惜鬱堙不偶[84]，義勇徒激[85]，皆不入於正。斯豈變之正乎？蓋所遇然也。

校志

一、本文以《太平廣記》為主，參考《類說》、《本事詩》、《登科記考》諸書校錄。

二、《類說》以〈柳氏述〉為本文標題，乃採自《異聞集》。本書沿用《太平廣記》標題。訂為〈柳氏傳〉。

註釋

❶天寶—天寶是唐玄宗的年號，共十四年。當西元七四二至七五五年。

❷昌黎韓翊—昌黎，郡望。如李益之稱為隴西李益。昌黎，古郡名。約當今遼寧義縣。韓翊，字君平，籍貫為河南南陽，今河南南陽縣。《太平廣記》、《本事詩》作韓翊。《新唐書・盧綸傳》、《類說》，與《醉翁談錄》作韓翃。《登科記考》天寶十三年楊紘榜下及第，第二名。主考官為禮部侍郎陽浚。

❸落托—同落拓。散漫無檢制也。《南唐書・潘扆傳》：「自稱野客，落托有大志。」

❹羈滯—羈，寄居作客。滯、止也。羈滯，流浪異域，久而不得志。

❺家累千金—累，積也。意思是：家裡很富有。

❻負氣愛才—負氣，以氣節自負。愛才，珍視人才。

❼其幸姬柳氏—他所愛幸的姬妾姓柳的。

❽謳詠—歌唱也。徒歌曰謳。有如今日所說的「清唱」。

❾館翊於其側─招待韓翊在側屋居住。館，此處為動詞。

❿其所候問，皆當時之彥─他所往來問候的人，都是當時的俊彥之士。彥，英俊豪傑也。

⓫無所憐惜─憐ㄌㄧㄣˋ，同吝。毫不吝惜也。

⓬具膳─膳，食之善者也。具膳，準備好吃的食物。

⓭韓秀才─唐初考試，秀才科最高。後取消了。繼以進士科最高。稱人秀才，有正面的意思。

⓮薦枕─宋玉「高唐賦」：「聞君遊高唐，願薦枕席。」薦，進也。欲親進枕席，求親暱之意。薦枕，亦即侍寢。

⓯避席─古人席地而坐。有所敬，則離座而起，謂之避席。

⓰引滿極歡─倒滿了酒來喝，大家都極高興。

⓱禮部侍郎陽浚─原文作楊度。按登科記考卷九，韓翊於天寶九年（七五〇）進士及第。主考官為禮部侍郎楊浚。嚴耕望《僕尚丞郎表》考定為陽浚。《唐摭言》卷十四也作陽浚。楊度，史籍中無可考。所以我們改訂為「陽浚」。岑仲勉先生以為作「陽」是。

⓲屏居間歲─屏居，退隱而處也。《漢書。竇嬰傳》：「嬰爭弗能得，謝病屏居藍田山下。」間歲，隔年。即一年了。

⓳榮名及親，昔人所尚─作官成名，把光榮帶給父母，乃古人所重視之事。

⓴以浣濯之賤，稽采蘭之美─豈可以為了一個替你洗洗衣服的微賤之人，耽誤了你的作官的前程。按《晉書・皇甫謐傳》：「陛下披榛采蘭，並收蒿艾。」意謂皇帝除去雜樹採集蘭花，連蒿艾小草都不捨棄。「采蘭」後來便用為皇帝尋找賢臣的典故。

㉑鬻妝具以自給─賣首飾過日子。

㉒盜覆二京—盜（指安祿山）攻佔了東京（洛陽）和西京（長安）。

㉓寄跡法雲寺—寄跡，託身，居住。或作法靈寺。《醉翁談錄》作法雲寺。《唐西京城坊考》卷三：「宣平坊宣慈寺西南隅法雲寺。」柳氏剪髮為尼，託身尼寺，較為合理。「法靈」應是「法雲」。

㉔侯希逸自平盧節度淄青—今人王夢鷗先生考定侯希逸乃田神功之誤。地為汴宋，而非淄青。

㉕素藉翃名—平素便知道韓翃的名字。

㉖請為書記—唐藩鎮多可自辟官員。書記為掌管案牘的幕僚。有如今日的秘書。

㉗洎宣皇帝以神武返正—洎，及也。等到蕭宗皇帝以他的神明英武重建帝國，平定了亂事。返正，撥亂世而返正之。蕭宗崩後，群臣為他上的廟號為「文明武德大聖大宣孝皇帝」。

㉘遣使間行求柳氏—間行，微行也。暗中行動的意思。意謂派人暗中求訪柳氏。

㉙以練囊盛麩金—練，絲織品。麩金，碎金，砂金。

㉚章臺柳—章臺，漢代長安街名。章臺柳，意謂住在長安的柳氏。有如章臺街的柳樹。

㉛柳氏捧金嗚咽，左右淒憫—柳氏手拿著金子啼哭，在她左右的人看了也覺得很是淒涼可憫。

㉜一葉隨風忽報秋，縱使君來豈堪折—秋到葉枯，一如自己的美人遲暮。雖然韓君來了，可能會不愛她了！《淮南子・說山》：「見一葉落而知歲之將暮。」唐人詩云：「山僧不解數甲子，一葉落知天下秋。」

㉝蕃將—唐時若干外族人領兵為將，如哥斯翰。安祿山也是。蕃將，即是番將。

㉞除左僕射—授與左僕射的官。左、右僕射係尚書令的副手。唐初李世民作過尚書令，自後無人敢居其職。僕射有如宰相。射音逸。中唐以後，中央姑息節度使，多假以同中書門下、僕射等相位，實際上並非宰相。除：拜官曰除。《漢書・景帝紀》注：「凡言除者，除故官就新官也。」

㉟入覲—方面大員返朝朝見天子曰「入覲」。

36 龍首岡──長安縣北的一座小土山，上有城廓宮殿，為遊人玩賞觀光之處。

37 見蒼頭以駮牛駕輜軿──蒼頭，僕隸也。駮牛，雜色的牛。有後門的車叫輜。無門的車叫軿。輜軿即車輛。

38 得非韓員外乎──員外，正額以外的官。後來漸成尊敬的稱呼。「得非」，「難道不是？」

39 阻同車者──礙於同車的人在，（不便說話也。）

40 詰旦──明日早晨。明朝為「詰朝」。今以「詰」為「喆」

41 道政里──長安坊里名。在興慶宮後，鄰近春明門。

42 以輕素結玉合，實以香膏──生帛曰素。玉合即玉盒。

43 當遂永訣，願寘誠念──馬上要永別了，希望長久留一個紀念。寘同置，安放的意思。

44 轔轔──車行的聲音。杜甫詩：「車轔轔，馬蕭蕭。」

45 失於驚塵──在驚愕之中，車子絕塵而去了。

46 大不勝情──謂感情大傷，難以負荷。

47 意色皆喪，音韻悽咽──哭喪著臉，意興沮喪，聲調都悽悽咽咽的。

48 虞侯──唐中葉以後，方鎮皆置都虞侯（侍衛長）、虞侯（隨從副官）。按周禮：山澤之官，皆名為虞。

49 願一效用──願意為之效力一番。

50 請足下數字──請您寫幾行字。足下，尊稱對方也。寫字，為取信於柳氏。

51 乃衣縵胡，佩雙鞬──縵胡，武士繫帽的繩子。鞬，箭袋。穿軍服，帶雙箭袋全幅武裝。

52 從一騎──帶了一個騎馬的衛士。

53 徑造沙吒利之第──造，進入。一直走進沙吒利所住的第宅。

54 被衽執轡──披著衣襟，拿著馬韁繩。

55 犯關排闥──大門叫關，房門曰闥。意謂闖過大小門戶。

56 中惡──中讀去聲，音眾。中暑、中風、中邪，得了什麼什麼病的意思。中惡，得了急病。

57 辟易──驚退也。《史記‧項羽本紀》：「赤泉侯為騎將，追項王。項王瞋目叱之，赤泉侯人馬俱驚。辟易數里。」

58 出翊札示柳氏──把韓翊所寫的短信給柳氏看。札，書信之謂。古詩十九首：「客從遠方來，遺我一書札。」

59 逸塵斷鞅──鞅，夾在馬頸兩旁的皮條。馬在灰塵中跑得太快，車鞅帶都斷了。逸塵，絕塵而去也。

60 倏忽乃至──倏忽，快速貌，眨眼之間便到了。

61 引裾而前──裾，前襟。

62 幸不辱命──幸好沒有辱沒你的囑咐。

63 相與罷酒──大家互相停止喝酒了。罷：停止。

64 乃詣希逸──因而到侯希逸那兒去報告。詣，到也；往也。

65 吾平生所為事，俊乃能爾乎──這種俠氣行徑正是我平生所常作的。許俊也能如此呀！

66 遂獻狀──因此寫了狀子呈給皇上。

67 檢校尚書金部員外郎兼御史──檢校什麼什麼官，如同今日的加銜。如：公使銜參事。員外郎官品為從六品上。唐官階三十級，從六品為第十七級，有如今日之科長。

68 久列參佐，累彰勳效──在參謀僚佐中作了很久，屢次建立了功勳。累：屢次。彰：明明白白的顯示出來。

69 頃從鄉賦──鄉賦，即鄉貢。帝制時代，各縣要把賦稅和人才貢獻給皇上。錢是賦稅。貢便是人才。

70 文明撫運，遐邇率化──由於政府之德的撫慰運作，使遠近的人民都相牽受到感化。遐是遠。邇是近。

71 凶恣撓法──任意凶橫，干犯法紀。恣是恣意，任意的意思。

72 驅有志之妾，干無為之政—驅使有守志操的女人，干犯政府無為而治的德政。

73 族本幽薊—本是幽州薊州的望族。幽州為范陽郡，約當今北平、武清和霸縣之地。薊為漁陽郡，約當今河北遵化、豐潤和薊縣以南等地。其地尚武，多出豪傑之士。

74 雄心勇決—英雄心腸，勇而有決斷。

75 義切中抱—中懷仗義之心。

76 雖昭感激之誠—雖然表現了激於義憤的誠意。

77 固乏訓齊之令—卻缺少了嚴明的教令。此乃希逸自責之辭。

78 尋—不久。

79 中書舍人—中書舍人為皇帝起草詔令的官員。地位十分清高。

80 志防閑而不克—防閑、潔身自愛，防範閑言閑語。不克，未能克竟厥功。也就是沒有成功。《三國志。魏書。邢顒傳》：「防閑以禮，無所屈撓。」

81 慕感激而不達—羨慕義行，但作得不夠通達。

82 向使柳氏以色選，則當熊辭輦之誠可繼，許俊以才舉，則曹柯澠池之功可建—假如柳氏被選入後宮，她可能會繼漢朝馮倢伃、班倢伃之後，成為誠懇忠心的妃嬪。許俊若以貢舉作官，他可能和春秋時魯國的曹沫、戰國的藺相如一樣建立功業。

當熊：帝獵，一熊突出，馮倢伃擋於帝前，恐帝受傷。辭輦：班倢伃辭不與帝同輦，免旁人說帝好色。澠池：秦、趙二王會於澠池。秦王強趙王鼓瑟，其御史即書曰：「某年某日，秦王與趙王會飲。令趙王鼓瑟。」藺相如進缻，請秦王擊缻。秦王不允，相如說：「相如請得以頸血濺大王矣！」秦王乃不得不一擊缻。相如召趙御史書曰：「某年月日，秦王為趙王擊缻。」

曹柯：曹沫為魯將，三敗於齊。齊、魯二君會於柯。曹沫持匕首強齊王允還所侵魯地。齊王被逼而答應。

83 事由跡彰，功待事立—由事迹可尋，旁人才會知道。有了事，才能建立功業。

84 惜鬱堙不偶—古人好雙嫌單，偶吉，奇否。不偶，即不利之意。全部功業都因運氣不好而埋沒了。

85 義勇徒激—因義之所在而激起勇氣。

筆者按：此文與孟棨「本事詩」「情感第一」中所載「韓翃故事」極其相似，而孟文似較佳。本文開頭未說明韓翃和李生在何地相遇。實是一敗筆。韓翃一別柳氏，數年未予理睬，則韓對柳氏之情感似不夠真，不夠誠。是以獲得讀者的共鳴也就不夠深！可惜。

語譯

唐玄宗天寶年間，昌黎韓翃是有名的大詩人。他個性散漫不拘，長年漂泊，羈旅長安，貧窮不堪。有一位姓李的生員，和韓翃是好朋友。李生家財甚厚，平常以氣節自負，喜歡有才氣的人。他有一個寵愛的侍妾柳氏，美艷冠絕當時。而且善於辭令，愛好談笑，能唱曲子。李生特別購置了一處房產，把柳氏安置在那裡。他常和韓翃到柳氏處飲酒、聽歌。而且把韓翃安頓居住在鄰屋中。韓翃當時頗有文名。來拜訪他的人，多是些英俊豪傑之士。柳氏常在門後窺視。她對侍女說：「韓先生絕不是一個會久處貧賤的人！」她心中早已鍾情韓翃。

李生一向看重韓翃。對他從不吝惜。他後來知道了柳氏的心意，便特別安排了酒席，招待韓翃。柳氏陪座。酒酣之際，李生對韓翃說：「柳夫人容色出眾，韓先生文章高妙。我意欲將柳夫人送給先生侍寢，可以同意嗎？」

韓翃聽了，十分惶恐。立即起身離席，說：「我承蒙您的恩惠，解衣推食，怎麼可以還搶奪您寵愛的美人呢？」

但李生堅決請求，柳氏也看出來他是誠心誠意的，便起身再拜李生，然後換了座位。李生讓韓翃坐在客位上，斟滿酒暢飲，極盡賓主之歡。

李生又拿出三十萬錢，資助韓翃。

韓翃仰慕柳氏的美貌。柳氏愛慕韓翃的才華。兩情相悅，其樂可知。

翌年，禮部侍郎陽浚為主考官，擢拔韓翃為上第。

韓翃有了柳氏，歡歡樂樂虛度了一整年。柳氏向韓翃晉言說：「自古以來，士人求取功名，榮及父母妻子，乃是人們所稱羨的事。希望您不要因為我一個微不足道的女子，耽誤了您的仕進。我們現在擁有的用器資財，足可以用到您成名後回來。」

韓翃於是別了柳氏，回到清池縣省親。

（韓翃去了一年多沒消息。）柳氏的資財都用完了，家用不足了，不得不變賣首飾傢俱來養活自己。

天寶末年，安祿山攻破了長安和洛陽。士人女子，驚慌奔逃。柳氏因為自己美艷過人，恐怕不免受到寇賊的淫辱，因而剪髮毀容，寄居法靈寺中。

這時，侯希逸自平盧節度使調任淄青節度使。他久聞韓翊的才名，聘請他作書記。等到蕭宗皇帝以神明英武之姿收復了兩京，振興了唐室，韓翊便暗中遣人（晉京）打探柳氏的消息。他用絲質的提囊裝了些碎金，附了一首詩：

章臺街頭的柳樹呀，章臺街頭的柳樹呀！
你那青青嫩色，是否還和從前一樣柔美呢？
即使細長的細枝條，依然婀娜搖曳拂地，
可能已經被旁人折斷拿走了吧！

家人到了長安，好不容易找到了柳氏，柳氏捧著金子，不覺痛哭失聲。在她左右的人都覺得淒涼悲惘。

柳氏也寫了一首詩回覆韓翊：

細軟的楊柳枝，爭豔在芳菲時節。
所可恨的是，每年都為人折來送別。

枝葉隨風忽然到了秋天，正值凋零。
即使您萬里歸來，恐怕也不值得您攀折了！

之後不久，有一名叫沙吒利的蕃將，立有戰功。他暗中訪知柳氏的美色與詰慧，把她強搶到府中，十分寵愛，藏之金屋。

這時，侯希逸真除了左僕射的官，由駐地返朝覲見皇上。韓翃得緣隨行進京。到了長安，卻找不到柳氏。再三歎恨，思念不已。

這一天，他在龍首崗遊蕩，看到有個僕人趕著一輛牛車，車後跟著兩個女奴。韓翃信步跟在車後走。車中人竟開口問話說：「這位可不是韓相公嗎？我便是柳氏呀！」又遣婢女暗中對韓翃說：她已失身於蕃將沙吒利。因為車中還有別人，不便深談。請韓翃第二天早上在道政里門相見。

韓翃第二天依約前往。柳氏自車中遞出一個上結白絹的玉盒。玉盒中裝滿了香膏，說道：「正當永別，願留著作個紀念。」而後迴轉車子，揮手告別。紅袖搖曳，車聲轔轔，絕塵而去。韓翃目斷意迷中，但見柳氏坐車在一片飛塵中消失，韓翃不禁傷心不已。

恰好侯希逸手下諸將在酒樓中聚會作樂，派人來請韓翃與會。韓翃雖然勉強答應了，卻意氣頹喪，面色淒涼。聲音慘咽。一付神魂不屬的樣子。

有一位侍衛官叫許俊的，一向認為自己的膽力武藝都高人一等，十分自負。他一手摸著劍把，說：「足下有什麼心事？請說出來，願為足下效力解決！」

韓翃無奈，因告知原委。

許俊說：「簡單。請足下寫一個給柳氏夫人的便函，鄙人當立刻把她請回來。」

於是許俊全付武裝，佩上兩個箭囊，帶了一個騎馬的從人，逕去沙吒利的府第。靜候一旁。等到沙吒利出門，約走了一兩里的時候，許俊便披著衣服，拉著韁繩，衝過大門，闖進中門，一邊急走，一邊大叫說：「將軍得了急病，叫我請夫人前去。」奴僕們驚惶退避，不敢正視。於是他進了大廳，看見了柳氏，呈上韓翃的便函，挾著柳氏上馬，絕塵而去。無人敢攔阻。須臾便回到了酒樓。他拉著衣襟，上前向韓翃說：「僥倖成功了，沒有違失您的吩咐！」

與會之人看到這種場面，無不驚歎。

於是韓翃和柳氏執手流涕。互道別後。與會大眾也就散去了。

是時，沙吒利因建立功勳，大得皇上的恩寵。韓翃和許俊怕惹起禍端，於是一同往見侯希逸。

侯希逸聽了兩人的報告，不免大吃一驚。他說：「這是我平生的行為。想不到許俊也有這份膽力！」

於是他上書奏明皇上。奏書上說：

……金部員外郎兼御史銜韓翃，久任僚屬，屢次建立功勳。曾從鄉貢。有妾柳氏，因寇亂分離，隔絕音信，居止尼庵避禍。現今文明廣被，遠近都受教化。人人都能安居樂業。有將軍沙吒利者，特有功勞，兇橫亂法，驅使有志守節的柳氏，破壞當今平和的德政！臣之部將兼御史中丞的許俊，范陽名族，英雄肝膽，勇而果斷。奪回柳氏，還歸韓翊。懷著仗義之心，表現了義憤的誠意。但事情未先奏聞，實亦微臣缺少嚴明的教令所致……

不久，皇帝有詔說：「柳氏宜還歸韓翊。沙吒利賜錢二百萬。」

柳氏於是正式歸給韓翊。

韓翊一路升官，最後任中書舍人。

（按：本文最後一段文字係著者對柳氏和許俊的評語，和故事無關。唐代傳奇的作法，大都包括：一、敘事。二、詩或文。三、議論。本篇傳奇除敘事外，又包含了「章臺柳」詩句二首。最後免不了來一篇議論。這是當時的格式，不能用今日短篇小說的寫法來評斷。然而，筆者對此文總覺不夠緊密。只有在譯成白話文時，稍作調整。茲將該文著者的議論意譯於後。）

然而柳氏，雖有意守禮防閑，但未能達成。許俊雖嚮慕義憤俠行，卻不通達事理。假如柳氏能以容貌選為嬪妃，她可能會像漢朝的馮倢伃，發現一頭熊跑出來了，便急忙擋在漢元帝前。又可能像漢成帝的班倢伃，她推辭不和成帝同車，以免人民批評皇帝好色。許俊若經考試入仕，他可能像魯國的曹沫，以匕首脅迫齊桓公允諾歸還所侵佔的魯國土地。也可能學戰國時的藺相如，於趙、秦二國國主於澠池會盟時，迫秦王為趙王擊缻。以報秦王命趙王鼓瑟之恥。

十二、鶯鶯傳

元稹

貞元中❶，有張生者。性溫茂，美風容❷。內秉堅孤，非禮不可入❸。或朋從遊宴，擾雜其間，他人皆洶洶拳拳，若將不及，張生容順而已，終不能亂❹。以是年二十三，未嘗近女色。知者詰之。謝而言曰：「登徒子非好色者，是有兇行❺。余真好色者，而適不我值。何以言之，大凡物之尤者，未嘗不留連於心，是知其非忘情者也。」詰者識之❻。

無幾何，張生遊於蒲❼。蒲之東，十餘里有僧舍，曰普救寺，張生寓焉。適有崔氏孀婦，將歸長安，路出於蒲，亦止茲寺。崔氏婦，鄭女也。張出於鄭，緒其親，乃異派之從母❽。是歲渾瑊❾薨於蒲。有中人丁文雅❿，不善於軍，軍人因喪而擾，大掠蒲人。崔氏之家，財產甚厚，多奴僕。旅寓惶駭，不知所托。先是張與蒲將之黨有善，請吏護之，遂不及於難。

十餘日，廉使杜確將天子命，以總戎節令於軍，軍由是戢⓫。

鄭厚張之德甚，因飾饌以命張，中堂宴之⓬。復謂張曰：「姨之孤嫠未亡⓭，提攜幼稚，不幸屬師徒大潰，實不保其身，弱子幼女，猶君之生⓮，豈可比常恩哉？今俾以仁兄禮奉見，冀所以報恩也。」乃命其子曰歡郎，可十餘歲，容甚溫美。次命女出拜爾兄，爾兄活爾。久之，辭疾，鄭怒曰：「張兄保爾之命，不然，爾見虜矣，能復遠嫌乎？」又久之，乃至。常服睟容，不加新飾。垂鬟接黛，雙臉銷紅⑮而已。顏色艷異，光輝動人。張驚為之禮。因坐鄭旁，以鄭之抑而見也，凝睇怨絕，若不勝其體者。問其年幾。鄭曰：「今天子甲子歲之七月，終於貞元庚辰，生年十七矣。」張生稍以詞導之，不對；終席而罷。

張自是惑之，願致其情，無由得也。崔之婢曰紅娘，生私為之禮者數四，乘間遂道其衷⑯。婢果驚沮，腆然而奔⑰。張生悔之。翼日，婢復至，張生乃羞而謝之，不復云所求矣。婢因謂張曰：「郎之言，所不敢言，亦不敢泄。然而崔之姻族，君所詳也，何不因其德而求娶焉⑱。」張曰：「余始自孩提，性不苟合，或時紈綺間居，曾莫流盼。不為當年，終有所蔽⑲。昨日一席間，幾不自持。數日來，行忘止，食忘飽，恐不能逾旦暮。若因媒氏而娶，納采問名，則三數月間，索我於枯魚之肆矣⑳。爾其謂我何？」婢曰：「崔之貞慎自保，雖所尊不可以非語犯之；下人之謀，固難入矣。然而善屬文，往往沈吟章句，怨慕者久之。君試為喻情詩以亂之，不然，則無由也㉑。」張大喜，立綴春詞二首以授之。

是夕，紅娘復至，持綵牋以授張曰：「崔所命也。」題其篇曰明月三五夜；其詞曰：「待月西廂下，迎風戶半開。拂牆花影動，疑是玉人來。」張亦微喻其旨。是夕，歲二月，旬有四日矣。

崔之東，有杏花一株，攀援可踰。既望之夕，張因梯其樹而踰焉。達於西廂，則戶半開矣。紅娘寢於床，生因驚之。紅娘駭曰：「郎何以至？」張因紿之[22]曰：「崔氏之牋召我也，爾為我告之。」無幾。紅娘復來。連曰：「至矣至矣。」張生且喜且駭。謂必獲濟[23]。及崔至。則端服嚴容。大數張曰：「兄之恩，活我家厚矣。是以慈母以弱子幼女見託，奈何因不令之婢，致淫逸之詞[24]！始以護人之亂為義，而終掠亂以求之。是以亂易亂，其去幾何[25]？誠欲寢其詞，則保人之姦，不義；明之於母，則背人之惠，不祥[26]；將寄於婢妾，又恐不得其真誠[27]。是用託短章，願自陳啓；猶懼兄之見難，是用鄙靡之詞[28]，以求其必至。非禮之動，能不媿心？特願以禮自持，無及於亂。」言畢，翻然而逝。張自失者久之，復踰而出，於是絕望。

後數夕，張生臨軒獨寢，忽有人覺之。驚欻而起，紅娘斂衾攜枕而至。撫張曰：「至矣至矣，睡何為哉？」並枕重衾而去。張生拭目危坐[29]久之，猶疑夢寐，然而修謹以俟[30]。俄而紅娘捧崔氏而至。至則嬌羞融冶，力不能運支體[31]，曩時端莊，不復同矣。是夕，旬有八日也。斜月晶瑩，幽輝半床。張生飄飄然且疑神仙之徒，不謂從人間至也。有頃，寺鐘鳴，天將曉，紅娘促去。崔氏嬌啼宛轉，紅娘又捧之而去。終夕無一言。張生辨色而興，自疑曰：「豈其夢耶？」及明，靚粧在臂，香在衣，淚光熒熒然[32]，猶瑩於茵席而已。

是後又十餘日，杳不復知。張生賦會真詩三十韻，未畢，而紅娘適至，因授之以貽崔氏。自是復容之，朝隱而出，暮隱而入，同安於曩所謂西廂者，幾一月矣。張生常詰鄭氏之情。則曰：「我不可奈何矣。因欲就成之[33]。」無何，張生將之長安，先以情諭之。崔氏宛無難詞，然而愁怨之容動人矣。將行之再夕，不可復見。而張生遂西下。數月，復遊於蒲。會於崔氏者又累月。崔氏甚工刀札[34]，善屬文。求索再三，終不可見。往往自以文挑之，亦不甚睹覽。大略崔之出人者，藝必窮極，而貌若不知。言則敏辨，而寡於酬對[35]。待張之意甚厚，然未嘗以詞繼之。時愁艷幽邃，恆若不識。喜慍之容，亦罕形見。異時獨夜操琴，愁弄悽惻，張竊聽之，求之則終不復鼓矣，以是愈惑之。張生俄以文調及期，又當西去[36]。當去之夕，不復自言其情，愁嘆於崔氏之側。崔已陰知將訣矣，恭貌怡聲，徐謂張曰：「始亂之，終棄之，固其宜矣。愚不敢恨；必也，君亂之，君終之，君之惠也；則歿身之誓，其有終矣，又何必深憾於此行？然而君既不懌，無以奉寧。君常謂我善鼓琴，向時羞顏，所不能及。今且往矣，既達君此誠。」因命拂琴，鼓霓裳羽衣序，不數聲，哀音怨亂，不復知其是曲也，左右皆歔欷，崔亦遽止之，投琴，泣下流連，趨歸鄭所，遂不復至。明旦而張行。

明年文戰不勝，張遂止於京。因貽書於崔，以廣其意[37]。崔氏緘報之詞，粗載於此，曰：「捧覽來問，撫愛過深，兒女之情，悲喜交集。兼惠花勝一合，口脂五寸，致耀首膏脣之飾，雖荷殊恩，誰復為容[38]？睹物增懷，但積悲歎耳。伏承便於京中就業，進修之道，固在便安；但恨僻陋之人，永以遐棄㊴。命也如此，知復何言！自去秋已來，常忽忽如有所失，於喧譁之下，或勉為語笑；閒宵自處，無不淚零；乃至夢寐之間，亦多感咽離憂之思。綢繆繾綣，暫若尋常；幽會未終，驚魂已斷。雖半衾如暖，而思之甚遙。一昨拜辭，倏逾舊歲。長安行樂之地，觸緒牽情，何幸不忘幽微，眷念無斁㊵。鄙薄之志，無以奉酬。至於終始之盟，則固不忒㊶。鄙昔中表相因，或同宴處，婢僕見誘，遂致私誠。兒女之心，不能自固；君子有援琴之挑，鄙人無投梭之拒㊷。及薦寢席，義盛意深。愚陋之情，永謂終託。豈期既見君子，而不能定情㊸。致有自獻之羞，不復明侍巾幘。沒身永恨㊹，含歎何言！倘仁人用心，俯遂幽眇㊺，雖死之日，猶生之年；如或達士略情，捨小從大，以先配為醜行，以要盟之可欺㊻。則當骨化形銷，丹誠不泯，因風委露，猶託清塵㊼。存沒之誠，言盡於此。臨紙嗚咽，情不能申。千萬珍重，珍重千萬！玉環一枚，是兒嬰年所弄，寄充君子下體之佩。玉取其堅潤不渝，環取其終始不絕㊽。兼亂絲一絇，文竹茶碾子一枚，此數物不足見珍，欲君子如玉之真，鄙志如環不解，淚痕在竹，愁緒縈絲，因物達情，永以為好耳。心邇身遐，拜會無期。幽憤所鍾，千里神合。千萬珍重。春風多厲。強飯為佳，慎言自保，無以鄙為深念。」張生發其書於所知，由是時人多聞之。所善楊巨源，好屬詞。因為賦崔娘詩一絕云：「清潤潘郎玉不如，中庭蕙草雪銷初。風流才子多春思，腸斷蕭娘一紙書。」河南元稹亦續生。會眞詩三十韻。詩曰。

霧。微月透簾櫳，螢光度碧空。遙天初縹緲。低樹漸葱朧。龍吹過庭竹。鸞歌拂井桐。羅綃垂薄霧。環珮響輕風。絳節隨金母。雲心捧玉童。更深人悄悄。晨會雨濛濛。珠瑩光文履。花明隱繡龍。瑤釵行綵鳳，羅帔掩丹虹。言自瑤華蒲。將朝碧玉宮。因遊洛城北。偶向宋家東。戲調初微拒。柔情已暗通。低鬟蟬影動。回步玉塵蒙。轉面流花雪。登床抱綺叢。鴛鴦交頸舞。翡翠合歡籠。眉黛羞偏聚。唇朱暖更融。氣清蘭蕊馥。膚潤玉肌豐。無力慵移腕。多嬌愛斂躬。汗流珠點點。髮亂綠葱葱。方喜千年會。俄聞五夜窮。留連時有恨。繾綣意難終。慢臉含愁態。芳詞誓素衷。贈環明運合。留結表心同。啼粉流宵鏡。殘燈遠暗蟲。華光猶苒苒。旭日漸曈曈。乘鶩還歸洛。吹簫亦上嵩。衣香猶染麝。枕膩尚殘紅。冪冪臨塘草。飄飄思渚蓬。素琴鳴怨鶴。清漢望歸鴻。海闊誠難渡。天高不易沖。行雲無處所。蕭史在樓中。

張之友聞之者，莫不聳異之。然而張志亦絕矣。稹特與張厚，微徵其詞。張曰：「大凡天之所命尤物也，不妖其身，必妖於人。使崔氏子遇合富貴，乘寵嬌，不為雲，不為雨，為蛟為螭，吾不知其變化。昔殷之辛，周之幽，據百萬之國，其勢甚厚。然而一女子敗之，潰其眾，屠其身，至今為天下僇笑。予之德不足以勝妖孽，是用忍情。」於是坐者皆為深歎。後歲餘，崔已委身於人，張亦有所娶。適經其所居，乃因其夫，言於崔，求以外兄見。夫語之，而崔終不為出。張怨念之誠，動於顏色。崔知之，潛賦一章，詞曰：「自從銷瘦減容光，萬轉千迴懶下床。不為旁人羞不起，為郎憔悴卻羞郎。」竟不之見。後數日，張生將行。又賦一章以謝絕云：「棄置今何道，當時且自親。還將舊時意，憐取眼前人。」自是絕不復知矣。時人多許張為善補過者。予常於朋會之中，往往及此意。夫使知之者不為，為之者不惑。貞元歲九月，執事李公垂，宿於予靖安里第，語及於是，公垂卓然稱異，遂為鶯鶯歌以傳之。崔氏小名鶯鶯，公垂以命篇。

校志

本文以《太平廣記》為主，參考《類說》與其他傳奇校訂。

註釋

❶貞元中—貞元是唐德宗李適的年號，共二十年，由公元七八五至八〇四年。中，大約七九五左右。

❷性溫茂，美風容—性情溫和善良，風姿容顏又美好。別本作美風儀，意思差不多。茂，美也。

❸內秉堅孤，非禮不可入—秉賦堅強而孤僻，凡不合於禮法的事他都不會接受。

❹他人四句—宴會之時，他人都喧擾不休，似乎唯恐別人爭先。而張生卻容顏和順，不和人一起亂來。洶洶，喧鬧之意。奉拳，奉持之貌。堅持之意。

❺登徒子非好色者，是有兇行—此處好色有好情慾之意。宋玉《登徒子好色賦》謂登徒子有一個醜陋的妻

子，卻喜歡和她一起，生了五個孩子。所以張生說：「那是不好的行為。」兇行。惡行。（同醜女一起，只有慾，沒有情！）

❻大凡數句—大凡美好的，我也是常常流連在心上。所以說並非忘情之人。問話的人也認為是卓識。

❼蒲—蒲州，在山西省。

❽緒其親，乃異派之從母—崔氏之姊是鄭家的女兒，而張生由鄭氏所生。異派從母，謂同姓而屬別一支派的姨母。緒，敘也。

❾渾瑊—鐵勒九姓部落之渾部人，官至檢校司徒，兼中書令。貞元十五年（公元七九九年）薨。年六十四歲。

❿中人丁文雅—唐朝自安史之亂後，皇帝對握重兵的將領都不太放心，常派太監為監軍使。中人就是內侍、太監。

⓫廉使杜確將天子命，以總戎節令於軍，軍由是戢—戢，止息也。杜確來統率軍隊，軍亂便停止了。總、動詞。總理、總管，戎節、軍事。軍兵。杜確時任河中尹兼絳州觀察使。

⓬鄭厚張三句—鄭氏認為張生之德甚厚，因此整治酒菜來款待張生。在中堂設宴。「厚」，在此是動詞。

⓭姨之孤嫠未亡—阿姨乃是守寡的未亡人。

⓮弱子幼女，猶君之生—小兒弱女，全仗你而活命。

⓯常服睟容四句—平常的衣服，豐潤的臉孔。垂下來的頭髮接着眉毛，兩頰佈滿了紅嫩之色。睟、潤澤的樣子。鋗，散佈。

⓰乘間遂道其衷—乘有空的當兒說出自己的心事。衷，中心也。

⓱婢果驚沮，腆然而奔—婢女果然被嚇住了，含羞跑開去。

⓲何不因其德而求娶焉—為什麼不拿你救援他們之德來作為求親的口實呢？

⑲或時紈綺間居四句—有時和遍身紈綺的小姐們間雜相處，曾經是看一眼也沒有。當年不作的事，終於今日難以不被惑住了。

⑳若因四句—假如由媒人說，照古禮要經過納采、問名等手續，怕不要三四月的時間，到時候，我已經是死路一條了。枯魚之肆，典出《莊子》：莊子向人借錢。人說：「等到我收齊了賬再借給你。」莊子說：「一條小魚在車轍中就要枯死。哀聲求救。你叫他少安毋躁，等引來西江的水再說。」小魚說：「等你引了水來，我早成魚乾了！」

㉑君試為三句—你且寫首情詩去打動她的芳心。要不然，便沒緣由了。

㉒紿之—騙也。

㉓獲濟—獲得成功。

㉔奈何因不令之婢，致淫逸之詞—怎麼叫不好的婢女，傳送淫詞呢？令，善也。

㉕始以四句—開始以保護我們於兵亂之時為義，終以乘危亂來要脅，以亂易亂，可不是差不多？

㉖誠欲六句—真想不予理會，又怕助長別人的壞念，不應該。想告訴母親，又辜負了人家救命之德，不祥。

㉗將寄於婢妾，又恐不得其真誠—想交給丫頭傳話，又怕她們傳不真切。

㉘是用鄙靡之詞—所以就用了鄙淫的詞句。（讓你心動一定會來。）

㉙拭目危坐—揩揩眼睛，端坐。

㉚修謹以俟—修整衣衫以待。

㉛嬌羞融冶，力不能運支體—面帶嬌羞，而體態妖冶，嬌弱到連四肢都軟綿無力似的。

㉜淚光熒熒然—熒熒然，發亮的形狀。

㉝張生問崔母鄭氏如何。崔氏說：「我是無可奈何了。」因此想成婚。

34 甚工刀札——文筆很好。

35 藝必窮極四句——甚麼手藝都要窮極其工，而又大智若愚似的。言詞敏捷而善辯，平時卻很少說話應酬。

36 張生俄以文調及期，又當西去——張生俄而又因文章考試的時間到了，要再西去長安。

37 文戰四句——考試失敗了，因而便在京城住下來。因此送信給崔氏，以寬她的心。

38 兼惠花勝五句——承蒙又送我飾物化妝品等，雖是你的特殊的恩惠，誰還有心打扮（為容）呢？花勝：婦人首飾。

39 但恨僻陋之人，永以遐棄——只恨我這個孤僻醜陋的人，為你遠遠的拋棄了。

40 長安四句——長安是行樂的地方，隨處都可讓你發生情思。你沒忘記我這個微不足道的人，時刻記掛著。按幽，微也。無斁，不厭的意思。

41 不忒——不式之誤。不式，不變也。

42 君子有援琴之挑，鄙人無投梭之拒——司馬相如到卓王孫家吃飯，知道他的女兒卓文君新寡，於是用琴聲來挑動她的心。其夜，文君果然私奔到司馬相如處。投梭：晉代的謝鯤調戲鄰家的女兒。鄰女用織布梭丟他，結果打斷了他的兩顆牙齒。

43 不能定情——不能訂親。

44 致有三句——以致有送上門來的羞恥，不再能夠明侍巾幘——結婚，就是死了也是永恨在心的。

45 倘仁人用心，俯遂幽渺——假如你有仁人之心，能委屈成就我的小小意向。幽渺，指心中的想法。

46 達士略情四句——假如你以達士自居，忽略感情，不拘小節，成就大業，認為先行往來為醜行，平常的盟誓可不理。

47 骨化形銷四句——我就是骨頭也爛了，形體也滅了，這一片赤誠卻是永遠不會泯滅的。即使魂魄因風委露，還要追尋在你的左右。

❹❽玉取其堅潤不渝，環取其始終不絕——玉質堅而溫潤，環乃循環不絕。不渝，不變也。

語譯

德宗貞元年間，有一位姓張的士子，性情溫和，富於感情，生得英俊瀟灑，卻稟性孤高，謹守禮法。有時朋友聚會，大家吵吵鬧鬧，張生卻只從容坐在一邊，不和人一齊起鬨。他年紀已二十三歲了，還不曾接近過女性，或有人問起，他說：「世人都說登徒子好色，其實，他並不好色，而是好淫。我真正好色，卻偏偏沒碰上。怎麼說呢？大凡美好的事物，我總是放在心上，念念不忘。所以，我自知並非忘情的人。」問他話的人覺得他有見識。

沒多久，張生旅遊到蒲州。蒲州城東十幾里地，有一座普救寺，張生借住在那兒（讀書）。有一位崔姓寡婦，要回長安，路徑蒲州，也借住寺中。寡婦娘家姓鄭，張生的母親也姓鄭，若算起來，崔老夫人還是張生的遠房姨母。

這一年，節度使渾瑊在蒲州過世。監軍使宦官丁文雅，不得軍心，士兵趁著渾瑊的亡故鬧事，劫掠人民。崔老夫人家的資財頗多，奴僕也不少，因此非常擔心害怕，不知道該找誰幫忙。張生在蒲軍中頗有朋友，這時，他便請軍中的軍官朋友設法，派了些士兵來保護崔家。亂了十幾天，蒲州刺史杜確奉皇帝的命令，號令軍隊，兵變才平息下來。

崔老夫人很感激張生，就預備了酒席請張生，在客廳裡歡宴他。並且對張生說：「我是一個孤寡無助的未亡人，帶著小孩子，不幸碰上這次的兵變，自己實在沒法子保全。現在我這弱小的兒子和年幼的女兒，都多虧了您才得保全，這種大恩，哪能和尋常的小惠相比？我現在叫他們出來拜見您，就請您做他們的哥哥，希望藉此報答您的恩惠。」於是她兒子出來，兒子名字叫歡郎，大約十幾歲，長得溫順俊俏。又叫女兒：「出來拜見哥哥，哥哥救活了你的命。」待了許多時候，女兒說有病不能出來。崔老夫人怒道：「哥哥保全了你的命，不是他，你早就給兵捉去了，哪能再按常禮男女避嫌呢！」又待了許多時候，女兒才出來。身上穿的是家常衣服，臉上潤澤，並無裝飾打扮；前面的頭髮垂到眉邊，兩頰緋紅。容貌卻非常美艷，臉上的光輝很吸引人。張生很驚訝，趕快起來行見面禮。她便坐在崔老夫人旁邊。因為是崔老夫人強迫她出來的，所以她直瞪著眼不轉瞬，含著萬分怨嗔，好像支持不住她的身體似的。問她多大年紀，崔老夫人說：「甲子年七月出生，到如今貞元庚辰，已經十七歲了。」張生試著拿言語來引她說話，她卻不回答。一直到吃完飯便散了。

張生從此把心給攪亂了，很想向她表達一下自己的愛慕之情，卻沒有辦法得到機會。崔家有一位婢女，名叫紅娘，張生私下裡曾好幾次向她恭敬施禮，順便把心事告訴了她。這婢女一聽就嚇壞了，羞得馬上逃掉。張生因此非常後悔。到了明天，婢女又來了，張生也覺得害臊，便向她賠不是，不敢再央求她。於是婢女對張生說：「您那天說的話，我實在不敢告訴小姐，也不敢洩漏給別人。不過，崔家的姻族，您是知道的，為什麼不藉著您這次救她一家子的性命，託人來向她求親呢？」張生答道：「我從小就不願意隨便和人接近，閒暇時，遇見穿著華麗衣服的姑娘們，我連看都不看；想不到我從前所不做的事情，如今卻被迷惑住了。前兒個在酒席上，神魂顛倒，無法支持；這幾天，簡直弄得走起路來忘了停，吃起飯來忘了飽，這個樣兒，恐怕一天也活不下去。假使請上媒人來求婚，舉行納采、問名這些繁縟的禮節，就得耽擱三兩個月，到時，要到枯魚肆裡去找我了！你說怎麼辦？」婢女說：「小姐性格堅貞，一向生活嚴肅，就是尊親長輩也不敢拿不應該說的話向她說；底下人有什麼意見就更難跟她說了。不過，她很會作詩寫文章，常常低聲吟詠章句，引得自己許久都在哀怨、思慕。您請試試，寫一篇表達愛情的詩句向她表達一下；不這樣，是沒有辦法的。」張生一聽大喜，馬上作了兩首情詩交給她。這天晚上，紅娘又來了，拿著一張彩綢的信牋交給張生說：「小姐叫我送來的。」看看上面的題目是〈明月三五夜〉，下面的詩句是：「待月西廂下，迎風戶半開。拂牆花影動，疑是玉人來。」張生對詩裡含著的意思，多少明白一點。這天晚上，就是二月十四日了。

崔家的東牆旁，有一棵杏樹，可以爬到樹上過去。十五日晚上，張生便從杏樹上過去了；到達西廂房，那門已經半開了。這時看見紅娘正睡在床上，張生一進去就把她驚醒了。紅娘吃驚地說：「您怎麼來啦？」張生騙她道：「是小姐那封信召我來的，你去告訴她。」不久，紅娘回來，連說：「來了！來了！」張生又喜歡又害怕，心想一定成功。等到小姐來到，誰知她穿戴的卻是很端莊，態度也極嚴肅，竟毫不留情地數落張生道：「哥哥活了我們全家，這恩惠實在重，因此母親才把她的兒女託付給您。怎麼可以藉著這個壞丫頭送來淫逸的詩句。起初認為保護人家脫離兵亂是應該的，結果卻又自己利用禍亂來向人家要挾；這正是以亂易亂，兩者有何不同！您那詩句，本想置之不理，卻怕助長您的惡念，是不應該的；如果告訴母親，又覺得辜負了您的救命之恩也不好；想叫婢僕去轉達，又怕把話傳錯，不能表達我真正的意思。這才寫了那首詩，希望親自對您說明；仍然恐怕您留難不來，所以故意用了鄙淫的詞句，為的是要您一定能來。非禮的舉動，心裡能不覺得有愧嗎？希望您能遵守禮法，不要做出非禮的事來！」話剛說完，一轉身很快就不見了。張生像失掉了自己，呆立良久，然後再爬牆回來，並感到絕望。

幾天以後的一個晚上，張生正獨自靠著窗戶睡覺，忽然被人弄醒了；他吃驚地坐了起來，原來紅娘抱著被子枕頭站在他面前，她扶著張生的肩頭說道：「來了！來了！還睡覺幹什麼！」說著，便把拿來的枕頭並排著張生的枕頭擺下，又把被子疊在張生的被子上，然後就匆匆地走了。張生擦了擦眼睛，端端正正地坐了好久，一直心裡在懷疑是不是在夢裡。然而仍舊小心謹慎地等候著。一會兒，紅娘扶著小姐真的來了，一看她那又嬌豔、又害羞、又婉麗、又妖媚的樣兒，似乎柔弱得簡直沒有力氣移動她自個兒的手腳，和從前端正嚴肅的樣子大不相同。這天晚上，是十八日，一鉤斜掛在天空的晶瑩的明月，把它那優雅神祕的光輝，投射到屋裡，佈滿了半床。張生飄飄然地，心裡一直納悶，仙人是應該住在天上的，想不到現在來到了人間。待了一些工夫，佛寺的鐘聲響了，天就快要亮了，紅娘催促著回去。小姐嬌羞宛轉地悲啼著，紅娘又扶著她走了，整夜不曾說一句話。張生藉著一線曙光，摸索著起了身，心裡仍自猜疑道：「難道是在夢裡嗎？」到了天明，看見臂上染有脂粉，衣上留著香氣，點點晶瑩的淚珠，仍在褥席發亮。

又隔了十幾天，沒有消息。張生在作〈會真詩〉三十韻，還沒作完，恰巧紅娘來了，便叫她送給小姐。這才又在從前所說的西廂房裡幽會。早上秘密地出來，夜晚秘密地進去，這樣相安無事地待了幾乎一個月。張生常問老夫人知不知道，小姐說：「我是無可奈何了。」便想藉此成了婚事。不久，張生要到長安去，事先向小姐說明了原因。小姐表面上並沒有說什麼留難的話，可是已經露出愁怨動人的臉色來了。行前有兩個晚上，沒能再和小姐見面，張生便起程西行。

不幾個月，張生又回到蒲州，和小姐相會又一連兩個月。小姐長於寫字，文章作得不錯，張生想看她的作品，再三向她要求，她卻始終不肯往外拿。張生寫了文章挑引她，她也不大看。大概她的超人出眾的地方，就在她有絕頂的才思，外表卻像不懂；有敏辯的言辭，卻很少說話；對待張生的情義很厚，嘴裡卻不說。有時那張極豔麗的臉上帶有深沉的憂愁，彼此相見時就像一直沒有認識的一樣；是喜歡，是惱怒，也很少從臉上看得出來。有一次，夜間獨自個兒彈琴，似乎心裡愁怨，彈出的調子相當悲哀淒涼，張生偷著聽到了；就向她要求當面彈給他聽，誰知這麼一來，她卻永遠不肯再彈了，張生因此越發迷惑起來。不久，張生考試的日期到了，又得往長安去。離別的那天晚上，沒有再向她說明，只是在她身旁唉聲嘆氣。她卻已經明白是要訣別了，便和顏悅聲地慢慢對張生說：「起初還沒有夫妻名分，就胡亂發生了不尋常的關係，結果終被遺棄，這本來就沒有什麼不可以的，您如那麼辦，我也絕不敢抱怨。不過您如果以為起初既然胡亂和我發生了那種關係，日後一定要負責到底，和我結為正式夫妻，那就是您格外的恩惠了。假使那樣的話，我們從前永偕終身的海誓山盟，就能實現了。您又何必對這次的離別過分傷心呢？可是您既然這樣不快樂，我也沒有辦法使您高興；您曾經說我彈琴彈得好，從前因為面嫩害羞，不敢獻醜，如今您要走了，那就藉此向您表示一下我的誠心吧！」於是就叫人拿出琴來，彈奏〈霓裳羽衣〉的序曲，還沒有彈到幾下，那種悲哀的音調已經亂了，沒法再聽得出那是彈的哪一支曲子了。左右的人都嘆息，她也驟然停下，放下琴，眼淚涔涔地流下來，趕快跑回她母親的住房，從此便沒再出來。第二天一早，張生西去了。

明年，沒有考中，張生遂留在京裡。於是便寫信給小姐，寬慰她的心。小姐也回信了。張生把她的回信公開給友人們看。因此當時很多人都知道有這麼回事。

張生的一個好朋友，名叫楊巨源的，好作詩，於是為他作了一首絕句，題為〈崔娘詩〉。河南的元稹，也續了張生的〈會真詩〉三十韻。張生的朋友中聽到這事的，無不驚奇這位女子，然而張生卻是志在跟她訣絕了。

以後隔了一年多，崔女已經嫁了人，張生也娶了妻子。有一回張生恰巧經過她住的地方，便請她丈夫告訴崔，他以外兄的名義求見。丈夫告訴她，然而她卻到底不肯出來一見。張生怨念的心情，都表現在臉上。她知道了，便秘密地作了一首詩給他，那詩：「自從消瘦減容光，萬轉千迴懶下床。不為旁人羞不起，為郎憔悴卻羞郎。」終究沒見他。過了幾天，張生要走了，她又作了一首詩謝絕他說：「棄置今何道，當時且自親。還將舊時意，憐取眼前人。」從此，就斷了消息。貞元某年九月，李公垂先生到我的靖安里宅來住，我們談起此事。公垂覺得很稀奇，遂寫了一篇〈鶯鶯歌〉，藉此使這個故事流傳。崔的小名叫鶯鶯，公垂就用它做了題目。

十三、長恨傳

陳鴻

開元中❶，泰階平❷，四海無事。玄宗在位歲久，勌於旰食宵衣❸，政無大小，始委於右丞相❹，稍深居遊宴，以聲色自娛。

先是，元獻皇后、武惠妃皆有寵，相次即世❺。宮中雖良家子❻千數，無可悅目者。上心忽忽不樂。

時每歲十月，駕幸華清宮❼，內外命婦，熠燿景從❽，浴日餘波，賜以湯沐❾，春風靈液，澹蕩其間❿。上心油然，若有所遇⓫，顧左右前後，粉色如土⓬。詔高力士潛搜外宮，得弘農楊玄琰女於壽邸，既笄矣⓭。鬢髮膩理，纖穠中度⓮，舉止閑冶，如漢武帝李夫人⓯。別疏湯泉⓰，詔賜藻瑩⓱。既出水，體弱力微，若不任羅綺⓲。光彩煥發，轉動照人。上甚悅。

進見之日，奏霓裳羽衣曲以導之⓳；定情之夕，授金釵鈿合以固之⓴。又命戴金步搖，垂金璫㉑。明年，冊為貴妃，半后服用㉒。繇是冶其容，敏其詞，婉孌萬態，以中上意㉓。上益嬖焉。

時省風九州，泥金五岳，驪山雪夜，上陽春朝，與上行同輦，止同室，宴專席，寢專房㉔。雖有三夫人、九嬪、二十七世婦、八十一御妻，曁后宮才人、樂府妓女，使天子無顧盼意。自是六宮無復進幸者㉕。非徒殊艷尤態致是，蓋才智明慧，善巧便佞，先意希旨，有不可形容者㉖。叔父昆弟皆列位清貴，爵為通侯㉗。姊妹封國夫人，富埒王宮㉘，車服邸第，與大長公主侔矣㉙。而恩澤勢力，則又過之，出入禁門不問，京師長吏㉚為之側目㉛。故當時謠詠有云：「生女勿悲酸，生男勿喜歡。」又曰：「男不封侯女作妃，看女卻為門上楣㉜。」其為人心羨慕如此。

天寶末年，兄國忠盜丞相位，愚弄國柄㉝。及安祿山引兵向闕，以討楊氏為詞。潼關不守，翠華南幸㉞，出咸陽，道次馬嵬亭。六軍徘徊，持戟不進禮。從官郎吏伏上馬前，請誅晁錯以謝天下㉟。國忠奉氂纓盤水，死於道周㊱。左右之意未快。上問之。當時敢言者，請以貴妃塞天下怨。上知不免，而不忍見其死，反袂掩面，使牽之而去。倉皇展轉，竟就死於尺組之下㊲。

既而玄宗狩成都，肅宗受禪靈武㊳。明年，大凶歸元，大駕還都㊴。尊玄宗為太上皇，就養南宮。自南宮遷於西內。時移事去，樂盡悲來。每至春之日、冬之夜，池蓮夏開，宮槐秋落，梨園弟子，玉琯㊵發音，聞霓裳羽衣一聲，則天顏不怡，左右歔欷。三載一意，其念不衰。求之夢魂，杳不能得。

適有道士自蜀來，知上皇心念楊妃如是，自言有李少君之術[41]。玄宗大喜，命致其神。方士乃竭其術以索之，不至。又能遊神馭氣[42]，出天界、沒地府以求之，不見。又旁求四虛上下[43]，東極天海，跨蓬壺[44]。見最高仙山，上多樓闕，西廂下有洞戶，東向，闔其門，署曰：「玉妃太真院」。方士抽簪扣扉，有雙鬟童女，出應其門。方士造次未及言，而雙鬟復入。俄有碧衣侍女又至，詰其所從。方士因稱唐天子使者，且致其命。碧衣云：「玉妃方寢，請少待之。」於時雲海沈沈，洞天日曉，瓊戶重闔，悄然無聲[45]。方士屏息斂足，拱手門下[46]。久之，而碧衣延入，且曰：「玉妃出。」見一人冠金蓮，披紫綃，佩紅玉，曳鳳舄[47]，左右侍者七八人。揖方士，問「皇帝安否？」次問天寶十四載已還事。言訖，憫然。指碧衣取金釵鈿合，各析其半，授使者曰：「為我謝太上皇，謹獻是物，尋舊好也。」方士受辭與信，將行，色有不足。玉妃固徵其意。復前跪致詞：「請當時一事，不為他人聞者，驗於太上皇；不然，恐鈿合金釵，負新垣平之詐也[48]。」

玉妃茫然退立，若有所思，徐而言曰：「昔天寶十載，侍輦避暑於驪山宮。秋七月，牽牛織女相見之夕，秦人風俗，是夜張錦繡，陳飲食，樹瓜華[49]，焚香於庭，號為『乞巧』。宮掖間尤尚之。時夜殆半，休侍衛於東西廂，獨侍上。上憑肩而立，因仰天感牛女事，密相誓心，願世世為夫婦。言畢，執手各嗚咽。此獨君王知之耳。」因自悲曰：「由此一念，又不得居此。復墮下界，且結後緣。或為天，或為人，決再相見，好合如舊。」因言：「太上皇亦不久人間，幸惟自安，無自苦耳。」

使者還奏太上皇，皇心震悼，日日不豫。其年夏四月，南宮宴駕。

元和元年冬十二月，太原白樂天自校書郎尉於盩厔[50]。鴻與瑯琊王質夫家於是邑，暇日相攜遊仙遊寺，話及此事，相與感嘆。質夫舉酒於樂天前曰：「夫希代之事，非遇出世之才潤色之，則與時消沒，不聞於世[51]。樂天深於詩，多於情者也[52]。試為歌之，如何？」樂天因為長恨歌。意者不但感其事，亦欲懲尤物，窒亂階，垂於將來者也[53]。歌既成，使鴻傳焉。世所不聞者，予非開元遺民，不得知；世所知者，有玄宗本紀在。今但傳長恨歌云爾。

校志

本文據（文苑英華）七百九十四校錄。（太平廣記）四百八十六列此文，但無陳鴻與白居易遊仙遊寺一段。

註釋

❶開元中──開元是唐玄宗的年號。從公元七一三到七四一年，共二十九年。

❷泰階平──泰階，星名。共六星。每階二星，稱上台、中台、下台等三台。三台平和協調，便表示天下太平。

❸勤於旰食宵衣──勤，厭也。旰食，後時而食也。宵衣，天未明而衣也。

❹政無大小，始委於右丞相──大小的政事，全託付給右丞相也就是中書令李林甫處理。

❺先是四句──元獻皇后，肅宗的生母楊氏。武惠妃，武攸止的女兒，相次即世，先後過世。

❻良家子──良家女子。古時子、女通用。

❼華清宮──在驪山山麓，中有溫泉。

❽內外命婦，熠燿景從──命婦，受誥封贈的婦女。宮內者為內命婦。大官的夫人們，便是外命婦了。熠燿，光明貌。此處指貴婦人們的珠光寶氣。景從，如影之從形。

❾浴日餘波，賜以湯沐──皇帝（日）洗過澡的溫泉，也賜予各命婦洗。

❿春風靈液，澹蕩其間──命婦們浴於溫泉之中，如春風澹蕩於其間。澹蕩，恬靜暢通之義。楊炯（青苔賦）：「春澹蕩兮景物華」。

⓫上心油然，若有所遇──上指唐明皇，油然心動，似乎看中了某命婦。

⓬顧左右前後，粉色如土──環看四週跟隨的女子，粉色如土，一個都看不上眼。

⓭得弘農楊玄琰女於壽邸，既笄矣──發現楊玄琰的女兒，居於壽王王邸，已經成年了。笄，插頭髮的簪子。

女孩子到了適婚的年齡便要把頭髮向上梳起，用簪子插住。這裡，著者乃唐人，不便稱楊貴妃是壽王的妃子，只說「既笄矣」，暗示已成婚了。

⑭鬢髮膩理，纖穠中度—鬢髮烏亮而細密，身材不肥不瘦。纖，瘦。穠、肥。

⑮舉止閑冶，如漢武帝李夫人—一動一靜都很閑雅而妖媚，好似漢武帝的李夫人。

⑯別疏湯泉—另闢溫泉。

⑰詔賜藻瑩—我們認為「藻」，可能是「澡」之誤（雖然別本另有說法）。皇帝賜她單獨沐浴、梳妝。瑩：璞石瑩而為玉。表示玉環經沐浴妝飾後便成美人了。

⑱既出水，體弱力微，若不任羅綺—從熱溫泉出水之後，不免嬌慵無力，似乎連羅綺的衣服都承受不住。

⑲奏霓裳羽衣曲以導之—用歌曲以助興。霓裳羽衣曲是唐明皇自度曲，源自西涼的婆羅門曲。

⑳定情之夕，授金釵鈿合以固之—結婚的晚上，送給她金釵、鈿合，以牢牢地繫住對方的愛情。合，盒。

㉑戴金步搖，垂金璫—戴黃金作的步搖，垂黃金的耳環。步搖為頭飾，一端插在髮內，另一端上有珍珠、玉石等垂下來。一步一搖，故曰步搖。

㉒冊為貴妃，半后服用—唐時，皇帝任命臣子有冊授、制授、敕授、旨授及判補等。諸王、職事官正三品以上、文武散官二品以上，始行冊授。朱子全書歷代：「冊命之禮，始於漢武封三王。後遂不廢。郊祀宗廟太子皆用玉冊，皇后金冊。宰相、貴妃皆用竹冊。」

㉓繇是四句—繇，由也。從此之後，使自己的容貌妖冶，言詞敏捷，作出各種美婉柔媚的姿態，以迎合皇上的心意。

㉔時省風八句—其時皇帝到九州巡視，或上五嶽祭天地，驪山下雪之夜，上陽宮春天的早朝，和皇帝行同一車，休息同一房間，吃飯侍宴同一宴席，寢臥同一臥房。

㉕自是六宮無復進幸者—皇帝的妃嬪雖多，因為專寵貴妃，六宮的美女，沒有一個再有機會侍寢於皇帝的。

㉖非徒五句—不但是特別的豔麗和頂尖的風態使她達到皇帝專寵的地步。而她又聰明慧黠，乖巧而善於奉承，皇帝的意思還沒表現出來她便能先迎合皇帝的旨意，總之，連筆墨都難以形容其得寵的情形。

㉗列位清貴，爵為通侯—居於清位之官，並為佩金印紫綬的通侯爵位。所謂清貴之官，即跟隨皇帝左右，卻無實際工作者。如散騎常侍。通侯本叫徹侯。後避武帝劉徹的諱，改為通侯。言其功德及於王室也。

㉘富埒王宮—埒，音「樂」等也。和王宮一樣富有。

㉙與大長公主侔矣—皇帝之女兒叫公主。姊妹為長公主。姑母為大長公主。侔，音謀，齊等也。

㉚長吏—漢代六百石以上的官稱長吏。如今所謂之高級官員。

㉛側目—敬畏之狀。

㉜看女卻為門上楣—門上的橫木叫楣。胡三省注云：「凡人作室，自外至者，見其門楣宏敞，則為壯觀。」意思是楊貴妃為宏敞之門楣，光大楊家門第。

㉝國柄—謂一國之政權。

㉞翠華南幸—以翠羽為旗飾也。指天子之旗而言。此處指玄宗車駕往南方而去。

㉟請誅鼂錯以謝天下—請殺楊國忠表示向全天下的百姓謝罪。漢景帝時，鼂錯見諸王特強，請削封邑以弱之，引起七王之亂。帝誅錯以謝。

㊱國忠奉氂纓盤水，死於道周—戴白氂牛尾巴做的帽子，手捧盤水，上加寶劍，向皇帝請罪。水，盼皇帝公平裁決。劍，有罪時自殺。道周，路旁。

㊲死於尺組之下—被縊死也。尺組，如稱「三尺白綾」。組，綬也。

㊳玄宗狩成都，肅宗受禪靈武—玄宗到成都巡守，太子李亨受禪為肅宗皇帝。

㊴大凶歸元，大駕還都——指皇帝的車駕。喻為皇帝本人。大凶安祿山授首，白皇帝回京。元，頭。歸元，授首。殺頭。

㊵玉琯——琯同管。玉琯，如言玉笛。

㊶李少君之術——李少君乃漢武帝時的方士。自稱有仙術。

㊷遊神馭氣——神遊於形外，乘雲氣而飛行。

㊸四虛上下——上下四方。虛，方也。

㊹蓬壺——據說是海外的神僊島嶼，也稱蓬萊。

㊺雲海沈沈四句——仙山上，雲海沈沈，當洞天日曉之際，玉戶重重關闔，四週悄然無聲。

㊻方士屏息斂足，拱手門下——方士屏息立正，恭恭敬敬的拱起雙手，候於門下。

㊼冠金蓮四句——戴著繡有金蓮的冠、披著紫色生絲的衣服，佩（通珮）著紅色的玉飾，穿著繡有鳳凰的鞋子。

㊽負新垣平之詐也——新垣平，人名。曾騙漢文帝，被殺。

㊾樹瓜華——陳列瓜果。

㊿尉於盩屋——為盩屋縣尉。

51 夫希代之事四句——千古難得的事，如果沒有出乎世表的天才作者來描繪它，便很可能過不了多久便被遺忘了，後世不會再知道了。

52 深於詩，多於情——深明如何寫詩，又富於情感。

53 懲尤物三句——對美色予以警惕，堵塞禍亂之源，垂訓於後世。

簡譯

說起來，在唐朝二百九十年間的二十個皇帝（包括武則天皇帝）中，玄宗還可算是個英明之主。他所創造的「開（元）天（寶）之治」，一直為史家所稱許。經過了開元年間的昇平，到了天寶年，玄宗，又稱唐明皇，不免有一點倦勤。不再像開元年間那樣授命。他把政事託付給了「口蜜腹劍」的右丞相李林甫，自己卻天天在宮中享受宴飲和女色之樂。

元獻皇后和武惠妃都曾得到他的寵愛。兩人先後去世了，宮裡雖然有數以千計的美女，但沒有一個能讓唐明皇喜歡的。皇帝心中一直悶悶不樂。

這年十月，照例，皇上要到驪山的華清宮洗溫泉，宮內宮外有封號的婦女，都穿得花枝招展，隨同前去。皇上沐浴時，也讓她們在周圍沐浴，浴池裡的溫泉水，便像盪漾在春風裡的靈液，女士們恬靜舒坦的泳著，風光十分旖旎。皇上不免觸景生情，春心震動。似乎發現了他所喜歡的女人，對於其他的女人，似乎都如塵土，不屑一顧，於是他派高力士秘密訪查，終於在他的兒子壽王府裡找到了弘農楊玄琰的女兒楊玉環。楊女年剛十六，鬢髮肌膚，細緻光澤。肥瘦適中，丰姿嫻靜艷麗。有若漢武帝的李夫人。

唐明皇另換溫泉浴場，叫她先行沐浴。出浴之後，楊小姐覺得困倦乏力，似乎連穿衣服的力量都沒有。玉體光彩煥發，一舉一動，莫不耀人眼目。皇上此刻著了迷，一夜定情，明皇賜給她金釵鈿合。又叫她戴上步搖首飾，金瑞手環。次年，便封她為貴妃。一切服飾用度，比照皇后的一半。於是這位楊小姐天天打扮得花枝招展，說起話來鶯聲燕語，一舉一動，都顯出千嬌百媚，惹人憐愛，一心要獲取皇妃的喜愛。皇上也越發寵愛她了。

其時，皇上五嶽封禪，夜臨驪山賞雪，晨幸上陽迎春，貴妃一定陪侍在旁。在路上，同坐一輛車。晚上，同睡一間房。至於皇上的三位夫人、九位妃嬪、二十七位世婦、八十一位御妻，再就是後宮的才人，樂府的歌女，全沒看在皇上眼裡。這不只是因為她生來美艷，更因為她冰雪聰明、伶俐。她能揣摹上意，不待皇上吩咐，她便能作出來迎合上意。她的叔父、兄弟，都作了大官，封了爵位，姊妹也都封了國夫人。而他們所得的賞賜，所持有的權力，都超過了一般皇族。出入宮闈，暢行無阻。京師官吏，無不側目。時人有歌謠說：「生女勿悲傷，生男勿歡喜。」「男不封侯女作妃，看女卻作門上楣。」其為人所稱羨，由此可知。

天寶末年，貴妃的兄長楊國忠竊據了相位，弄權誤國。導致安祿山起兵謀反。潼關失陷後，唐明皇倉皇南逃，處四川避難。出了咸陽，到了馬嵬亭的地方，六軍不發，大家要求殺楊國忠以謝天下，楊國忠就地正法之後，六軍仍不滿意，結果，唐明皇只好棄卒保帥，下令將貴妃縊殺了。（這一段皇帝和貴妃的豔情也就結束了，於是陳鴻寫了這篇〈長恨傳〉。他還要求詩人白居易寫了〈長恨歌〉，最後一句是「此恨綿綿無絕期」！不知道是不是唐明皇思念貴妃之恨，還是貴妃被縊殺之恨！）

（臨邛道士一段，事涉無稽，就不語譯了。）

十四、李章武傳

李景亮

李章武，字子飛❶，其先中山人❷。生而敏博，遇事便了❸。工文。學業皆得極至。雖弘道自高，惡為潔飾，而容貌閑美，即之溫然❹。與清河崔信友善。信亦雅士，多聚古物，以章武精敏，每訪辨論，皆洞達玄微，研究原本❺，時人比晉之張華❻。

貞元❼三年，崔信任華州別駕❽，章武自長安詣之。數日出行於市北街，見一婦人甚美，因給❾信云：「須州外與親故知聞。」遂賃舍於美人之家。主人姓王，此則其子婦也，乃悅而私焉。居月餘日，計所用直三萬餘；子婦所供費倍之。既而兩心克諧，情好彌切❿。

無何，章武繫事告歸長安，殷勤敘別。章武留交頸鴛鴦綺一端，仍贈詩曰：「鴛鴦綺一端，知結幾千絲？別後尋交頸，應傷未別時。」子婦答白玉指環一，贈詩曰：「捻指還相思，見環重相憶。願君永持玩，循環無終極。」章武有僕楊果者，子婦齎⓫錢一千，以獎其敬事之勤。

既別，積八九年。章武家長安，亦無從與之相聞。至貞元十一年，因友人張元宗寓居下邽縣⓬，章武又自京師與元會。忽思曩好⓭，乃迴車涉渭而訪之。日暝達華州，將舍於王氏之室。至其門則闃無行跡⑭，但外有賓榻而已。章武以為下里或廢業即農，暫居郊野；或親賓邀聚，未始歸復。但休止其門，將別適他舍。見東鄰之婦，就而訪之。乃云：「王氏之長老，皆捨業而出遊，其子婦歿已再周矣。」又詳與之談，即云：「某姓楊第六，為東鄰妻。」復訪：「郎何姓？」章武具語之。又云：「曾有傔姓楊名果乎⑮？」曰：「有之。」因泣告曰：「某為里中婦五年，與王氏相善。嘗云我夫室猶如傳舍⑯。閱人多矣。其於往來見調者，皆殫財窮產，甘辭厚誓，未嘗動心⑰。頃歲有李十八郎曾舍於我家，我初見之，不覺自失，後遂私侍枕席，實蒙歡愛。今與之別累年矣，思慕之心，或竟日不食，終夜無寢。我家人故不可託。復被彼夫東西，不時會遇。脫有至者⑱，願以物色名氏求之，如不參差，相託祇奉⑲，並語深意，但有僕夫楊果即是。不二三年，子婦寢疾。臨死復見託曰：「我本寒微，曾辱君子厚顧，心常感念，久以成疾。自料不治，曩所奉託，萬一至此，願申九泉啞恨，千古睽離之嘆，仍乞留此，冀神會於髣髴之中。」

章武乃求鄰婦為開門，命從者市薪芻食物⑳。方將具綑席㉑，忽有一婦人持帚出房掃地，鄰婦亦不之識。章武因訪所從者，云：「是舍中人。」又迫而詰之，涂曰：「王家亡婦，感郎情深，將會見，恐生怪怖，故使相聞。」章武許諾云：「章武所由來者，正為此也。雖顯晦殊途，人皆忌憚，而思念情至，實所不疑？」言畢，執帚人欣然而去，逡巡映門，即不復見。

乃具飲饌，呼祭。自食飲畢，安寢。至二更許，燈在床之東南，忽爾稍暗，如此再三，章武心知有變，因命移燭背牆，置室東西隅。旋聞室西北角悉窣有聲[22]，如有人形冉冉而至。五六步即可辨其狀貌衣服，乃主人子婦也，與昔見不異，但舉止浮急，音調輕清耳。

章武下床，迎擁攜手，款若平生之歡。自云：「在冥錄以來，都忘親戚。但思君子之心如平昔耳。」章武倍與狎暱，亦無他異；但數令人視明星，若出當須還，不可久住。每交歡之暇，即懇謝鄰楊氏婦云：「非此人，誰達幽恨？」至五更，有人告可還，子婦泣下床，與章武連臂出門，仰望天漢，遂嗚咽悲怨。卻入室，自於裙帶上解錦囊，囊中取一物以贈之。其色紺碧，質又堅密，似玉而冷，狀如小葉。章武不之識也。子婦曰：「此所謂靺鞨寶[23]，出昆崙玄圃中，現已不可得。妾近於西岳，與玉京夫人戲，見此物在眾寶璫上，愛而訪之，夫人遂假以相授云，洞天群仙每得此一寶，皆為光榮。以郎奉玄道，有精識，故以投獻。常願寶之。此非人間之有！」遂贈詩曰：「河漢已傾斜，神魂欲超越。願郎更迴抱，終天從此訣。」

章武取白玉簪一以酬之，並答詩曰：「分從幽顯隔，豈謂有佳期。寧辭重重別，所嘆去何之。」因相持泣良久。子婦又贈詩曰：「昔辭懷後會，今別便終天。新悲與舊恨，千古閉窮泉。」章武答曰：「後期杳無約，前恨已相尋。別路無行信，何因得寄心。」款曲敘別訖，遂卻赴西北隅，行數步猶回顧拭淚云：「李郎無捨，念此泉下人！」復哽咽佇立，視天欲明，急趨至角，即不復見。但空室窅然[24]，寒燈半滅而已。

章武乃促裝，卻自下邽歸長安武定堡。下邽郡官與張元宗，攜酒宴飲，既酣，章武懷念，因即事賦詩曰：「水不西歸月暫圓，令人惆悵古城邊。蕭條明早分歧路，知更相逢何歲年。」吟畢，與郡官別。獨行數里，又自諷誦。忽聞空中有嘆賞，音調悽惻。更審聽之，乃王氏子婦也。自云：「冥中各有地分，今於此別，無日交會。知郎思眷，故冒陰司之責，遠來奉送。千萬自愛！」章武愈感之。

及至長安，與道友隴西李助話，亦感其誠而賦曰：「石沉遼海闊，劍別楚天長，會合知無日，離心滿夕陽。」

章武既事東平丞相府，因閒召玉工，視所得靺鞨寶，工亦不知。不敢雕刻。後奉使大梁，又召玉工，粗能辨，乃因其形雕作槲葉象。奉使上京，每以此物貯懷中。至市東街，偶見一胡僧，忽近馬扣頭云：「君有寶玉在懷，乞一見爾。」乃引於靜處開視，僧捧玩移時云：「此天上至物，非人間有也。」

章武後往來華州訪遺楊六娘，至今不絕。

校志

一、根據《太平廣記》卷三百四十、參以《說海》、《類說》諸書校錄。

二、《類說》及《紺珠集》錄自《異聞集》，以〈碧玉槲葉〉為題。本書根據太平廣記，題名為〈李章武傳〉。

注釋

❶李章武，字子飛—溫庭筠所著〈乾𦠆子〉記「道政坊宅」一文，稱李章武為貞元中進士。《奇鬼傳》《才鬼傳》都稱他進士及第未標明年月。見《登科記考》。

❷其先中山人—中山，古國名。其他約當今河北省定縣。漢置中山郡。

❸生而敏博，遇事便了—生來便聰明博學，碰到任何事很快便能明瞭。

❹雖弘道自高四句—弘道，《論語・衛靈公》：「人能弘道。」章武雖然以弘道自高，不愛打扮，而容貌自然優美，跟他交往總覺得他很溫和。即之，就而近之也。

❺信亦雅士六句—崔信也是一雅士，蒐集了很多古物。因章武精敏於此道，每每請教他而辨識出來。都能夠識解通透，達於細微的地方，而窮其根本。

❻張華—字茂先，晉范陽方城人。學業優博，辭藻溫麗，朗瞻多通，圖緯方伎之書，莫不詳覽，著《博物

志》十篇。仕至司空。

❼貞元—德宗年號，自公元七八五至八〇四年，共二十年。

❽華州別駕—華州在陝西少華山之北，故名。別駕為刺史之貳。視上、中、下州，品位由從四品下至從五品上。

❾紿—詐也，欺也。

❿兩心克諧，情好彌切—兩人的心意達成和諧，情好越為密切。

⓫齎—付也。

⓬下邽縣—故趾在今陝西省渭南縣境內。

⓭忽思曩好—忽然想起舊日的愛人。

⓮闃無行跡—闃，靜也。靜靜的沒有行人的蹤跡。

⓯曩曾有傔姓楊名果乎？—從前曾經有過一個叫楊果的僕人嗎？傔，從人也。

⓰傳舍—驛站供應過客所設之房舍。即今之政府招待所。

⓱其於往來四句—往來相調戲的人，多盡錢財資產、甜言蜜語、指天誓日，我都不曾動心過。

⓲脫有—脫，或然之辭。脫有，「何如有」的意思。

⓳如不參差，相託祇奉—假如沒有差錯的話，敬為拜託。

⓴市薪芻食物—買柴火、食品。「市」在此為動詞。

㉑具絪席—絪，通茵，蓐也。

㉒悉窣有聲—悉悉索索的聲音。

㉓靺鞨寶—靺鞨，種族之名，在高麗之北。其國產寶石，謂之靺鞨。見「唐寶紀」。

㉔空室窅然—窅，音杳。窅然，悵然也。

語譯

李章武，字子飛，原係中山人。生得非常聰明、博學，碰到任何事物，很快便能了解。無論學什麼都能學得很好。他雖以弘道自高，不愛打扮，而容貌自然優美。跟他交往的人，總覺得他很溫和。他和清河崔信友善。崔信也是一位雅士，嗜好蒐集很多古物。因為章武精於鑑識古物，他經常向章武請教、討論。章武都能識解通透，直達到細微的地方。探討到古物的根源。時人把他和晉朝博物家張華相比。

唐德宗皇帝貞元三年，崔信奉派任華州別駕（刺史的副手）。章武從長安到華州去拜訪他。有一天，出行到市北街，章武看到一個非常漂亮的婦人。因騙崔信說：「他要到州外去和親朋好友相見。」於是在美人的家裡租了一間房間居住。主人姓王，婦人是他的媳婦。因為喜歡，他便和婦人私下相好起來。住了一個多月，所費三萬餘，給子婦的錢差不多是一倍。兩人的心意達成和諧，情好越密切。

不久，章武因事告歸長安，兩人殷殷道別。

章武還給子婦一段交頸鴛鴦繡，並且贈詩一首說：

鴛鴦錦一端，知結幾千絲。
別後尋交頸，應傷為別好。

子婦回贈韋武白玉指環一枚，也附了一首詩：

捻指還相思，見環重相憶。
願君永持玩，循環無終極。

韋武有一名叫楊果的僕人，子婦賞給他一千錢，答謝他恭敬盡職。

這一別便是八九年。韋武住在長安，和華州的王姓子婦並未通音問。貞元十一年，韋武的友人張亢宗寓居下邽縣，韋武又自京師和元宗相會。忽然想起舊日的相好，因迴車渡過渭水往訪，至日暮之時才到達華州。他準備再寄住王氏的家裡，抵達後才發現門庭靜無行跡。韋武認為他們一家已遷走，或者改業從事農作去了。暫居郊外，或受了親友的邀請，還沒回來。於是他將到別處找住所。看見東鄰的婦人，因上前詢問。那婦人告訴他說：「王氏的長輩們都捨業出遊去了。至於他的子婦，已死了兩年了。」

再和她交談，她說：「我姓楊，排行第六，是東鄰的妻子。」因問：「郎君貴姓？」韋武便告訴了她。

又問：「有一個僕人叫楊果的嗎？」

答：「有。」

那婦人哭著說：「我嫁到此地五年，和王氏十分要好。她曾說過，她的夫家有如傳舍。她看過的人很多。往來調職的官員，都不惜為她傾囊散財，甜言蜜語，但她為因之動心。有一年，有一位李十八郎借住她家。她初見到他，便不覺心神震盪。後來不免私侍枕蓆，實在受到他的疼愛。她和他分別已有多年了，而思慕他的心，有時整日忘食，終夜無眠，她不能託家人，只好拜託我了。若有來人，姓名不錯，而又有僕人叫楊果的，即是其人。不兩三年，王姓子婦臥病不起。臨終之前，再三拜託我說：『我是個清寒卑微的女子，曾辱承君子的厚愛，心中常常感念不已，歷久成疾，我自料好不了了，從前拜託妳做的事，萬一李郎到來，願一申九泉下的遺憾，永遠看不見的離恨！仍請他留在此處，希望在彷彿中精神交會。』」

章武仍求鄰婦為他開門，命令隨從買馬料和食物。剛剛要鋪床席，忽然有一婦人拿了掃把出房掃地。其人鄰婦也不認得，章武問她：「從何而來？」說：「是屋內人。」又迫問她，才慢慢的回答說：「王家亡婦感激您的深情，將來會見。又怕您害怕，所以要我來先報告。」章武答應說：「章武所以來到這裡，正是為此。雖陰陽殊途，人都害怕，可我思念之情深，實在沒有疑慮！」說完，拿掃把的婦人欣然離去了。遲遲映門而過，隨即消失了。

章武乃命僕人置備飲食，一面祭祀，一面自己吃喝，而後續安寢。到了二更時分，放在睡床東南角上的燭燈忽然稍暗，三次之後，章武心知有變化，因命把燭台換置東西角。然後，他聽到房間的西北角有悉悉索索的聲音，似乎有一個人形，緩緩來到，五六步之內，即可分辨出確是王家子婦，相貌和從前沒有兩樣。只是舉動有一點輕飄飄的，聲音也甚是輕細。

章武乃下床相迎，抱持、牽手，彷彿如往日。子婦自言自語的說：「自入冥界，親友都忘記了，只有想郎君的心未嘗稍減！」

章武和她交歡，也無異狀。但好幾次令人令人看天上的星星。晨星若出，她便得離去。交歡的空間，即懇求章武重謝楊氏鄰婦。說：「若不是她，誰能傳達我在幽冥中的遺恨？」

到了五更時分，僕人來報說：「可以走了。」

於是子婦下床，和章武連臂出門。她仰望蒼天，不禁嗚咽悲歎。又進入房間，自裙帶上解下一個錦囊，從囊中拿出一樣東西來贈給章武。其物顏色紺碧，質甚緊密，似玉，卻冰冷，形狀如一片樹葉。章武雖精於鑑識，卻不曉得此物是什麼。

子婦說：「這便是所謂靺鞨寶，出自崑崙的玄圃中，現今已不可得了。我近日在西嶽（華山）和玉京夫人遊玩，看見此物在眾寶物之中，因為喜歡，才詢問為何物，夫人遂給了我。洞天仙人，若得此一寶，都認為光榮。因為郎君您研究玄道，所以奉送。請您好好寶貝它，這不是人間所有的東西。」

章武拿了一根白玉髮簪回報，並贈書曰：

分從幽顯隔，豈謂有佳期？
寧辭重之別，所嘆去何之！

因掩詩相泣。好一會兒，子婦也贈章武詩。詩曰：

昔辭懷後會，今別便終天。
新悲與舊恨，千古閉窮泉。

章武答詩曰：

後期杳無約，前恨已相尋。
別後無行信，何因得寄心？

兩人難捨難分的告別了，子婦便走向西北角，走了幾步又回頭揩拭眼淚。說：「郎君無捨，莫忘我這個九泉下的人！」又停下來哽咽哭泣。看看天要亮了，才匆匆走向屋角，消逝不見。空房令人悵然，寒燈半明半滅。

之後，章武即整裝從下邽回長安。下邽郡官和張亢宗置酒宴會，酒酣，章武仍懷念王姓子婦，即事賦詩曰：

水不酒歸月暫圓，令人惆悵古城邊。
蕭條明早分歧路，知更相逢何歲月？

吟畢，興郡官別。獨行數里，又自諷誦。忽聞空中有嘆賞之聲，音調淒惻。更細聽之，原來是王氏子婦，說：「冥中各有地分。今日這一別，再無相見之日。知道郎君思念，故甘冒受陰司的責罰，遠來相送。千萬珍重。」章武甚為感動。

回到長安，和同道好友李助談起，李助也很感動。賦詩曰：

石沉遼海闊，劍別楚天長。
會合知無日，離心滿夕陽。

後來李章武找玉工將「靺鞨寶」雕成槲葉狀。

按：《異聞傳》中，列有此篇，題名〈碧玉槲葉〉。《廣記》則題名〈李章武〉。本文敘述婉曲，淒豔動人，盛傳於當時。蒲松齡的《聊齋誌異》，是模仿此文的代表。人鬼相戀，當然不可能。一如〈枕中記〉、〈南柯太守傳〉，一夢之中經歷一世，可然性也甚少。但文人好奇，只要文章好，文辭好，「假作真時」，「無為有處」，也不必太深究。

十五、柳毅

李朝威

儀鳳❶中，有儒生柳毅者，應舉下第❷，將還湘濱❸。念鄉人有客於涇陽❹者，遂往告別。至六七里，鳥起馬驚，疾逸道左❺。又六七里乃止。見有婦人，牧羊於道畔。毅怪視之，乃殊色也。然而蛾臉不舒❻，巾袖無光❼，凝聽翔立❽，若有所伺。

毅詰之曰：「子何苦而自辱如是❾？」婦始笑而謝，終泣而對曰：「賤妾不幸，今日見辱問於長者❿。然而恨貫肌骨，亦何能愧避，幸一聞焉。妾，洞庭龍君小女也，父母配嫁涇川次子⓫。而夫婿樂逸⓬，為婢僕所惑，日以厭薄⓭。既而將訴於舅姑。舅姑愛其子，不能禦⓮。迨訴頻切，又得罪舅姑⓯。舅姑毀黜以至此⓰。」言訖，歔欷流涕，悲不自勝⓱。

又曰：「洞庭於茲，相遠不知其幾多也。長天茫茫，信耗莫通。心目斷盡，無所知哀⓲。聞君將還吳，密邇洞庭⓳，或以尺書寄託侍者，未卜將以為可乎⓴？」毅曰：「吾義夫也。聞子之說，氣血俱動，恨無毛羽，不能奮飛，是何可否之謂乎㉑？然而洞庭，深水也。吾行塵間，寧可致意耶㉒？惟恐道途顯晦，不相通達㉓，致負誠託，又乖懇願㉔。子有何術，可導我耶㉕？」

女悲泣且謝曰：「負載珍重，不復言矣，脫獲回耗，雖死必謝㉖。君不許，何敢言；既許而問，則洞庭之與京邑，不足為異也。」

毅請聞之。女曰：「洞庭之陰，有大橘樹焉，鄉人謂之社橘㉗。君當解去茲帶，束以他物㉘，然後叩樹三發，當有應者。因而隨之，無有礙矣。幸君子書敘之外，悉以心誠之話倚託，千萬無渝㉙！」毅曰：「敬聞命矣。」女遂于襦㉚間解書，再拜以進。東望愁泣，若不自勝。毅深為之戚，乃置書囊中。因復問曰：「吾不知子之牧羊，何所用哉？神祇豈宰殺乎？」女曰：「非羊也，雨工也。」「何為雨工？」「雷霆之類也。」顧視之，則皆矯顧怒步，飲齕甚異㉛，而大小毛角，則無別羊焉。

毅又曰：「吾為使者，他日歸洞庭，幸勿相避。」女曰：「寧止不避，當如親戚耳。」語竟，引別東去。不數十步，回望女與羊，俱亡所見㉜矣。

其夕，至邑。而別其友。月餘到鄉。還家，乃訪於洞庭。洞庭之陰，果有社橘。遂易帶，向樹三擊而止。俄有武夫，出於波間，再拜請曰：「貴客將自何所至也㉝？」毅不告其實。曰：「走謁大王耳。」武夫揭水指路㉞，引毅以進。謂毅曰：「當閉目，數息可達矣。」毅如其言，遂至其宮。始見臺閣相向，門戶千萬，奇草珍木，無所不有。

夫乃止毅，停於大室之隅曰：「客當居此以伺焉[35]。」毅曰：「此何所也。」夫曰：「此靈虛殿也。」諦視之[36]：「則人間珍寶，畢盡於此。柱以白璧，砌以青玉，床以珊瑚，簾以水精[37]，雕琉璃於翠楣[38]，飾琥珀於虹棟[39]。奇秀深香，不可殫言[40]。然而王久不至。

毅謂夫曰：「洞庭君安在哉？」曰：「吾君方幸玄珠閣，與太陽道士講火經，少選當畢。」毅曰：「何謂火經？」夫曰：「吾君，龍也。龍以水為神，舉一滴可包陵谷[41]。道士，乃人也。人以火為神聖。發一燈可燎阿房[42]。然而靈用不同，玄化各異[43]。太陽道士，精於人理。吾君邀以聽焉。」語畢而宮門闢[44]，景從雲合[45]，而見一人：披紫衣，執青玉，夫躍曰：「此吾君也。」乃至前以告之。君望毅而問曰：「豈非人間之人乎？」毅對曰：「然。」毅遂設拜[46]，君亦拜。命坐於靈虛之下，謂毅曰：「水府幽深，寡人暗昧[47]，夫子不遠千里，將有為乎？」毅曰：「毅，大王之鄉人也。長於楚，遊學於秦。昨下第，閒驅涇水之涘[48]，見大王愛女，牧羊於野，風鬟雨鬢[49]，所不忍視。毅因詰之，謂毅曰：「為夫婿所薄，舅姑不念，以至於此[50]。悲泗淋漓，誠怛人心[51]。遂託書於毅，毅許之，今以至此。」因取書進之。洞庭君覽畢，以袖掩面而泣曰：「老父之罪，不能鑒聽，坐貽聾瞽[52]，使閨窗孺弱，遠罹搆害。公乃陌上人也，而能急之，幸被齒髮，何敢負德[53]。」詞畢，又哀咤良久[54]。左右皆流涕。

時有宦人密侍君者，君以書授之，令達宮中。須臾，宮中皆慟哭。君驚，謂左右曰：「疾告宮中，無使有聲，恐錢塘所知。」毅曰：「錢塘何人也？」曰：「寡人之愛弟，昔為錢塘長，今則致政矣。」毅曰：「何故不使知？」曰：「以其勇過人耳。昔堯遭洪水九年者，乃此子一怒也。近與天將失意，塞其五山[55]。上帝以寡人有薄德於古今，遂寬其同氣[56]之罪。然猶縻繫於此[57]。故錢塘之人，日日候焉。」

語未畢，而大聲忽發，天拆地裂，宮殿擺簸，雲煙沸湧[58]。俄有赤龍長千餘尺，電目血舌[59]，朱鱗火鬣[60]，項掣金鎖，鎖牽玉柱，千雷萬霆，激繞其身[61]，霰雪雨雹，一時皆下，乃擘青天而飛去[62]。毅恐蹶仆地。君親起持之曰：「無懼，固無害。」毅良久稍安，乃獲自定。因告辭曰：「願得生歸，以避復來。」君曰：「必不如此。其去則然，其來則不然，幸為少盡繾綣[63]。」因命酌互舉，以款人事[64]。

俄而祥風慶雲，融融怡怡，幢節玲瓏，簫韶以隨[65]。紅粧千萬，笑語熙熙[66]。中有一人，自然蛾眉，明璫滿身，綃縠參差[67]。迫而視之，乃前寄辭者。然若喜若悲，零淚如絲。須臾，紅烟蔽其左，紫氣舒其右，香氣環旋，入於宮中。君笑謂毅曰：「涇水之囚人至矣。」君乃辭歸宮中。須臾，又聞怨苦，久而不已。

有頃，君復出，與毅飲食。又有一人，披紫裳，執青玉，貌聳神溢[68]，立於君左右。君謂毅曰：「此錢塘也。」毅起趨拜之，錢塘亦盡禮相接[69]。謂毅曰：「女姪不幸為頑童所辱。賴明君子，信義昭彰，致達遠冤。不然者，是為涇陵之土矣。饗德懷恩，詞不悉心[70]。」毅撝退辭謝[71]，俯仰唯唯。然後回告兄曰：「向者辰發靈虛，已至涇陽；午戰於彼，未還於此[72]；中間馳至九天，以告上帝。帝知其冤，而宥其失。前所譴責，因而獲免。然而剛腸激發，不遑辭候，驚擾宮中，復忤賓客，愧惕慚懼，不知所失[73]。」因退而再拜。君曰：「所殺幾何？」曰：「六十萬。」「傷稼乎？」曰：「八百里。」「無情郎安在？」曰：「食之矣。」君憮然曰：「頑童之為是心也，誠不可忍；然汝亦太草草。賴上帝靈聖，諒其至冤，不然者，吾何辭焉？從此已去，勿復如是[74]！」錢塘復再拜。是夕，遂宿毅於凝光殿[75]。

明日，又宴毅於凝碧宮。會友戚，張廣樂，具以醪醴，羅以甘潔[76]。初，笳角鼙鼓，旌旗劍戟，舞萬夫於其右。中有一夫前曰：「此錢塘破陣樂。」旌鈚傑氣，顧驟悍慄[77]。坐客視之，毛髮皆豎。復有金石絲竹，羅綺珠翠，舞千女於其左。中有一女前進曰：「此貴主還宮樂。」清音宛轉，如訴如慕，坐客聽之，不覺淚下。

二舞既畢，龍君大悅，錫以紈綺，頒於舞人[78]。然後密席貫坐，縱酒極娛[79]。酒酣，洞庭君乃擊席而歌曰：「大天蒼蒼兮大地茫茫[80]，人各有志兮何可思量。狐神鼠聖兮，薄社依牆[81]。雷霆一發兮，其孰敢當。荷貞人兮信義長，令骨肉兮還故鄉，齊言慚愧兮何時忘。」

洞庭君歌罷，錢塘君再拜而歌曰：「上天配合兮生死有途，此不當婦兮彼不當夫。腹心辛苦兮涇水之隅，風霜滿鬢兮雨雪羅襦，賴明公兮引素書，令骨肉兮家如初，永言珍重兮無時無。」錢塘君歌闋，洞庭君俱起奉觴83於毅。毅踧踖而受爵84，飲訖，復以二觴奉二君，乃歌曰：「碧雲悠悠兮涇水東流，傷美人兮雨泣花愁。尺書遠達兮以解君憂，哀冤果雪兮還處其休85。荷和雅兮感甘羞86。山家寂寞兮難久留，欲將辭去兮悲綢繆。」歌罷，皆呼萬歲。

洞庭君因出碧玉箱，貯以開水犀；錢塘君復出琥珀盤，貯以照夜璣87，皆起進毅，毅辭謝而受。然後宮中之人，咸以綃綵珠璧88，投於毅側，重疊煥赫89，須臾埋沒前後。毅笑語四顧，愧揖不暇。洎酒闌歡極，毅辭起，復宿於凝光殿。

翌日90，又宴毅於清光閣。錢塘因酒作色，踞謂毅曰91：「不聞猛石可裂不可捲，義士可殺不可羞邪？愚有衷曲，欲一陳於公。如可，則俱在雲霄；如不可，則皆夷糞壤92。足下以為何如哉？」毅曰：「請聞之。」錢塘曰：「涇陽之妻，則洞庭君之愛女也。淑性茂質，為九姻所重93。不幸見辱於匪人，今則絕矣。將欲求託高義94，世為親戚，使受恩者知所歸，懷愛者知其所付，豈不為君子始終之道者？」

毅肅然而作，欻然而笑95曰：「誠不知錢塘君孱困96如是！毅始聞跨九州，懷五岳，洩其憤怒。復見斷金鎖，掣玉柱，赴其急難。毅以為剛決明直，無如君者。蓋犯之者，不避其死；感之者，不愛其生97，此真丈夫之志。奈何蕭管方洽，親賓正和，不顧其道，以威加人98，豈僕之素望哉！若遇公於洪波之中，玄山之間，鼓以鱗鬚，被以雲雨，將迫毅以死，毅則以禽獸視之，亦何恨哉？今體被衣冠，坐談禮義，盡五常之志性，負百行之微旨[99]，雖人世賢傑，有不如者，況江河靈類乎？而欲以蠢然之軀，悍然之性，乘酒假氣，將迫於人，豈近直哉[100]？且毅之質，不足以藏王一甲之間，然而敢以不伏之心，勝王不道之氣，惟王籌之[101]！」

錢塘乃逡巡致謝曰：「寡人生長宮房，不聞正論。向者詞述狂妄，唐突高明。退自循顧，戾不容責。幸君子不為此乖間可也[102]。」

其夕，復歡宴，其樂如舊。毅與錢塘，遂為知心友。

明日，毅辭歸。洞庭君夫人，別宴毅於潛景殿。男女僕妾等，悉出預會。夫人泣謂毅曰：「骨肉受君子深恩，恨不得展媿戴，遂至睽別[103]。」使前涇陽女，當席拜毅以致謝。夫人又曰：「此別豈有復相遇之日乎？」毅其始雖不諾錢塘之請，然當此席，殊有歎恨之色。宴罷辭別，滿宮悽然。贈遺珍寶，怪不可述。毅於是復循途出江岸，見從者十餘人，擔囊以隨，至其家而辭去。

毅因適廣陵寶肆，鬻[104]其所得。百未發一，財已盈兆[105]。故淮右富族，咸以為莫如。遂娶於張氏，亡。又娶韓氏。數月，韓氏又亡。徙家金陵。常以鰥曠多感，或謀新匹。有媒氏告之曰：「有盧氏女，范陽人也。父名曰浩，嘗為清流宰。晚歲好道，獨遊雲泉，今則不知所在矣。母曰鄭氏。前年適清河張氏，不幸而張夫早亡。母憐其少，惜其慧美，欲擇德以配焉。不識何如？」

毅乃卜日就禮。

既而男女二姓，俱為豪族，法用禮物，盡其豐盛[106]。金陵之士，莫不健仰。居月餘，毅因晚入戶視其妻，深覺類於龍女；而逸艷豐厚，則又過之[107]。因與話昔事，妻謂毅曰：「人世豈有如是之理乎？」經歲餘，有一子，毅益重之。既產踰月，乃穠飾換服[108]，召毅於簾室之間，笑謂毅曰：「君不憶余之於昔也。」毅曰：「夙非姻好，何以為憶？」妻曰：「余即洞庭君之女也。涇川之冤，使君得白。銜君之恩，誓心求報[109]。洎錢塘季父[110]，論親不從，遂至睽違，天各一方，不能相聞。父母欲配嫁於濯錦[111]小兒某。遂閉房剪髮，以明無意。雖為君子棄絕，分無見期。而當初之心，死不自替[112]。他日，父母憐其志。復欲馳白於君子。值君子累娶，當娶於張。已而又娶於韓。迨張、韓繼卒，君卜居於茲，故余之父母，乃喜余得遂報君之意。今日獲奉君子，咸善終世，死無恨矣。」因嗚咽泣涕交下。對毅曰：「始不言者，知君無重色之心；今乃言者，知君有感余之意。婦人匪薄，不足以確厚永心。故因君愛子，以託相生。未知君意如何，愁懼兼心，不能自解。君附書之日，笑謂妾曰：『他日歸洞庭，慎無相避。』誠不知當此之際，君豈有意於今日之事乎？其後季父請於君，君固不許，君乃誠將不可邪？抑忿然邪？君其話之。」毅曰：「似有命者！僕始見君於長涇之隅，枉抑憔悴[113]，誠有不平之志。然自約其心者，達君之冤，餘無及也[114]。以言慎無相避者，偶然耳，豈有意哉？洎錢塘逼迫之際，唯理有不可，直乃激人之怒耳。夫始以義行為之志，寧有殺其婿而納其妻者邪？一不可也；某素以操真為志尚，寧有屈於己而伏於心者乎？二不可也。且以率肆胸臆，酬酢紛綸，唯直是圖，不遑避害[115]。然而將別之日，見君有依然之容，心甚恨之。終以人事扼策[116]，無由報謝。吁！今日，君，盧氏也，又家於人間，則吾始心未為惑矣。從此以往，永奉歡好，心無纖慮也。」妻因深感嬌泣，良久不已。有頃，謂毅曰：「勿以他類，遂為無心，固當知報耳[117]。夫龍壽萬歲，今與君同之。水陸無往不適，君不以為妄也。」毅嘉之曰：「吾不知國容，乃復為神仙之餌[118]。」乃相與覲洞庭。既至，而賓主盛禮，不可具紀。

後居南海，僅四十年，其邸第、輿馬、珍鮮、服玩，雖侯伯之室，無以加也。毅之族，咸遂濡澤[119]。以其春秋積序，容狀不衰，南海之人，靡不驚異[120]。洎開元中[121]，上方屬意於神仙之事[122]，精索道術，毅不得安，遂相與歸洞庭。凡十餘歲，莫知其跡。

至開元末，毅之表弟薛嘏為京畿令[123]，謫官東南，經洞庭。晴晝長望，俄見碧山出於遠波。舟人皆側立曰：「此本無山，恐水怪耳。」指顧之際，山與舟相逼。乃有彩船，自山馳來，迎問於嘏。其中有一人呼之曰：「柳公來候耳。」嘏省然記之，乃促至山下，攝衣疾上。山有宮闕如人世，見毅立於宮室之中，前列絲竹，後羅珠翠，物玩之盛，殊倍人間。毅詞益玄，容顏益少。初迎嘏於砌，持嘏手曰：「別來瞬息，而髮毛已黃。」嘏笑曰：「兄為神仙，弟為枯骨，命也。」毅因出藥五十丸遺嘏，曰：「此藥一丸，可增一歲耳。歲滿復來，無久居人世間以自苦也。」歡宴畢，嘏乃辭行。自是已後，遂絕影響。嘏常以是事告於人世，殆四紀，嘏亦不知所在。

隴西李朝威敘而嘆曰：「五蟲之長，必以靈著124，別斯見矣。人，裸也，移信鱗蟲125。洞庭含納大直，錢塘迅疾磊落，宜有承焉126。嘏詠而不載，獨可鄰其境127。愚義之，為斯文。」

校志

本文根據《太平廣記》卷四一九校錄。

註釋

❶儀鳳—唐高宗李治的年號。共三年。自公元六七六至六七八年。

❷應舉下第—唐代人士，經鄉郡舉荐，到京城去應試，謂之應舉。下第，即落第。沒考上。

❸湘濱—湘水之濱。湘水源出廣西興安縣，流經湖南之衡陽、湘潭、長沙，至湘陰縣而歸入洞庭湖。

❹涇陽—在今陝西長安縣北。

❺疾逸道左—逸，從兔，有「失」的意思。疾逸道左，從路左邊很快的跑出。也就是失了道。跑到路旁去了。

❻蛾臉不舒—女人畫眉，細如蛾的觸鬚。故稱蛾眉。蛾臉不舒，形容眉頭深鎖，滿面愁容之意。

❼巾袖無光──古來衣著，以絲綢為貴。絲綢都是發光亮的。只有粗棉布沒光。意謂穿得很寒酸。

❽凝聽翔立──凝神靜聽。翔立者，很鄭重的樣子站著。翔與詳通。審也。

❾子何苦而自辱若是？──妳為什麼要自輕自賤到如此地步呢？

❿見辱問於長者──辱承長者見問。意謂長者不怕有辱自己的身分來問話。蓋謙詞也。

⓫父母配嫁涇川次子──父母把自己嫁給涇川龍君的次子。涇川，發源寧夏，流經甘肅、陝西而入渭河。

⓬夫婿樂逸──丈夫愛享樂遊玩。

⓭日以厭薄──對我越來越厭惡、薄情。

⓮不能禦──禦應作御。無法駕御。即是說：涇川夫婦沒法管束他們的兒子。

⓯迨訴頻切，又得罪舅姑──等到一再懇切的向公婆告訴，又把公婆給得罪了。

⓰舅姑毀黜以至此──公婆把我廢棄貶斥到這種地步。

⓱歔欷流涕，悲不自勝──歔欷，唏貌。悲泣使氣咽而抽息也。悲不自勝，難過得自己不能忍受。

⓲長天茫茫四句──天空無邊無際，也沒法通音信。（耗，消息。）望斷心目，誰也不知道我的悲苦。

⓳密邇洞庭──邇，近也。緊密地靠近洞庭。

⓴或以尺書二句──或者，我想麻煩您的隨從給我帶一封信去，不知可不可以？尺書，古來書信叫尺牘，乃是將字刻在木或竹片上。其後寫於素絹上。未卜，不知道。

㉑是何可否之謂乎──這那裡是可不可以的問題。意思是說：是當然要作的事。

㉒善行塵間，寧可致意耶──洞庭是水府，我是塵世上的人，只能在陸地上行走，如何能傳達妳的信呢？

㉓道途二句──顯，明也。晦，暗也。意謂幽明異路，一在人間，一在水府，恐怕不能通達音問。

㉔又乖懇願──又達不成我誠懇的願望。乖、違也。

㉕子有何術，可導我邪？—你有什麼法子能夠引導我呢？術，法術。

㉖負載四句—背負了我的請託，請一路珍重，我就不再說別的了。要是得到回音，就是死了也必定要謝謝。

㉗社橘—社，土地廟也。社橘，在橘樹下設一神壇以祭祀當方土地。那棵橘樹，便是社橘了。

㉘解去茲帶，束以他物—解下這根帶子，綁些其他的東西，在樹上敲三下。

㉙書敘三句—希望您交上書信，敘說一切現狀之外，全要用誠實的話來說出。千萬不要改變。渝，改變。

㉚襦—短衣。

㉛矯顧怒步，飲齕甚異—矯，強壯之貌。齕，ㄏㄜˋ，音紇，以齒斷物。說牠們顧盼矯健，步態昂然，而飲水啃草，有異於他獸。

㉜俱亡所見—通通看不見了。亡，無也。

㉝貴客將自何所至也？—貴客剛從何處來？

㉞武夫揭水指路—武夫把水「揭」開來指引道路。（如揭門簾。）

㉟客當居此以伺焉—貴客請留在這兒等候。

㊱締視之—締視，審視之意。仔仔細細的看。

㊲柱以四句—柱是以白玉作的，台階用青田玉作的。床是珊瑚鑲成的，門簾是水晶編成的。

㊳雕琉璃於翠楣—門上翠綠顏色的橫木嵌著五彩琉璃。

㊴飾琥珀於虹棟—虹，謂五彩顏色美如天上的虹。棟是屋樑。把珍貴的琥珀裝飾在五彩如虹的畫樑上。

㊵不可殫言—殫，ㄉㄢ，盡也。不可殫言，說不盡、說不完的意思。

㊶舉一滴可包陵谷—指龍君之水，一滴即可把山陵山谷都淹沒。

㊷發一燈可燎阿房—只要一燈之火，即可把周圍三百餘里的阿房宮給燒掉。燎，放火燒。阿房宮，秦始皇

建。地當現陝西省西安市西南的阿房村。

43 靈用不同，玄化各異—水和火的靈活運用，玄妙的變化，各具特色，各不相同。

44 宮門闢—宮門打開了，闢，開也。

45 景從雲合—易經有「雲從龍」之說。景，即影。景從，謂若影之隨形。雲合，如雲之從龍。言侍從之臣，隨龍王來到。

46 設拜—行禮。

47 水府幽深，寡人暗昧—水府幽暗深邃，我也愚昧得很。這兩句話乃是謙詞。龍君乃是俗所謂龍王，故以「寡人」自稱。

48 間驅涇水之涘—不經意的走到了涇水的岸邊。涘，岸也。

49 風鬟雨鬢—形容髮髻雲鬢為風雨所侵襲。

50 舅姑不念，以至於此—舅，夫之父。姑，夫之母。不念，不體恤。公婆不體恤，遂至牧羊。

51 悲泗淋漓，誠怛人心—泗，鼻涕。悲哀的眼淚鼻涕一時俱下，讓人心痛。怛，傷痛也。詩經：「中心怛兮。」

52 老父之罪，不能鑒聽，坐貽聾瞽—這都是我這個作父親的過失，不能看清楚、聽清楚，也就是犯了又聾又瞎的罪，讓人譏笑。

53 幸被齒髮，何敢負德—人才有牙齒、有頭髮。龍只有鱗。人為倮蟲之長。龍為鱗蟲之長。而龍現在已神話成了人形，既有頭髮，又有牙齒，故自稱「幸被齒髮」，當不會忘記（千里傳書）的大德。

54 哀咤良久—痛惜曰咤。咤，歎息之聲也。音ㄓㄚˋ。哀咤良久，哀歎了好一會子。

55 近與天將失意，塞其五山—最近和天將意見相左，把人家的五座山給淹沒了。

56 同氣—指兄弟。
57 縻繫於此—拘禁於此。
58 天拆地裂，宮殿擺簸，雲煙沸湧—天崩地裂，宮殿搖擺，雲煙沸騰。形容錢塘的氣勢。
59 電目血舌—目光如電，舌紅似血。
60 朱鱗火鬣—朱色的鱗片。鬣，魚頷旁的鰭。此處言龍鱗赤紅，鬚帶火焰。形容其形狀之威猛嚇人。
61 項掣金鎖四句—錢塘獲罪於天，故項有金鎖，鎖牽玉柱之上，行動之時，雷電隨身。
62 擘青天而飛去—擘，音博。剖開。破空飛去也。
63 幸為少盡繾綣—幸為少住，以便略盡地主之誼。繾綣，不相離之意。
64 命酌互舉，以款人事—命酌酒、相互舉杯，以盡賓主之歡。俗謂餽贈之物曰人事。此處指款待。
65 祥風慶雲，融融怡怡，幢節玲瓏，簫韶以隨—祥，福也，吉祥之風。慶雲，祥瑞之氣。融融，和樂融洽也。怡怡，和順之貌。幢，旌幢。簫韶，皆為樂器。意謂龍女回時，有祥風慶雲與音樂相隨，極其和樂也。
66 紅粧千萬，笑語熙熙—紅粧千萬，形容侍從人員之多。笑語熙熙，談笑愉快。
67 明璫滿身，綃穀參差—璫，華飾也。綃，繒也，帛也。穀，縐紗，謂龍女打扮得一身珠光寶氣，而且衣衫也十分華麗。
68 貌聳神溢—聳，敬也。溢，填也。謂神態恭敬謹慎。
69 盡禮相接—以禮相接待。
70 饗德懷恩，詞不悉心—饗受高德，感懷大恩。覺得言詞都沒法完全表達出自己的心意。
71 撝退辭謝—撝，音麾。謙讓之意。
72 辰發四句—辰、巳、午、未均為時辰。古以一日為十二時辰。每一時辰為兩小時。

73然而剛腸激發六句—自謂剛強之性，因怒而發，不克拜辭，甚至使宮中受到了驚擾。又開罪了客人。既愧且懼，不知所措。
74從此已去，勿復如是—已，以相通。謂：從今以後，不可再如此。
75宿毅於凝光殿—使柳毅在凝光殿住宿。
76具以醪醴，羅以甘潔—擺出好的酒來，又陳列上好吃而又好看的食物來。醪汁滓酒。醴，好的新酒。
77旌鈚傑氣，顧驟悍慄—旌旗和長矛等舞動，有一股雄傑的氣氛。使人看得觸目驚心。鈚，長矛也。原為「旌（金坒）」，字典中沒有（金坒）字。，據龍威本改定。
78錫以紈綺，頒於舞人—把絲織的細絹，和細綾，頒賜給跳舞的人。
79密席貫坐，縱酒極娛—大家密密連貫而坐，儘情喝酒，極為愉快。
80大天蒼蒼兮大地茫茫—蒼蒼，深青色。茫茫，廣大貌。
81狐神鼠聖兮，薄社依牆—狐精鼠怪，靠著神社和城牆棲息。有城狐社鼠的意思。薄，依附。要消滅神社裡的老鼠和城牆腳的狐狸，怕把神社和城牆給廢了。也就是「投鼠忌器」之意。
82真人—原是道家之語。此處謂君子。荷，感恩也。
83奉觴—俗謂敬酒。
84蹴踖而受爵—蹴踖，恭敬之貌。受爵，接過酒杯。
85還處其休—休，美好。回來過著美好的生活。
86荷和雅兮感甘羞—承蒙雅待，感謝賜以甘美的珍羞吃。
87開水犀、琥珀盤、照夜璣—分水的犀牛角，琥珀作的盤子，夜來會發光的珠子。都是泛指名貴的寶物。
88綃綵珠璧—薄紗、綵綢、珍珠、玉石。

89重疊煥赫—重疊形容其多。煥赫謂光采照耀。
90翌日—次日。
91因酒作色，踞謂毅曰—借酒發威，很驕傲的對柳毅說。疏：踞謂坐其上也。
92如可，則俱在雲霄；如不可，則皆夷糞壤—若同意，大家都在天上。若不同意，則同歸於盡。同滅為糞土之意。
93淑性茂質，為九姻所重—性既婉淑，德又美好。九族皆予以看重。
94將欲求託高義—想要求託於高義君子。即嫁與柳毅。
95肅然而作，欻然而笑—嚴肅地站起來。欻然，本有快捷之意。此處有「忽然」的意思。
96孱困—孱，小貌。劣也。孱困，差勁也。
97犯之者，不避其死；感之者，不愛其生—有人冒犯了，雖然有死亡的危險也不願避開，而要抵抗。使自己感動的事，連性命都可犧牲掉而要擺平他。
98奈何四句—爭奈音樂真好，親戚朋友都和洽之時，不顧禮道，以威力加到人身上？
99盡五常之志性，負百行之微者—能夠完全瞭解仁、義、禮、智、信五常的性向，又胸羅各種德行的微妙道理。
100而欲五句—想把自己的大塊頭的身體，強悍的個性，借酒使氣，將要威脅人，這難道近乎正直嗎？
101且毅之質五句—而且柳某人的身體還微小到不足以放在你一片龍鱗之中，但是我敢以不屈伏的心，戰勝你不近道理的氣勢。請你自己合計合計吧！
102退自三句—靜下心來檢討，罪大惡極。請君子不要因此而生隔閡才好。
103恨不得展媿戴，遂至睽別—恨不能夠完全表達慚愧和感戴，一直到要分離開來。睽別，闊別也。
104鬻—出賣也。音育。
105兆—楚辭九章惜誦註云：百萬為兆。今日萬億為兆。

106 法用禮物，盡其豐盛—婚禮中所要求的禮品，都極盡豐盛之事。

107 逸豔豐厚，則又過之—龍女昔日受苦，當然瘦弱。所以現在態度從容美艷，而且豐肌膚，與前時不同了。

108 穠飾換服—穠穠的裝飾打扮，換了漂亮的衣服。

109 銜君之恩，誓心求報—感激你的恩德，一心發誓要求報答。

110 季父—叔父。

111 濯錦—江名，即四川成都的浣花溪。

112 當初之心，死不自替—當初感恩之心，致死不變更。

113 枉抑憔悴—負冤屈而形容憔悴。

114 然自約其心者三句—自己節制自己愛慕之心，要把妳的冤屈伸理，並無其他的妄想。

115 且以四句—在酬酢紛亂的當中，率直地盡言心胸內的意見，只圖直道之伸張，不管有無危險。

116 人事扼策—別本作「人事扼束」，意為「被俗事所牽絆住。」

117 勿以三句—不要認為我不是人類，便沒有人心，我還是知道要報恩的。

118 吾不知國容，乃復為神仙之餌—我不知道妳的天姿國色，作了我的妻子，還得了成仙之道。

119 咸遂濡澤—全都沾了光。

120 以其春秋積序，容狀不衰，南海之人，靡不驚異—春去秋來年復年，而他的形狀永不衰老。南海地方的人，沒有不驚異的。

121 洎開元中—到了開元中。開元是唐玄宗的年號，共廿九年。開元中應為開元十五年（公元七二七）左右。

122 上方屬意於神仙之事—皇上看重神仙之事。

123 京畿令—唐之縣分京縣、畿縣、上縣、中縣、下縣等五級。長安、萬年、河南、洛陽、太原、晉陽為京縣。京兆、河南、太原，三府所轄為畿縣。

124 五蟲之長，必以靈著—蟲，「動物」之意。指倮蟲（人類）、羽蟲（鳥類）、毛蟲（獸類）、鱗蟲（魚類）、介蟲（龜類）。五蟲之長，分別為聖人、鳳、麟、龍和龜。

125 人，裸也，移信鱗蟲—人，是沒有毛、鱗、羽、甲等赤裸裸的，而能將信義之道移於龍。

126 洞庭含納大直三句—洞庭涵養深厚，精於直道。錢塘君行動敏捷，胸懷坦蕩。應該有繼起者。

127 嘏詠而不載，獨可鄰其境—薛嘏雖然能夠讚美柳毅、龍女的事跡，卻沒有自己成仙的本領。而是唯一可以達到神仙邊緣的。（詠而不載，能讚美神仙，卻不知成仙之道。）

導讀

這一篇傳奇，我沒有語譯。因為，稍為艱難的辭句，都詳細寫入註解中。

我小時候讀〈柳毅〉，常想起一首五言絕句：

海門連洞庭，每去三千里。
十載一歸來，辛苦瀟湘水。

據說是龍女寫的。三千里，在古時，那是遙遠得不得了的距離。一公里等於兩華里，三千華里不過一千五百公里。在今天，不要說坐飛機，高鐵也不過只要五個鐘頭而已，一天來回都綽有餘裕。何須十年才回歸一次？

〈柳毅〉，見引載於《太平廣記》卷四百十九。下注：「出《異聞集》。」《類說》中題為〈洞庭靈姻〉。裴鉶所著《傳奇》一書，曾於〈曠蕭〉篇引用此文，卻稱「柳毅靈姻」。宋劉曄著話本《醉翁談錄》一書也有這個故事，題標為〈柳毅船書〉。文中說：「是上方屬意神仙之術，精索道術。毅不得安，遂相歸洞庭。凡十餘歲。莫知其跡。至開元末……」儀鳳中，約為西元六七七年前後。開元末為西元七四一年，距儀鳳中已六十四年。柳生若二十歲應舉，至開元末已八十四歲了。他的表弟薛嘏「常以是事告於人」。洎四紀之後，應是西元七八一年，時當德宗建中二年；而後著者李朝威「敘其事」。所以本文著作，當在建中以後，汪辟疆氏認為「其筆諸篇籍，恐亦在貞元（也是德宗的年號）、元和（憲宗年號）之間矣」。（《唐人傳奇小說集》）

讀本篇傳奇，有幾件事值得注意：

第一，龍女丈夫既死，錢塘君提議由柳毅娶龍女，卻遭到柳毅的覆辭峻拒。為什麼？

因為，這個故事發生在唐初唐高宗儀鳳年間，當時，士人都不願抬駙馬，或娶親王、郡王的女兒。他們認為皇室血統不純，乃主大都不守規矩。

第二，唐建中以前，公主降嫁，都不依士禮：

一、舅姑必須拜乃主（媳婦）。

二、公主若先死，駙馬要為公主服喪三年。

在父系的宗法社會中，這簡直太過無禮。

第三，有志氣的士人，不願託庇皇室。有點像「吃軟飯」。

第四，假如「婦翁」對「女婿」不滿意，像錢塘君之誅涇川，那丈夫一家人都可能受禍。

但，媒氏告知柳毅：「有盧氏女，范陽人，母鄭氏。前年盧女適請問張氏，不幸張夫夭亡。母憐其少，惜其慧美，欲擇德以配，不識何如？」柳毅聽了，二話不說，即卜告成婚。為什麼？

因為，唐時，清河、博陵崔氏、范陽盧氏、隴西、趙郡李氏、滎陽鄭氏和太原王氏，號五姓。五姓之女，王族也不嫁，只嫁士族。士人都以能娶到五姓之女為榮，所以這位張家的盧姓小姐，雖是寡婦，柳毅卻毫不猶豫的要娶她，便是這個緣故。

（讀者可參考本人著《唐代傳奇研究》）

本文作者李朝威，仕履一無可考。《少室山房筆叢》的作者批評說：

> 唐人傳奇小說，如〈柳毅〉、〈陶峴〉、〈紅線〉、〈虬髯客〉諸篇，撰述濃至，有范曄、李延壽之所不及。

看本文在敘述方面，屬次井然，描寫錢塘君之迅疾，柳毅之可殺不可辱，都頗可取。

十六、虬髯客

杜光庭

隋煬帝之幸江都也，命司空楊素守西京❶。素驕貴，又以時亂，天下之權重望崇者，莫我若也❷，奢貴自奉，禮異人臣❸。每公卿入言，賓客上謁，未嘗不踞床而見❹。令美人捧出。侍婢羅列，頗僭於上❺。末年愈甚。無復知所負荷，有扶危持顛之心❻。

一日，衛公李靖以布衣上謁❼，獻奇策❽。素亦踞見。靖前揖曰：「天下方亂，英雄競起。公為帝室重臣，須以收羅豪傑為心，不宜踞見賓客。」素斂容而起，謝靖。與語，大悅，收其策而退。當靖之騁辯❾也，一妓有殊色，執紅拂❿，立於前，獨目公。靖既去，而執拂者臨軒⓫指吏曰：「問去者處士第幾？住何處⓬？」靖具以對⓭。妓誦而去。

靖歸逆旅⓮。其夜五更初，忽聞叩門而聲低者，靖起問焉。乃紫衣帶帽人，杖揭一囊⓯。靖問誰？曰：「妾，楊家之紅拂妓也。」靖遽延入⓰。脫衣去帽，乃十八九佳麗人也。素面畫衣而拜⓱。靖驚答拜。曰：「妾侍楊司空久，閱天下之人多矣，無如公者。絲蘿非獨生，願託喬木⓲，故來奔耳。」靖曰：「楊司空權重京師，如何？」曰：「彼尸居餘氣⓳，不足畏也。」

諸妓知其無成，去者衆矣。彼亦不甚逐也⑳。計之詳矣，幸無疑焉。」問其姓，曰：「張。」問其伯仲之次㉑。曰：「最長。」觀其肌膚，儀狀，言詞，氣語，真天人也。不自意獲之，愈喜愈懼，瞬息萬慮不安㉒。而窺戶者無停履㉓。數日，亦聞追討之聲，意亦非峻㉔，乃雄服乘馬，排闥而去㉕。將歸太原。

行次靈石㉖旅舍，既設床，爐中烹肉且熟，張氏以髮長委地㉗，立梳床前。靖方刷馬。忽有一人，中形，赤髯如虬㉘，乘蹇驢㉙而來。投革囊於爐前，取枕欹臥㉚，看張梳頭。靖怒甚，未決，猶親刷馬。張熟視其面，一手握髮，一手映身搖示靖㉛，令勿怒。急急梳頭畢，斂衽㉜前問其姓。臥客答曰：「姓張。」對曰：「妾亦姓張，合是妹。」遽拜之。問幾第。曰：「第三。」問妹第幾。曰：「最長。」遂喜曰：「今夕幸逢一妹。」張氏遙呼：「李郎且來見三兄！」靖驟拜之。遂環坐。曰：「煮者何肉？」曰：「羊肉，計已熟矣。」客曰：「飢。」靖出市胡餅㉝。客抽腰間匕首，切肉共食。食竟，餘肉亂切送驢前食之，甚速。客曰：「觀李郎之行，貧士也。何以致斯異人㉞？」曰：「靖雖貧，亦有心者焉㉟。他人見問，故不言。兄之問，則不隱耳㊱。」具言其由。曰：「然則將何之？」曰：「將避地太原。」曰：「然吾故非君所致也㊲。」曰：「有酒乎？」曰：「主人西，則酒肆也。」取酒一斗。既巡，客曰：「吾有少下酒物，李郎能同之乎？」曰：「不敢。」於是開革囊，取一人頭并心肝。卻頭囊中，以匕首切心肝，共食之。

曰：「此人天下負心者，銜之十年[38]，今始獲之。吾憾釋矣。」又曰：「觀李郎儀形器宇，真丈夫也，亦聞太原有異人乎？」曰：「嘗識一人，愚謂之真人[39]也。其餘，將帥而已。」曰：「何姓？」曰：「靖之同姓。」曰：「年幾？」曰：「僅二十。」曰：「今何為？」曰：「州將之子。」曰：「似矣。亦須見之。李郎能致吾一見乎？」曰：「靖之友劉文靜[40]者，與之狎。因文靜見之可也。然兄何為？」曰：「望氣者言太原有奇氣[41]，使訪之。李郎明發[42]，何日到太原？」靖計之日[43]。曰：「達之明日，日方曙，候我於汾陽橋[44]。」言訖，乘驢而去，其行若飛，回顧已失[45]。

靖與張氏且驚且喜；久之，曰：「烈士[46]不欺人。固無畏。」促鞭而行[47]。

及期，入太原。果復相見。大喜。偕詣劉氏。詐謂文靜曰：「有善相者思見郎君，請迎之。」文靜素奇其人，一旦聞有客善相，遽致使迎之。使回而至[48]，不衫不履，裼裘而來，神氣揚揚，貌與常異[49]。虬髯默然居末坐，見之心死，飲數杯，招靖曰：「真天子也！」靖以告劉，劉益喜，自負[50]。既出，而虬髯曰：「吾得十八九矣。然須道兄見之。李郎宜與一妹復入京，某日午時，訪我於馬行東酒樓，下有此驢及瘦驢，即我與道兄俱在其上矣，到即登焉。」又別而去。靖與張氏復應之。

及期訪焉，宛見二驢[51]。攬衣登樓，虬髯與一道士方對飲，見靖驚喜，召坐。圍飲十數巡，曰：「樓下櫃中有錢十萬，擇一深穩處一妹52，某日復會於汾陽橋。」如期至，即道士與虬髯已到矣。俱謁文靜。時方弈棋，揖而話心53焉。文靜飛書迎文皇看棋，道士對弈，虬髯與公傍侍焉。俄而文皇54到來，精采驚人55，長揖而坐。神氣清朗，滿坐風生，顧盼煒如也56。道士一見慘然，下棋子曰：「此局全輸矣！於此失卻局哉！救無路矣！復奚言57？」罷奕而請去。

既出，謂虬髯曰：「此世界非公世界，他方可也，勉之！勿以為念。」因共入京。虬髯曰：「計李郎之程，某日方到。到之明日，可與一妹同詣某坊曲小宅相訪。李郎相從一妹，懸然如磬58。欲令新婦祗謁，兼議從容，無前卻也59。」言畢，吁嗟而去。

靖策馬而歸，即到京，遂與張氏同往。乃一小版門子，叩之。有應者，拜曰：「三郎令候李郎一娘子久矣。」延入重門，門愈壯。婢四十人，羅列廷前；奴二十人，引靖入東廳。廳之陳設，窮極珍異，巾箱妝奩冠鏡首飾之盛，非人間之物。巾櫛妝飾畢，請更衣，衣又珍異。既畢，傳云：「三郎來！」乃虬髯紗帽褐裘而來，亦有龍虎之狀60，歡然相見。催其妻出拜，蓋亦天人耳。遂延中堂，陳設盤筵之盛，雖王公家不侔61也。四人對饌訖，陳女樂二十人，列奏於前，若從天降，非人間之曲。食畢行酒。家人自堂東舁出二十床62，各以錦繡帕覆之。既陳，盡去其帕，乃文簿鑰匙耳。虬髯曰：「此盡寶貨泉貝63之數，吾之所有，悉以充贈。何者？本欲以此世界求事，當或龍戰三二十載，建少功業。今既有主，住亦何為！太原李氏，真英主也，三五年内，即當太平。李郎以奇特之才，輔清平之主，竭心盡善，必極人臣。一妹以天人之姿，蘊不世之藝，從夫之貴，以盛軒裳[64]。非一妹不能識李郎，非李郎不能榮一妹。起陸之貴，際會如期。虎嘯風生，龍吟雲萃，固非偶然也。持余之贈，以佐眞主，贊功業也。勉之哉！此後十年，當東南數千里外有異事，是吾得意之秋也，一妹與李郎可瀝酒[65]東南相賀。」因命家童列拜，曰：「李郎一妹，是汝主也！」言訖，與其妻從一奴，乘馬而去。數步遂復不見。

靖據其宅，乃為豪家，得以助文皇締構[66]之資，遂匡天下[67]。

貞觀[68]十年，靖以左僕射平章事[69]，適南蠻入奏曰：「有海船千艘，甲兵十萬，入扶餘國[70]，殺其主自立。國已定矣。」知虬髯得事也，歸告張氏，具衣拜賀，瀝酒東南祝拜之。

乃知眞人之興也，非英雄所冀，況非英雄乎[71]？人臣之謬思亂者，乃螳臂之拒走輪耳[72]。我皇家垂福萬葉，豈虛然哉[73]！或曰：衛公兵法，半乃虬髯所傳耳。

校記

一、本文見《太平廣記》卷一百九十三。題為「虬髯客」。注云：出〈虬髯傳〉。經據《顧氏文房小說》，互相校錄。

二、本文既名為〈虬髯客傳〉，文中主角應為「虬髯客」，而非李靖。〈顧氏文房小說〉稱靖為公，今據《廣記》，悉改為靖。

三、宋洪邁《容齋隨筆》卷十二〈王珪李靖〉條載：「有杜光庭〈虬髯客傳〉。」清陶珽《說郛》及《五朝小說》、《說薈》均題張說撰，不知何據。本文仍據《齋隨筆》，題「杜光庭」撰。

四、煬帝連江都時，楊素已死十餘年，太宗李世民才六歲。唐時只有扶餘城，在我國東北。本文全係虛構。請參閱本人著：《唐代傳奇研究》。

註釋

❶隋煬帝之幸江都也，命司空楊素守西京——煬帝名楊廣，乃一荒淫無道的暴君。楊素，字處道，他先幫助楊堅奪得天下，又幫助楊廣排擠太子楊勇以取得帝位，是以大為貴幸。任司空之官。煬帝巡幸江都，即今揚州市附近一帶，命楊素留守西京，即長安。按：楊素卒於大業二年。煬帝巡幸江都乃十餘年後之事，其時楊素已亡故十來年。不可能留守西京。小說家言，不可深信。

❷天下之權重望崇者，莫我若也——天下掌權最大的、聲望最高的，都比不上我。莫我若，即莫若我，不如我之意。

❸奢貴自奉，禮異人臣——自奉甚為奢侈，所享受的待遇，超過了為臣子的本分。意思是說：踰越了規矩，享

受和皇帝一樣的待遇。

❹踞床而見—盤坐在座榻上相見。很沒禮貌的行為。古時稱坐具為「床」。

❺美人捧出三句—在眾多美女前扶後擁之下出來相見。兩旁分列著侍婢，頗有超過本分的派頭。

❻無復二句—不再認知他自己所負的責任。不再有挽救國家於危亡顛覆之際的念頭。

❼衛公李靖以布衣上謁—李靖，字藥師，三原人。原為隋朝的臣子，後被唐所俘，太宗時為秦王，釋放了他。自後即輔佐李世民，是唐開國功臣之一，封衛國公。此時，他以平民的身份（布衣）拜謁楊素。

❽獻策—貢獻出計劃。提出策略。

❾騁辯—騁，馳騁。此處有滔滔不絕的意思。辯論起來，如馬之奔馳，毫無滯碍也。

❿紅拂—拂，以馬尾作成之拂塵。又稱蠅帚。古時用以拂除塵埃、驅趕蒼蠅之用。紅拂，拂之染成紅色者。

⓫臨軒—軒、長廊之窗也。臨軒，行至走廊窗旁。

⓬處士二句—有學行之士隱居不任者，謂之處士。亦以稱未仕之學子。問他姓甚名誰，家住那裡，排行第幾。唐人喜歡以排行稱。如：王十八、李二十九等是。

⓭具以對—具，陳說也。有列述之意。

⓮逆旅—即旅舍、旅館。

⓯杖揭一囊—揭。高舉也。杖頭高高地挑著一個袋子。

⓰遽延入—匆匆忙忙的延請入內。

⓱素面畫衣而拜—未曾化妝，穿著畫有花紋的衣服，行禮拜見。

⓲絲蘿二句—菟絲與女蘿，俱為藤類植物，通常攀生於大樹幹上。喬木，高大而枝幹分明之樹。古時女子自喻為女蘿。此二句意為：紅拂願託於高大的樹上。即願嫁李靖。

⑲尸居餘氣─尸居，謂主其事而不勤。尸者，不勤。居，居其位。尸居餘氣，佔住位子，只餘一口氣而已。無甚作為之意。

⑳彼亦不甚逐也─他也不太追究。逐，追求也。如，逐勢，謂追求權勢。

㉑伯仲之次─兄弟或姊妹之排行。以往，兄弟若四人，多以伯、仲、叔、季以區別之。

㉒不自意三句─自己沒有意料到能獲得她，越高興，又越害怕。片刻之中，思潮起伏，甚為不安。

㉓窺戶者無停履─自窗戶中偷看的，沒有停止過。履，鞋子。無停履，形容鞋子的來去沒有間斷過。鞋當然穿在人腳上才會動，也就是說偷看的人不斷。

㉔亦聞追討之聲，意亦非峻─也曾聽到有追究的風聲，但並不很嚴峻（嚴厲）。

㉕雄服乘馬，排闥而去─穿著男人的衣服，騎著馬，走出門去。《漢書。樊噲傳》：「噲乃排闥直入。」排闥直入，大搖大擺的推門便進來。

㉖靈石─地名，今山西靈石縣。

㉗長髮委地─長長的頭髮下垂到地上。

㉘赤髯如虬─虬原為生有兩個角的小龍。意為：赤紅顏色的鬍鬚，像虬龍一樣盤曲著。

㉙蹇驢─蹇，原為跛足之意。蹇驢，不起眼的驢子，並非真跛足。

㉚取枕攲臥─拿了一個枕頭，斜躺著。

㉛一手映身搖示靖─一隻手遮在身後，向李靖搖手示意。

㉜斂衽─衽，衣襟。古時，婦人行禮曰斂衽。先把衣襟整齊一下再行禮的意思。

㉝胡餅─燒餅，以其上有胡麻（芝麻），故名。

㉞異人─異於常人之人。指紅拂女。

35 有心者焉——有雄心壯志的意思。
36 他人見問四句——別人問，我本來是不會說的。你閣下見詢，我也不敢相瞞了。
37 然吾固非君所致也——然則我不是你所要投奔的人了。
38 銜之十年——銜恨他已經十年了。
39 真人——意謂「真命天子」。
40 劉文靜——字肇人，武功人。隋末任晉陽令。協助唐高祖起兵。封魯國公。後因恃功驕橫，被處斬。
41 望氣者言太原有奇氣——能判斷雲氣的人，說太原地方有奇氣。奇氣，指帝王之氣。古人迷信，深信有雲氣之說。如「紫氣東來」。「瑞氣祥氳」。
42 明發——翌日，次日天明之時。
43 計之日——計算要幾天。按天數來算。
44 日方曙，候我於汾陽橋——太陽剛出時，請在太原城東的汾陽橋等我相見。
45 其行若飛，回顧已失——若飛，形容驢行甚速，所以回頭相看，已經不見了。
46 烈士——重義輕生之士。豪俠。
47 促鞭而行——急速鞭馬、加速鞭馬快行之意。
48 使回而至——派出去的人回來了，（世民）也就到了。
49 不衫不履四句——沒穿外衣、沒穿鞋，捲起皮襖的袖子便來了。而神彩飛揚，氣勢和常人不同。
50 劉益喜，自負——劉（文靜）更為高興，自傲（因為他有正確的眼光，能識得真命天子也）。
51 宛見二驢——清清楚楚的看見兩頭驢。宛，狀貌可見曰宛。詩經秦蒹葭：「宛在水中央。」清清楚楚在水間。
52 擇一深穩處一妹——選擇一個偏遠穩當的地方給一妹居處。處，在此為及物動詞，意謂「使居之」。

❺❸話心—談心。

❺❹文皇—即李世民。世民作了二十三年皇帝，死後謚文，稱為「文皇帝」。

❺❺精采驚人—風采精緻，令人驚異。

❺❻顧盼煒如—煒，盛明貌。眼睛看人，炯炯有光。

❺❼救無路矣！復奚言？—棋局全輸，不可救了。還有什麼可說的呢？

❺❽懸然如罄—通常人太窮，叫「家如懸罄」。表示空無一物。

❺❾欲令新婦三句—想讓新娘子風風光光相見。兼且商量商量。不要推辭。從客，閑談之意。

❻⓿亦有龍虎之狀—龍行虎步，俗稱大貴之相。這裡是說虬髯也有皇帝的風度。

❻❶不侔—不能相比。侔，齊等也。

❻❷舁出二十床—抬出二十張床。舁，音余，共舉也。抬。床，安置器物的木架。

❻❸寶貨泉貝—寶貨，珍貴的東西。泉貝，錢。古稱錢為泉。貝也是貨幣。

❻❹一妹四句—一妹以出乎常人的美麗，且有世間少有的才能，因夫貴盛，合得高車美服。

❻❺瀝酒—把酒灑在地上以祝賀祭拜。

❻❻締構—締是結、連之意。構是華屋。締構，創業也。此處為「打天下」。

❻❼遂匡天下—匡，安定，平定。遂匡天下，因此使天下平定了。使天下太平了。

❻❽貞觀—唐太宗的年號。共二十三年（六二七至六四九）。

❻❾左僕射平章事—尚書省的長官稱尚書令。其下有左、右僕射各一人為副。射，音夜。高祖時，李世民曾作過尚書令。世民作了皇帝，終唐氏之世，沒有人再任尚書令。尚書省的長官只有僕射了。僕射加平章事，即係宰相。

70扶餘國——古國名。其地當今之遼寧、吉林、內蒙古一帶。本文稱東南。實為東北。小說家言，不可全信。
71乃知三句——是以知道：一個開國之君的興起，不是英雄人物想要便要得到的。不是英雄的人那更不必談了。
72人臣二句——作臣子的異想天開要作亂，就好像螳螂伸出前腿去擋滾動的車輪。（意思是說：不可能辦得到。）
73我皇家垂福萬葉，豈虛然哉？——我們的皇帝垂福萬年，可不是假的。（表示皇帝是受命於天的。）

語譯

那一年，隋煬帝巡幸江都，命司空楊素為西京，——也就是長安——留守。楊素平日態度驕傲，時天下紛亂，他卻不管。總認為自己官高權重，時望日隆，無人能比。所以過的是十分豪華的生活，有些地方簡直超過了人臣的範圍。有賓客來拜謁，他總是跨坐在床上，讓一群美女抬出來見客。丫頭侍女兩旁排列，頗有帝王的排場。末年更為跋扈、根本不知自己有什麼責任。更無孔子所說：「危而不持，顛而不扶，則將焉用彼相矣？」的思想。

一天，當時還是布衣，入唐後封為衛國公的李靖請見，呈上建議書。楊素依例跨坐在床上接見，李靖行禮後說：「現今天下大亂，各路風烟競起。公乃帝室重臣，似乎應該收羅豪傑，謙虛為懷。不宜蹲坐床上見客。」楊素聽了，不禁肅然而起，並致謙意。然後接談。楊素認為李靖的意見很好，大大高興，收了他的意見書。

當李靖施展他雄辯口才之時，有一位手執紅色蠅帚（拂塵）的漂亮侍妓，站在一邊，不時用眼睛注視李靖。李靖告辭起身，執紅拂塵的女郎上前吩咐一旁侍衛人員說：「問一問那人的姓名、排行、和住址。」靖對侍衛說了。女郎記誦一過才離開。

李靖回到客棧。當夜五更初，忽然聽到有輕輕叩門聲。他起身問：「誰？」打開門乃是一個穿紫色衣服、戴著帽子的人。手杖上還掛著衣囊。她回答李靖說：「妾是楊家今天拿紅拂塵的那位侍女。」李靖迅速把她讓進房。她脫去衣帽，原來是一個十八九歲的漂亮姑娘。沒有化妝，穿著花衣裳，盈盈下拜。李靖吃了一驚，也連忙還拜。姑娘說：「妾服侍司空多年了，見過的人可多了，但沒有像您一樣出群的。絲蘿通常都要寄生在喬木上。妾願託身喬木，故來投奔。」靖曰：「楊司空權傾京師，萬一被他知道了，怎麼辦？」回答道：「他不過是一個活死人，沒有什麼好怕的。他的姬侍知道他不可能會有什麼作為，離他而去的已經很多了。他也不太追究。我考慮得很周詳，不必懷疑。」李靖問她姓。她說：「姓張。排行老大。」李靖細細的觀察，只覺得她：皮膚好，儀態好，氣度好，言詞好，簡直是天仙。無意中得到這麼一位美人，越是高興，也越是恐懼。思潮起伏，十分不安。而在窗戶外偷看的人也來來去去，沒有停過。相處了數日，雖也聽到有追查的風聲，卻也不太嚴厲。於是他讓張女穿了男人的衣服，兩人騎了馬，大大方方的出了旅邸，將回太原。

途經靈石，在旅邸休息。攤開行李，設好床鋪。鍋中煮肉已快熟。張氏髮長拖地，站在床前梳頭。李靖則一旁刷馬。

忽有一位中等身材的大鬍子，絡腮紅髯，坐著一頭不起眼的驢來到。他把一個皮製的行囊丟在一邊，拿了枕頭，斜靠在另一張床上。凝看張氏梳頭。李靖覺得此人很無禮，不禁甚為惱怒，可一邊還在刷馬，沒有行動。

張氏仔細視察來客的面貌，一手握髮，另一隻手放在身後向李靖搖搖，要他沈住氣。她急急忙忙梳完頭，上前向大鬍子致禮，問他貴姓。斜躺在床上的來客說：「姓張。」張氏說：「我也姓張，合當是妹。」即上前拜見。問大鬍子的排行。「第三。小妹第幾？」張氏說：「老大。」來客說：「今日有幸見到一妹。」張氏遠遠叫李靖：「李郎，請過來見三哥。」李靖立刻上前拜見。於是三人圍坐。客問：「鍋裡煮的是什麼？」李答：「羊肉，估料已煮熟了。」客說：「正好肚子餓了。」李靖外出買回來一些帶有芝麻的燒餅。於是大鬍子從腰間抽出一把小匕首，三人切肉同吃。吃完了，他把餘下來的肉亂刀切碎，拿去餵驢。那驢很快就吃完了。

大鬍子突然說：「我看李兄的樣子，似乎是一個窮讀書人。如何得到這麼一位天仙似的姑娘？」李靖說：「某雖窮，卻是胸懷大志的。他人問，我可不會說。吾兄見問，我可不能隱瞞。」他便把經過說了一遍。又問：「那麼，你們打算去哪兒呢？」「將去太原避一避。」問：「所以，我並不是你要投奔的人囉？」

大鬍子又問：「有酒嗎？」李靖說：「旅邸西邊便是酒舖。」於是他去買了一斗酒回來，大家喝了一輪。大鬍子說：「我有一些下酒菜，李郎能陪我吃一點嗎？」李靖說：「不敢當。」於是大鬍子打開皮袋，拿出一個人頭和心肝。他把人頭放回皮袋中，把心肝用匕首切了共食。他說：「此人乃天下最負心的人，我對他懷恨了十年，今天才把他找到，宰掉，我的餘憾算是全消了。」又說：「看李郎的器與不凡，是個人才。也有聽說過太原有特別人物嗎？」李靖說：「曾經認識一個人，我認為他可被稱為真人。其餘不過將帥人物。」「他姓什麼？」「姓李。」「多大年紀？」「才二十。」「現在作何生理？」「他是州將的兒子。」大鬍子這才說：「大約是了，但也要看看他。李郎能讓我見一見他嗎？」李靖說：「我的友人劉文靜，同他熟識。找文靜從中介紹便可以了。但，兄長為何要見他呢？」大鬍子說：「望氣的人說太原地方有一股奇氣。要我去訪察。李郎明天動身，那一天可到達太原？」李靖計算了一下，告知對方。大鬍子說：「你到達的次日，天剛亮之時，請到汾陽橋等我。」說完，騎驢走了。那驢看起來不起眼，走起來卻像飛也似的快捷，頃刻便看不見了踪影。

李靖和張氏又驚又喜。過了好一會兒，兩人認為：「豪俠之士不會騙人，不必猜忌。」快馬加鞭而行。

兩人如期到達太原，果然和大鬍子重見到。李靖和大鬍子都很高興，聯袂往見劉文靜。李靖騙劉文靜說：「有一位善於看相的人，想要看看公子。」劉文靜一向看重公子，一聽說有人善於看相，便立刻派人去迎接公子。公子隨使來到，只見他，完全沒有修飾，但神氣高揚，儀表超然。大鬍子沈默無語，坐在下位。一見公子便死了心。他喝了幾杯悶酒，把李靖拉到一邊，輕聲說：「這位公子乃真天子之相。」靖據以告劉文靜。文靜更是高興，自負能識人。

兩人辭出，大鬍子對李靖說：「大概八九不離十。但我還是想找我的道兄最後確認一下。李郎宜偕一妹再入京，某日午時，請到馬行東邊的酒樓，樓下有我這頭驢和另外一頭驢，那就是我和道兄都在酒樓上。請即上樓相見。」又別去。李靖和張氏都答應了他。

到了約定的時間，果然見到兩頭驢，兩人攬衣上樓，看見大鬍子和一位道士正在對飲。見到李靖，兩人十分欣喜，招呼就坐。飲了幾十杯酒，大鬍子對李靖說：「樓下櫃臺裡我有十萬錢。你可找一個安穩可靠的地方給一妹居住。某一天，我們再在汾陽橋會面。」

李靖按期抵達汾陽橋，道士和大鬍子已先到了。一行人再去看劉文靜，文靜正在下棋。寒暄後，三人道出來意。文靜即寫了一個便條派人迅速請公子來觀棋，由道士對奕。大鬍子和李靖在一旁觀看。不一會，公子來到，氣度精彩驚人。拱手招呼，隨即坐下。儀表氣度，神情舉止，滿座無不心折。顧盼尤其銳利攝人。道士一見，不覺心氣全木。下了一子，說：「這局棋全輸了，真想不到在這兒輸了。沒有救了！還有什麼好說的。」停止下棋，告辭而出。

出了門，道士對大鬍子說：「這裡的世界不是屬於你的！到別處去發展吧。好好努力，不要放不開心。」當下一同決定再回京城。大鬍子對李靖說：「計程，你某日可到京。到京第二天，請同一妹一同到某坊小巷中的小屋裡來找我。李郎討了一妹，卻家徒四壁！我要讓新娘子氣氣派派的相對。兼商議前途。可別推卻。」說完，歎著氣，走了！

李靖策馬回到京城。次日，即和張氏往訪。只見是一個小木板的大門。敲敲門，門開了，有迎候的人，拜見李、張之後，說：「三郎已等候李郎和一娘子很久了。」當即引導兩人經過一個比一個更氣派的大門。到達一處，有女婢四十人排列在庭前。奴二十人，引導李靖和張氏進入東廳。廳內的陳設，極盡珍異，巾、箱、粧奩、冠鏡和首飾，精巧高貴，幾乎不是人間所能擁有的。兩人梳洗完畢，奴婢們又請他們換上非常珍異的衣服。之後，聽報道：「三郎來到！」只見大鬍子，戴著紗帽、穿著翻轉袖子的皮草，龍行虎步而來，高高興興的見過。大鬍子又叫妻子出來相見，他的妻子也是天仙一般的人兒。

於是主人將李、張讓到中堂。中堂中已設下了盛筵，山珍海味等餚饌，王公家也不能相比。四人吃完了餐，乃有女樂二十人，在座前演奏。音聲樂曲，若來自天上，非人間所有。飯後還飲用飯後酒。此時，家人自東堂抬出二十張床，床都用錦繡大帕覆蓋著，放好了，除去大帕，床上都是些帳簿鑰匙之類。大鬍子說：「這都是寶貝錢幣的帳簿。是我所有，今日全以相贈。為什麼呢？我本來想在這世界中一爭長短，大戰三二十年，建立功業。今日看來，這世界已有主人了，我待下去也沒有用。太原李氏，真是英明之主。三五年內，太平可期。李郎雄才異士，輔助清平之主，竭心盡力，將來一定能位極人臣。一妹以出乎常人的美貌，且懷有世間少有的才能，從夫而貴，理合軒車美服，唯有一妹才能識得李郎。唯有李郎才能使一妹榮顯。不久即將有逐鹿的情事。到時，風從虎，雲從龍，英雄豪傑，各顯身手，並非偶然可成事。你把我的這些贈與，襄佐真人，贊興功業。還望努力。十年之後，若是東南方數千里外有異常的變化發生，那將是我成功的時候。一妹和李郎可把酒灑向東南方以祝賀我。」然後，他命家僮一齊跪下拜李靖和張氏。說：「李郎和一妹，從現在起，便是你們的新主人。」說完，他們夫妻二人，只帶了一個奴僕，乘馬離開。不多時，便看不見了。

李靖得了住宅和財產，乃成為豪富之家，能協助文皇打天下。終於盪平群雄，統一天下。

唐貞觀十年，李靖以左僕射平章政事。南蠻派使臣入奏說：「有海船千艘，甲兵十萬，攻入扶餘國，殺了扶餘王而自立為王。國家已安定下來了。」

李靖下朝回府，告知張氏。知道大鬍子已完成了他們的功業了。於是二人換上禮服，朝東南方灑酒拜祝。

十七、離魂記

陳玄祐

天授三年❶，清河張鎰❷因官家於衡州❸。性簡靜，寡知友。無子。有女二人。其長早亡。幼女倩娘，端妍絕倫❹。

鎰外甥太原王宙❺，幼聰悟，美容範。鎰常器重。每曰：「他時當以倩娘妻之。」

後各長成。宙與倩娘常私感於寤寐❻，家人莫知其狀。後有賓僚之選者求之❼，鎰許焉。女聞而鬱抑，宙亦深恚恨❽。託以當調❾，請赴京。止之不可。遂厚遣之❿。宙陰恨悲慟⓫，決別上船。

日暮，至山郭數里。夜方半，宙不寐，忽聞岸上有一人行聲甚速，須臾至船。問之，乃倩娘徒行跣足而至⓬。

宙驚喜發狂，執手問其從來。泣曰：「君厚意如此，寢夢相感。今將奪我此志⓭，又知君深情不易，思將殺身奉報，是以亡命來奔⓮。」

宙非意所望，欣躍特甚。遂匿倩娘於船，連夜遁去。倍道兼行⓯，數月至蜀。

凡五年，生兩子。與鎰絕信，其妻常思父母。涕泣言曰：「吾曩日不能相負⑯，棄大義而來奔君。向今五年⑰，恩慈間阻⑱，覆載之下，胡顏獨存也⑲？」

宙哀之。曰：「將歸，無苦⑳。」遂俱歸衡州。

既至，宙獨身先至鎰家。首謝其事㉑。

鎰曰：「倩娘病在閨中數年，何其詭說也㉒？」

宙曰：「見在舟中㉓。」

鎰大驚，促使人驗之。果見倩娘在船中，顏色怡暢。訊使者曰：「大人安否㉔？」家人異之，疾走報鎰。

室中女聞喜而起，飾裝更衣，笑而不語，出與相迎。翕然而合為一體㉕，其衣裳皆重。

其家以事不正，秘之。惟親戚間有潛知之者。

後四十年間，夫妻皆喪。二男並孝廉擢第㉖，至丞、尉㉗。

玄祐少常聞此說㉘，而多異同。或謂其虛。大曆末㉙，遇萊蕪縣令張仲規㉚，因備述其本末。鎰則仲規堂叔祖。而說極備悉，故記之。

校志

一、本文係根據許刻《太平廣記》卷三五八第四篇〈王宙〉、吳曾祺編《舊小說》卷四乙集二〈離魂記〉諸書校錄，並分段、加上標點符號。

二、這篇文章寫得不太好，許多地方都交代不清楚。例如：王宙和倩娘的交往等等。而且姐姐的兒子和弟弟的女兒結婚，在今日來說，也不妥當。但卻流傳甚廣。

註釋

❶天授三年──天授是高宗皇后武則天的年號。天授實際上只兩年。元年為公元六九〇。二年為公元六九一。並無天授三年。可能本文作者記憶有誤。也可能是：他故意說天授三年，暗示年號不存在，全文俱虛假。

❷清河張鎰──傳奇作者常以當時士族子弟為文中主角。唐時雖以崔、盧、李、鄭、王五大郡姓最著名，清河張氏也屬大姓。像柳毅傳中媒人說盧氏女：「前年適清河張氏，不幸而張氏早亡……」

❸因官家於衡州──因為作官，在衡州落籍。衡州大約當今日湖南衡陽。

❹端妍絕倫──端莊美好，無人能比。妍，好也。

❺太原王宙──唐人好稱郡望。如隴西李某，表示他出自隴西李氏。太原王氏也是頂尖的郡姓。王宙出自太原

王氏，他可能住在太原，也可能不住太原。

❻常私感想於寤寐—以今日的習語來說：彼此都把對方看成夢中情人。

❼後有賓僚之選者求之—賓僚，幕府中的官吏，將赴吏部參加選官之人，向張鎰求親。

❽恚恨—懊惱悵恨。

❾託以當調—假託說當要調職，要去京城。

❿遂厚遣之—給了他豐厚的資費打發他離開。

⓫陰恨悲慟—暗地裡怨恨、慟哭。

⓬徒行跣足而至—打著赤腳，徒步而來。

⓭今將奪我此志—強迫我改變我的意志。李密陳情表：「行年四歲，舅奪母志。」意謂「四歲的時候舅舅強迫改變了我母親守寡的意志而再嫁人。」

⓮殺身奉報，亡命來奔—命，指名籍，即今日之戶口名簿。古時逃亡之人，他的名字便從「名籍」中註銷。此處意思是說：拼了命來報答，冒了名籍中除名的危險來投奔你。

⓯倍道兼行—以加倍的速度逃走。

⓰吾曩日不能相負—曩日，昔日，從前的意思。

⓱向今五年—至今已五個年頭了。

⓲恩慈間阻—和父母遠離，山川阻隔。

⓳胡顏獨存也—有何面目獨自在天覆地載之中生存？

⓴將歸，無苦—即將回去了，別難過。

㉑首謝其事—對於兩人私奔之事謝過。謝，告罪之意。

㉒何其詭說也—多麼胡說八道呀！

㉓見在舟中—現在船上。

㉔大人安否—古時兒女稱父母為大人。

㉕翕然而合為一體—翕，音夕，有引、吸的意思。此句大約為：「兩『人』互相吸引，忽然便重合成一人了。」

㉖二男並孝廉擢第—唐初有孝廉之舉。王宙之二子可能是由地方推舉為孝廉，而後考試及格—即擢第。

㉗至丞、尉—丞、尉，都是地方官。丞的官品，上縣與中縣俱為從八品下，下縣為正九品上。上縣尉從九品上，中縣從九品下。下縣也是從九品下。都是小官。

㉘玄祐少常聞此說—玄祐，著者名陳玄祐，自稱也。常聞此說，曾經聽到過有這麼一個故事。或：常常聽到說這個故事。常、通嘗，「曾經」的意思。

㉙大曆末—大曆是唐代宗的年號。共十四年。末一年為公元七七九年。

㉚萊蕪縣令張仲規—萊蕪今為山東萊蕪縣。一縣之長官為縣令。官位為從七品上到從六品上，視上縣、中縣、下縣而定。

語譯

唐武后天授三年，清河人張鎰，因為到衡州做官，便在衡州居住。他個性好靜尚簡，少有知心好友。無子，有兩個女兒。大女兒早夭，小女兒倩娘，端莊妍麗，十分出色。

張鎰的外甥王宙，聰明穎悟，英俊，又有好風度。鎰頗器重他，常對他說：「等長大了，我把倩娘許配給你為妻。」

後兩小都長成。兩人常在夢中想念對方。家人卻不知道兩人的心事。張鎰的部屬中有一位將赴吏部選官的人來求親。鎰居然應允了。女兒聽到了，鬱悶難伸。王宙知道了，心中也很怨恨。於是他託詞說因為調任官職，要赴京城。張鎰叫他不必去，但王宙不聽。於是張鎰給了豐厚的錢財打發王宙赴京。

王宙暗懷怨恨，痛哭流淚，上船離開。

天色晚了，船離開山城有好幾里遠。半夜之時，王宙無法入睡。忽然聽到岸上有人急行而來，片刻之間便到了船邊。王宙迎上去問是誰，原來是倩娘赤腳奔來。

王宙高興得不得了，握著倩娘的手，問：「妳是怎麼來的？」倩娘哭著說：「感激你對我的情意，夢寐相通。現在要我嫁與別人，又知道你對我深情不易，因想以死報答你。故此逃亡來從你。」

王宙喜出望外，欣躍不已。於是把倩娘藏在船中，連夜逃走。加倍速度趕路。數月之後，抵達了四川。

過了五年，兩人生下了兩個男孩。他們和張鎰完全不通音訊。而倩娘卻時常思念父母。一天，她哭著對王宙說：「我當日以不能相負，不顧大義來投奔你。已經過了五年了，想到和父母相離棄，總覺自己無顏生存於天地之間！」

王宙深表同情，對她說：「不要難過。我們現在就歸去吧。」於是一家人回歸到衡州。

到了衡州，王宙單身先到張鎰家，（就兩人私奔之事）謝罪。

張鎰頗為錯愕。說：「倩娘臥病閨中已數年之久，你胡說些什麼？」

王宙說：「倩娘現在船上。」

張鎰大吃一驚，吩咐從人趕往察看，果然見到倩娘正在船中，顏色歡暢。笑問使者說：「大人們都安好？」家人也大吃一驚，立刻奔回家向張鎰報告。

躺在病床上的倩娘聽說，居然便能起身，修飾、更衣。笑而不語，出戶相迎。兩人一見，忽然合而為一。所穿衣服都重疊在一起。

張家認為這等事太過詭異，秘而不宣。親戚間也只有極少數暗中打聽到。

四十年後，兩人相繼去世，他們的兩個兒子都以孝廉身分參加考試及格。官至丞、尉。

十八、楊娼傳

房千里

楊娼者，長安里中之殊色也❶，態度甚都❷，復以冶容自喜❸。王公巨人享客，競邀致席上❹。雖不飲者，必為之引滿盡歡❺。長安諸兒，一造其室，殆至亡生破產而不悔❻。由是娼之名冠諸籍中，大售於時矣❼。

嶺南帥甲，貴遊子也❽。妻本戚里女，遇帥甚悍❾。先約：設有異志者，當取死白刃下❿。帥幼貴，喜媱⓫，內苦其妻，莫之措意。乃陰出重賂，削去娼之籍⓬，而挈之南海⓭，館之他舍。公餘而同，夕隱而歸。娼有慧性，事帥尤謹。平居以女職自守⓮，非其理不妄發。復厚帥之左右，咸能得其歡心。故帥益嬖之⓯。

會間歲⓰，帥得病，且不起。思一見娼，而憚其妻。帥素與監軍使厚⓱，密遣導意，使為方略。

監軍乃紿其妻⓲曰：「將軍病甚，思得善服侍煎調者視之，瘳⓳當速矣。某有善婢，久給事貴室⓴，動得人意。請夫人聽以婢安將軍四體，如何？」

妻曰：「中貴人，信人也。果然，於吾無苦耳。可促召婢來。」

監軍即命娼冒為婢以見帥。計未行而事洩。帥之妻乃擁健婢數十，列白梃，熾膏鑊於庭而伺之矣[21]。須其至，將投之沸鬲[22]。

帥聞而大恐，促命止娼之至。且曰：「此自我意，幾累於渠。今幸吾之未死也，必使脫其虎喙。不然，且無及矣！」乃大遺其奇寶，命家僮榜輕舠[23]，衛娼北歸。

自是，帥之憤益深，不踰旬而物故[24]。娼之行，適及洪矣[25]。問至，娼乃盡返帥之賂，設位而哭。曰：「將軍由妾而死。將軍且死，妾安用生為？妾豈孤將軍者耶？」即撤奠而死之。

夫娼，以色事人者也。非其利則不合矣。而楊能報帥以死，義也。卻帥之賂，廉也。雖為娼，差足多乎？

校志

一、本文據《太平廣記》卷四百九十一第二篇〈楊娼傳〉校錄。

二、第一段「態度甚郁」，據古新書局民國六十五年版《太平廣記》，改為「態度甚都」。

三、標點符號為編者另加，並分段，以便於閱讀。

註釋

❶長安里中之殊色也──此處之里，大約稱長安的平康里等地。唐孫棨有名的《北里志》一書，便是寫長安里中妓女的書。楊娼為里中殊色，也就是說：她是里中妓女裡特別漂亮的。

❷態度甚都──都，美好之意。《詩經・鄭風》（有女同車）：「洵美且都。」

❸復以治容自許──以今日的話來說，就是「很會打扮」，「很會化妝」。

❹王公二句──親王大臣宴客，競相邀請楊娼到座陪酒。

❺引滿盡歡──倒酒滿杯叫「引滿」。

❻殆至亡生破產而不悔──拼了性命，使完了錢財，都不後悔。

❼大售於時矣──賣出曰售。大售於時，是說楊娼的生意大大的好。

❽貴遊子也──貴遊子，世家子弟也。

❾妻本戚里女，遇帥甚悍──妻子本是「戚里」出來的女孩，對丈夫非常強悍。按：戚里乃是皇帝的親戚集居之地。由此可見帥之妻乃是皇親國戚，帥當然不敢得罪她。

❿設有異志者，當取死白刃下──若有變心，便以白刃取命。

⓫帥幼貴，喜媱──媱，音遙，美好的意思。這句話費解。注意：媱，美好。婬、淫相通。媱和婬完全不同義。

⓬乃陰出重賂兩句──唐代貴、賤之分甚嚴。一旦為登記有案的娼妓，便會受到社會上各種的限制。是以帥甲要暗地花很多錢才能使楊娼從賤籍中除名。

⓭而挈之南海──而將楊娼帶往南海。南海縣，在今廣東省番禺縣之東南方。

⓮平居以女職自守——平常家居生活，從事家主婦應作的事。如烹飪、女紅、灑掃。

⓯復厚帥之左右三句——對帥的左右手下非常寬厚，都能讓他們高興。是故帥越發愛她。嬖，愛幸，寵愛。

⓰間歲——隔年。

⓱帥素與監軍使厚——唐自安使之亂後，皇帝惟恐節度使等帶兵官會造反，於是每一軍中，都派一位太監作監軍使，以監督武將的行動。

⓲紿其妻——紿音殆，詐騙也。

⓳瘳——音抽，疾癒也。瘳當速矣，病會好得快。

⓴給事貴室——在富貴之家辦事。

㉑列白梃二句——梃，即杖。熾膏鑊於庭，燒紅一鍋熱油於庭中。一等楊娼到來，帥妻便要以這些刑具對付她。

㉒沸鬲——鬲，音格，鼎屬。沸鬲，熱油鍋也。

㉓牓輕舠——舠，小船。音刀。牓有招攬之意。划船。韋應物詩：「曉耕翻露草，夜牓響溪石。」

㉔物故——去世。

㉕適及洪矣——剛剛到了洪州。洪州，唐之洪都，即今江西省之南昌。

語譯

楊娼是長安妓院中非常漂亮的小姐。風度既佳，又善於裝扮。王公大臣請客，爭相邀請她到宴。她若來了，不會喝酒的客人，也會因她而飲酒盡歡。長安少年若能一親芳澤，就是花盡了家財、丟掉性命，也都不後悔。由是楊娼之名，豔壓群芳，是以日進斗金。

嶺南一位領兵的將軍，且名之曰帥甲。他是貴族高門出身。他的妻子屬於皇親國戚，對帥甲非常強悍，曾和帥事先立好規矩：若有一方有異志，即當以白刃取命。

帥從小嬌貴，酷好女色。苦於老婆的凶悍，甚不得意。於是他暗地裡花了一大筆錢，給楊娼贖了身，帶到南海縣，處之別館。白天公餘相處一起，晚上便得回到家中。楊娼生性聰慧，事奉帥甲，尤其謹慎。平常生活，總是嚴守婦道，烹飪、縫補、灑掃之事，都能應付裕如。對帥甲的左右也出手大方，寬厚有加。是以大家都敬重她，而帥甲對她更是十分疼愛。

隔年，帥甲得病甚重，且將不起。他很想死前再見見楊娼，卻又忌憚悍妻。他素來和監軍使友好，乃祕密告知監軍使他的意願。請監軍使設法幫忙。

監軍使於是騙帥甲的老婆說：「將軍病得太厲害了，想求得一位善於服侍的人打理他，病應該會好得快。我有一個婢女，長久以來侍候貴室，很解人意。請夫人許我打發我的婢女服侍將軍，如何？」

帥妻說：「中貴人（指內侍）乃是有信用的人，果然如此，我也不覺得有什麼不妥。可召婢來。」

監軍便命楊娼冒充他的婢女，將往見帥。不料事機洩漏了，帥妻準備了幾十個健婢，在庭院中陳列白色的木杖，燒滾的油鍋，只要楊娼一到，便要把她投入滾油鍋中。

帥甲聽說了，大為驚恐，急命止住楊娼來到，他說：「這本是我的意思，卻連累到她，好在我現在還沒死。一定要立即使她脫離虎口。要不然，會來不及了！」於是他把許多金銀財寶，命家僮划一個小船，保護楊娼北歸。

自此之後，帥甲益發憤恨，加重了病情。不十天便亡故了。此時，楊娼才走到洪州。訃聞一到，楊娼把帥甲所給她的財寶盡反歸帥家，設了靈位祭拜，說：「將軍因我而死。將軍既死，我還活著幹嗎？我豈能由將軍獨死！」撤去祭奠，也即赴死。

娼妓本來是以色事人的賤人。沒有利，她們是不會聽從你的。而楊娼居然以死報帥，這便是「義」了。她又不收帥的贈予，可以說得上是廉潔。楊娼雖係娼女，實在很了不起！

十九、飛烟傳

《三水小牘》中的一篇

臨淮❶武公業，咸通❷中任河南府功曹參軍❸。愛妾曰飛烟，姓步氏，容止纖麗，若不勝綺羅❹。善秦聲，好文墨❺，尤工擊甌❻，其韻與絲竹合。公業甚嬖之❼。其比鄰，天水趙氏第也❽，亦衣纓之族❾，不能斥言❿。其子曰象，端秀有文，才弱冠矣。時方居喪禮。

忽一日，於南垣隙中窺見飛烟，神氣俱喪，廢食忘寐⓫。乃厚賂公業之閽，以情告之⓬。閽有難色，復為厚利所動，乃令其妻伺飛烟閒處，具以象意言焉。飛烟聞之，但含笑凝睇而不答。門媼盡以語象。象發狂心蕩，不知所持⓭，乃取薛濤箋⓮，題絕句曰：「一睹傾城貌，塵心只自猜。不隨蕭史去，擬學阿蘭來⓯。」以所題密緘之，祈門媼達飛烟⓰。烟讀畢，吁嗟良久，謂媼曰：「我亦曾窺見趙郎，大好才貌。此生薄福，不得當之。」蓋鄙武生麤悍⓱，非良配耳。乃復酧一篇，寫於金鳳牋，曰：「綠慘雙娥不自持，只緣幽恨在新詩。郎心應似琴心怨，脉脉春情更泥⓲誰。」封付門媼，令遺象。

象啓緘，吟諷數四，拊掌喜曰：「吾事諧矣⑲。」又以剡溪玉葉紙⑳，賦詩以謝，曰：「珍重佳人贈好音，彩箋芳翰兩情深。薄於蟬翼難供恨，密似蠅頭未寫心。疑是落花迷碧洞，只思輕雨灑幽襟。百回消息千回夢，裁作長謠寄綠琴。」詩去旬日，門媼不復來。象憂懣，恐事洩；或飛烟追悔。

春夕，於前庭獨坐，賦詩曰：「綠暗紅藏起暝烟，獨將幽恨小庭前。沉沉良夜與誰語，星隔銀河月半天㉑。」明日，晨起吟際，而門媼來。傳飛烟語曰：「勿訝旬日無信，蓋以微有不安㉒。」因授象以連蟬錦香囊㉓并碧苔箋㉔，詩曰：「無力嚴妝倚繡櫳，暗題蟬錦思難窮。近來羸得傷春病，柳弱花欹怯曉風㉕。」象結錦香囊於懷，細讀小簡。又恐飛烟幽思增疾，乃剪烏絲闌為回緘，曰：

「春日遲遲，人心悄悄㉖。自因窺覯，長役夢魂㉗。雖羽駕塵襟，難於會合㉘，而丹誠皎日，誓以周旋㉙。昨日瑤臺青鳥忽來㉚，殷勤寄語。蟬錦香囊之贈，芬馥盈懷，佩服徒增，翹戀彌切㉛。況又聞乘春多感，芳履乖和㉜，耗冰雪之妍姿，鬱蕙蘭之佳氣。憂抑之極，恨不翻飛。且望寬情，無至憔悴。莫孤短韻，寧爽後期㉝。惝恍寸心㉞，書豈能盡？兼特菲什，仰繼華篇㉟。伏惟試賜凝睇。」

詩曰：「見說傷情為九春㊱，想封蟬錦綠蛾顰㊲。叩頭為報烟卿道，第一風流最損人。」

門媼既得迴報，逕賷詣飛烟閣中。武生為府掾屬，公務繁夥，或數夜一直[38]，或竟日不歸。此時恰值入府曹。飛烟拆書，得以款曲尋繹[39]。既而長太息曰：「丈夫之志，女子之情，心契魂交，視遠如近也。」於是闔戶垂幌，為書曰：

「下妾不幸，垂髫而孤[40]。中間為媒妁所欺，遂匹合於瑣類[41]。每至清風明月，移玉柱以增懷；秋帳冬釭，汎金徽而寄恨[42]。豈謂公子，忽貽好音。發華緘而思飛，諷麗句而目斷。所恨洛川波隔，賈午牆高[43]。連雲不及於秦臺，薦夢尚遙於楚岫[44]。猛望天從素懇，神假微機，一拜清光，九殞無恨。兼題短什，用寄幽懷。伏惟特賜吟諷也。」

詩曰：「畫簷春燕須同宿，蘭浦雙鴛肯獨飛？長恨桃源諸女伴，等閑花裡送郎歸[45]。」

封訖，召門媼，令達於象。象覽書及詩，以飛烟意稍切，喜不自持，但靜室焚香，虔禱以候。忽一日，將夕，門媼促步[46]而至，笑且拜曰：「趙郎願見神仙[47]否？」象驚，連問之。傳飛烟語曰：「值今夜功曹府直，可謂良時。妾家後庭，即君之前垣也。若不渝惠好，專望來儀[48]。方寸萬重，悉候晤語[49]。」既曛黑，象乃乘梯而登，飛烟已令重榻於下。既下，見飛烟靚妝盛服，立於庭前。交拜訖，俱以喜極不能言。乃相攜自後門入房中，遂背釭解幌[50]，盡繾綣之意焉。

及曉鐘初動，復送象於垣下。飛烟執象手曰：「今日相遇，乃前生姻緣耳。勿謂妾無玉潔松貞之志，放蕩如斯。直以郎之風調，不能自固。願深鑒之。」象曰：「挹希世之貌，見出人之心。已誓幽庸，永奉歡洽51。」言訖，象踰垣而歸。

明日，托門媼贈飛烟詩曰：「十洞三清52雖路阻，有心還得傍瑤臺。瑞香風引思深夜，知是蕊宮53仙馭來。」飛烟覽詩微笑，復贈象詩曰：「相思只怕不相識，相見還愁卻別君。願得化為松下鶴，一雙飛去入行雲。」付門媼，仍令語象曰：「賴值兒家54有小小篇咏，不然，君作幾許大才面目？」茲不盈旬，常得一期於後庭。展幽微之思，罄宿昔之心，以為鬼神不知，天人相助。或景物寓目，歌咏寄情，來往便繁，不能悉載。如是者周歲。

無何，飛烟數以細過撻其女奴，奴陰銜之，乘間盡以告公業。公業曰：「汝慎勿揚聲！我當伺察之。」後至直日，乃偽陳狀請假。迨夜，如常入直，遂潛於里門。街鼓既作，匍伏55而歸。循牆至後庭，見飛烟方倚戶微吟，象則據垣斜睇。公業不勝其憤，挺前欲擒。象覺，跳去。公業搏之，得其半襦。乃入室，呼飛烟詰之。飛烟色動聲戰，而不以實告。公業愈怒，縛之大柱，鞭楚血流56。但云：「生得相親，死亦何恨。」深夜，公業怠而假寐，飛烟呼其所愛女僕曰：「與我一杯水。」水至，飲盡而絕。公業起，將復笞之，已死矣。乃解縛，舉置閣中，連呼之，聲言飛烟暴疾致殞。數日，窆之北邙57。而里巷間皆知其強死矣。象因變服，易名遠，自竄於江、浙間。

洛中才士，有崔、李二生，嘗與武掾遊處。崔賦詩末句云：「恰似傳花人飲散，空床拋下最繁枝58。」其夕，夢飛烟謝曰：「妾貌雖不迨桃李，而零落59過之。捧君佳什，愧仰無已。」

李生詩末句云：「艷魄香魂如有在，還應羞見墜樓人[60]。」其夕，夢飛烟戟手[61]而詈曰：「士有百行，君得全乎？何至務矜片言，苦相詆斥[62]？當屈君於地下面證之。」數日，李生卒。時人異焉。遠後調授汝州魯山縣[63]主簿，隴西李垣代之[64]。咸通末，予復代垣，而與遠少相狎，故洛中秘事，亦知之。而垣復為手記，故得以傳焉。

三水人曰：「噫！艷冶之貌，則代有之矣；潔朗之操，則人鮮聞乎。故士矜才則德薄，女衒色[65]則情私。若能如執盈[66]，如臨深[67]。則皆為端士淑女矣。飛烟之罪，雖不可逭，察其心，亦可悲矣！」

校志

一、本文明鈔原本《說郛》題名〈步飛烟〉，《廣記》卷四九一題名為〈飛烟傳〉。

二、本文據兩書校錄，並加註標點符號，且予分段。

註釋

❶臨淮——約當今日江蘇省盱眙、泗水之地。

❷咸通—唐懿宗年號。共十四年。西元八六〇至八七三年。

❸功曹參軍—掌管考課、假使、祭祀、禮樂、學校、表疏等事務的官。唐代的府，多設有司功，司倉、司兵、司法、司士、司戶各曹。各曹參軍為主管。

❹容止纖麗，若不勝綺羅—容貌、舉止、嬌小美麗，柔弱到似乎綺羅的衣服都難以負擔。

❺善秦聲，好文墨—善於唱秦地（今陝西）的歌曲。喜歡詩文。

❻尤工擊甌—甌，瓦盆。以盆盛水，多少不同，十數個排成一列，以木筷敲擊，發出樂音，配合弦樂管樂，形成和聲。

❼公業甚嬖之—公業非常寵愛她。

❽其比鄰，天水趙氏第也—他的緊鄰，乃是天水人趙家的宅第。天水，唐郡名，約當今甘肅天水、臨洮之地。

❾衣纓之族—衣冠大族。

❿不能斥言—不能把名字明白說出來。

⓫神氣俱喪，廢食忘寢—趙象自南邊牆縫中看到了飛烟之後，不覺神魂顛倒，廢寢忘食。

⓬乃厚賂公業之閽，以情告知—於是花了一大筆錢買通了武公業的司閽（看門人）請他把自己思慕之情告知飛烟。

⓭象發狂心蕩，不知所持—趙象心癢難熬，不能自持。

⓮薛濤箋—薛濤，蜀中名妓，能詩。她製作一種紅色詩箋，時人多效之。稱薛濤箋。

⓯一睹傾城貌絕句：「一見到妳傾國傾城的美貌，塵俗之心動盪不已。莫學弄玉公主隨蕭史仙去，但願妳能像杜蘭香仙女來到人間。」秦穆公女兒弄玉公主，配與善吹簫的蕭史。蕭史吹簫引來鳳凰，兩人乘鳳凰仙去。阿蘭，可能指古仙女杜蘭香。

⑯以所題密緘之，祈門媼達飛烟──把所題的詩密密封起來，請門媼傳達給飛烟。
⑰鄙武生麄悍──鄙、動詞。看不起。麄、即麤字。粗悍，不文雅。鄙視武公業的粗暴。
⑱泥──以輭媚之態強有所求。如：「泥她沽酒拔金釵。」（元徵之詩）
⑲吾事諧矣──諧，和也，合也。我的事成功了。
⑳剡溪玉葉紙──剡（音琰）溪，水名。在浙江嵊縣。以其水製成的藤紙頗有名。其潔白如玉者，稱玉葉紙。
㉑綠暗紅藏絕句──暮煙初起，紅花不見，綠樹濃暗。獨自帶著（將）幽恨，坐在小庭前面。良夜沈沈，（一腔心事）向誰說話呢？（我們好像牛郎織女）星被銀河隔開，月亮卻到了天頂了！
㉒勿訝旬日無信，蓋以微有不安──莫驚訝為何十來天無信息，因為有一點不舒服。
㉓連蟬錦香囊──連蟬錦、一種薄如蟬翼的錦。
㉔碧苔牋──一種用水苔製成的牋紙。
㉕無力嚴妝絕句──懶懶的梳妝好了斜靠在綉戶上，悄悄的把詩題在薄薄的蟬錦上，思念不已。近來得了傷春的毛病，身體像楊柳一般的軟弱，像花一般的嬌嫩，連早上的春風都有點禁不起！
㉖春日遲遲，人心悄悄──春天的陽光懶懶的，我的心惆悵不已。
㉗自因窺覯，長役夢魂──自從因為偷窺見到妳之後，神魂顛倒，夢中都牽掛著。
㉘雖羽駕塵襟，難於會合──雖然仙姿遙遠，俗子難與會合。羽駕謂高飛雲端的神仙。塵襟謂在地上的凡人。仙凡遠隔之意。
㉙丹誠皎日，誓以周旋──一片赤誠丹心，可對皎日，誓與縈迴左右。
㉚昨日瑤臺，青鳥忽來──瑤台女仙所居，青鳥為神仙的傳信使者。意思是說：昨天使者從仙居帶來信息。
㉛佩服徒增，翹戀彌切──徒然增加了對妳佩服之心，思戀之情益為深切。

32 又聞乘春多感，芳履乖和——又聽說妳傷春多感，遂至玉體違和。芳履，指女人。乖和，違和。生病。

33 莫孤短韻，寧爽後期——不要辜負了我短詩中的心意。不要違背日後相見的期盼！

34 惝恍寸心——抑鬱的心情。心，稱方寸。一作懺慌。

35 兼持菲什，仰繼華篇——另附上菲作，仰答華麗的詩篇。什，詩。此字從《詩經》「之什」，而衍為「短詩」之意。

36 見說傷情為九春——春天三個月，共九十天，故云九春。

37 想封蟬錦綠蛾顰——想見妳封緘蟬錦囊時，一定皺著雙眉。綠蛾，指女子的眉。

38 或數夜一直——或者數夜之中，有一夜值班。

39 款曲尋繹——款曲，仔細、周密。尋繹，研究。尋繹、謂引其端緒而尋究之。

40 垂髫而孤——古時兒童，頭髮披散在肩上。故曰垂髫。少年時，始將頭髮紮起，謂之束髮。垂髫而孤：孩童時父親死了。幼而無父曰孤。

41 遂匹合於瑣類——細碎之事，謂之瑣。瑣類，鄙微之人。遂匹配給小人。

42 移玉柱以增懷，汎金徽而寄恨——玉柱、琵琶類樂器上凸起的小木條。金徽：古琴上有十三個。移玉柱、汎金徽：彈奏琴的意思。

43 洛川波隔，賈午牆高——三國時，曹植暗戀上了嫂嫂也即是曹丕的妻子甄氏。泛舟洛水，夢寐中遇見甄氏。因作〈感甄賦〉。後改為〈洛神賦〉。賈午是晉代賈充的女兒。他從屏風後偷窺，看上了賈充的手下韓壽。她把皇帝賜給賈充的異香偷了些給韓壽。因此，他們小倆口的姦情敗露。既然米已成飯，賈充便把女兒嫁給了韓壽。卻把洞悉內情的婢僕全給殺死以杜家醜外揚。這便是韓壽偷香的故事。據說韓壽身手十分矯健，高牆也能輕易越過。

㊹連雲不及於秦臺，薦夢尚遙於楚岫——連雲、意指歡會。宋玉〈高重賦〉：神女對楚王說：「妾朝為行雲，暮為行雨。朝朝暮暮，陽臺之上。」楚王夢中見神女，地在巫山。巫山即楚地。故稱楚岫。秦臺指鳳臺，即蕭史與弄玉公主的鳳臺。兩人時在臺上吹簫遊玩。

㊺長恨桃源諸女伴，等閒花裡送君歸——劉晨、阮肇入天臺會見諸仙女。其後二人思家，眾仙女為指示歸途。等閒：隨隨便便。

㊻門嫗促步而至——快步來到。

㊼神仙——唐代多稱美女為神仙。徐凝詩云：「月明橋上看神仙。」

㊽若不渝惠好，專望來儀——假如不變更對我的恩好，專望惠臨。來儀，自《書經》「鳳凰徠儀」而來。意即「大駕光臨」。

㊾方寸萬重，悉候晤語——方寸指心。心事萬重，全候面談。

㊿背釭解幌——釭、燈。幌、帷幔。背著燈光，放下帷帳。

51挹希世之貌，見出人之心。已誓幽庸，永奉歡洽——生成世上少有的美貌，表現出高人一等的心性。我已經對鬼神發誓，要永久和妳相好。

52十洞三清——道家認為世上有十大洞天，為群仙所居。三清，聖登玉清，直登上清，仙登太清，都是神仙所居之地。

53蕊宮——即蕊珠宮，天上宮名。仙女所居。

54兒家——古女子自稱「兒」。兒家，飛烟自謂。

55匍伏——匍伏前進，是軍隊中過操時用四肢著地爬行。此處為低姿態回家的意思。

56鞭楚血流——鞭打。楚也是鞭打用的刑具。

57 窆之北邙──北邙為墓地。窆：葬。

註：文後有崔、李二生，崔題詩同情飛烟，夢中飛烟面謝。李詩諷刺飛烟不貞，夢中為飛烟面斥，數日死去。事與故事無關，故不予語譯。

語譯

臨淮人武公業，唐懿宗咸通中任河南府的功曹參軍。他有一個寵愛的侍妾，叫步飛烟，容貌、舉止、嬌小美麗，纖弱到似乎連綺羅作的衣服都難以負擔。她擅長唱秦地的歌曲，喜歡詩文，更善於擊甌，以配合弦管演奏。公業非常喜歡她。

武家的隔鄰，是天水人趙氏的住宅。也是衣冠門第。不便揭露其真名。他們家的兒子名象，長得俊秀且有文才，年才弱冠。其時正在喪服之中。

有一天，象在自家南牆的隙縫中偷看到了飛烟，十分傾倒。似乎神飛魄散，廢食忘寢。於是他花了一大筆錢買通武家的門房，要他把自己思慕之情傳達給飛烟。門房本來面有難色，但為厚利所誘，便令他妻子，伺飛烟閒處時，把象的意思透露給她。飛烟聽了，只微微笑，凝視不答。門媪全部說給象聽。象心癢難熬，難以自持。於是他拿了一張紅色信紙，在上面題了一首絕句：

一睹傾城貌，塵心只自猜。
不隨蕭史去，擬學阿蘭來。

然後將詩箋密密封緘，請門媪轉交給飛烟。

飛烟收到詩箋，讀完了，嗟歎不已。她對門媪說：「我也曾偷偷看到趙家郎君，大好相貌。只是我這一生沒有福氣，不能和這樣的人物在一起！」原來武某粗暴，實非佳偶。飛烟沈吟之餘，也寫了一首詩在金鳳信紙上相酬：

綠慘雙蛾不自持，只緣幽恨在新詩，
郎心應似琴心怨，脉脉春情更泥誰。

她把詩箋封裝好，也交給門媪，轉致象。

象打開封緘，把飛烟的詩讀了好幾遍，不禁拍手笑道：「我的事成功了！」他又拿了剡溪出的潔白玉葉紙，寫了一首詩答謝：

珍重佳人贈好音，彩箋芳翰兩情深。

薄於蟬翼難供恨，密似蠅頭未寫心。
疑是落花迷碧洞，只思輕雨灑衣襟。
百回消息千回夢，裁作長謠寄綠琴。

詩寄出去了十多日，門媼都沒有來過。象心憂懣，惟恐事情洩漏出去了，或者是飛烟反悔了呢？春天的傍晚，象獨坐前庭，甚覺百無聊奈。賦詩曰：

綠暗紅藏起瞑烟，獨將幽恨小庭前。
沈沈良夜與誰語？星隔銀河月半天。

翌日清晨，他正在吟誦詩句之時，門媼來到，傳飛烟的話說：「莫怪旬日無音信，實有小小的不舒服。」乃取出錦製香囊，和一張題有詩的綠色信箋。詩曰：

無力嚴妝倚綉櫳，暗題蟬錦思難窮。
近來贏得傷春病，柳弱花欹怯曉風。

象把錦香囊藏於懷中。細讀其詞。又怕飛烟幽思增重病情，乃剪烏絲蘭（此語恐有誤）作回信：
春天懶懶的，人心悄悄的，自窺見芳顏，長縈紆於睡夢中。雖然飛沈遙隔，難相會見，惟一片赤誠之心，皎如白日，永誓相左右。昨日得蒙青鳥傳書，殷勤敘懷。所賜蟬錦香囊，芬芳滿懷。徒增佩服之心，更切愛戀之思。又聽說妳傷春染惡，有損妳像冰雪一樣的妍態，有傷妳蘭蕙一般的佳氣。擔心之至，恨不能飛去妳處。希望寬心靜養，莫傷玉體。不要辜負了我詩中的情意，更要堅定以後相會的期望。不知所措的寸心，非尺書所能盡述。僅附短詩，藉答雅作，敬祈賜覽：

見說傷情為九春，想封蟬錦綠蛾顰。
叩頭為報烟卿道，第一風流最損人。

門媪得了回信，一徑拿回到飛烟閣中。武公業係府掾，公務繁多。或數天值一次夜班，有時整天不回家。此時，武生正值入府曹，飛烟把信拆開，細細閱讀。接着歎氣說：「趙郎的心意，我的情懷，心心相印，雖遠猶近。」於是關上門，拉下簾子，寫下一信：
下妾不幸，幼時父親去世。其後為媒妁所誤，嫁給了一個粗鄙的人。每值清風明月之夜，秋深冬寒之時，不免寄託瑤琴抒懷解恨。想不到公子惠我以佳音，拜讀完畢，神馳不已，更誦佳句，慕念益深。只恨水闊山高，阻礙重重。只望天從人願，神假機緣。能親接清光，九死無恨。奉上短句，藉表相思。敬請諷覽：

晝簷春燕須同宿，蘭浦雙鴛肯獨飛？
長恨桃源諸女伴，等閑花裡送郎歸。

封緘好了，飛烟叫門媼，使持交趙象。象看完信和詩，覺得飛烟情真意切，喜不自勝。唯有焚香靜室，虔候佳音。

忽然有一天，天將夜，門媼快步來到，笑對象說：「趙郎想不想見到神仙？」象不免吃一驚。問她是怎麼回事。門媼傳飛烟的話說：「今夜功曹府直，不會回家。正是大好時機。妾家後庭，是君的前垣，若不變惠好之心，我專程等您駕臨。寸心衷慕，悉候面談。」

天一黑，趙象便乘梯攀登垣頂。那一面，飛烟已把木榻重疊架起來。趙象遂登榻而下。既到庭中，只見飛烟靚妝盛服，立於庭前。兩人見過禮，高興得連話都說不出來。然後攜手自後門進入房中。於是背著燈，解下簾帷，極盡歡樂。

晨鐘初動，飛烟伴同象出至垣下。飛烟拉著象的手說：「這次相會，實乃前世註定的姻緣。希望您不要把我當成放蕩無行的女子。實在因為您的風骨高格，不能自持！請您諒解。」象答道：「妳有出眾的容貌，又有高於人的情懷，我願對鬼神發誓，永遠要和妳歡好。」說完，象便攀牆回去。

第二天，象又託門媼贈送飛烟一首詩：

十洞三清雖路阻，有心還得傍瑤臺。
瑞香鳳引思深夜，知是蕊宮仙馭來。

飛烟微笑著看完詩，她也寫了一首詩回贈象：

相思只怕不相識，相見還愁卻別君。
願得化為松下鶴，一雙飛去入行雲。

她將詩交給門媼，吩咐她對象說自己的感想：「尚幸我還能胡謅幾句小詩。要不然，您可能要擺出一副才高八斗的面目了。」

從此之後，每隔不到十天，兩人便能在後庭相會一次。互訴情意。都以為鬼神不知，上天賜助。有時因景睹物，寄情歌詠。往來頻繁，須臾間，過了整整一年。

後來，飛烟好幾次因細故鞭打一個女奴，女奴銜恨在心。乘機把一切經過都告訴了公業。公業對她說：「妳不要張揚，我會伺機觀察。」等到輪值的日子，因編了理由，向長官請准了假。夜分，他照常離家前往入直。卻潛形里門。等到更鼓初過，便偷偷回轉家門。沿著牆摸到後院。看見飛烟果然靠在門上，口中低吟。象則跨在牆頭，凝視飛烟。公業氣得不得了，挺身上前要抓象，象一見公業，立即逃跑。公業只扯下他半幅衣襟。

公業進入房間，叫飛烟來問話。飛烟雖然怕得發抖，卻不肯說實話。公業越發大怒，把飛烟綁在柱上，鞭打得她皮開肉綻，鮮血淋漓。口中但喃喃唸著：「生能相親，死亦無恨。」深夜，公業也累了，靠在椅子上假寐。飛烟叫她寵愛的女僕給她一杯水喝。她喝完了水，也就斷了氣。死了。公業起身，還要鞭打她，發現飛烟已經死了，於是解開縛繩，陳屍閣中。對外聲言飛烟得了暴疾，已香消玉殞了。數日後，葬在北邙。但里巷都知道她是被活活打死的。趙象知道了，易名遠，遠走江、浙間。

（文後有崔李二生作詩評論等語，與故事無關，故不語譯。）

二十、定婚店（「月下老人」的故事）

李復言

杜陵韋固，少孤❶，思早娶婦，多岐求婚❷，無成而罷。

貞觀二年，將遊清河，旅次宋城南店。客有以前清河司馬潘昉女為議者。來旦，先期於店西龍興寺門。固以求之意切，旦往焉，斜月尚明。有老人倚布囊，坐於階上，向月撿書。固覘❸之，不識其字；既非蟲篆八分科斗❹之勢，又非梵書❺。因問曰：「老父所尋者何書？固少小苦學，世間之字，自謂無不識者，西國梵字，亦能讀之；唯此書目所未覿，如何？」

老人笑曰：「此非世間書，君因何得見？」

固曰：「非世間書則何書也？」

曰：「幽冥之書。」

固曰：「幽冥之人，何以到此？」

曰：「君行自早，非某不當來也。凡幽吏皆掌生人之事，掌人可不行其中乎？今道途之行，人鬼各半，自不辨爾。」

固曰：「然則君又何掌？」

曰：「天下之婚牘耳。」

固喜曰：「固少孤，常願早娶，以廣胤嗣。爾來十年，多方求之，竟不遂意。今者人有期此，與議潘司馬女，可以成乎？」

曰：「未也，命苟未合，雖降衣纓而求屠博❻，尚不可得，況郡佐乎？君之婦，適三歲矣。年十七，當入君門。」

因問：「囊中何物？」曰：「赤繩子耳。以繫夫妻之足。及其生，則潛用相繫，雖讎敵之家，貴賤懸隔，天涯從宦，吳楚異鄉。此繩一繫，終不可逭❼。君之腳，已繫於彼矣。他求何益？」

曰：「固妻安在？其家何為？」

曰：「此店北，賣菜陳婆女耳。」

固曰：「可見乎？」

曰：「陳嘗抱來，鬻菜於市。能隨我行，當即示君。」

及明，所期不至。老人卷書揭囊而行。固逐之，入菜市。有眇嫗❽，抱三歲女來，弊陋亦甚❾。老人指曰，「此君之妻也。」

固怒曰：「殺之可乎？」

老人曰：「此人命當食天祿，因子而食邑，庸可殺乎？」老人遂隱。

固罵曰：「老鬼妖妄如此。吾士大夫之家，娶婦必敵，苟不能娶，即聲伎之美者，或援立之，奈何婚眇嫗之陋女？」

磨一小刀子，付其奴曰：「汝素幹事，能為我殺彼女，賜汝萬錢。」

奴曰：「諾。」

明日，袖刀入菜行中，於眾中刺之，而走。一市紛擾。固與奴奔走，獲免。

問奴曰：「所刺中否？」

曰：「初刺其心，不幸才中眉間。」

爾後固屢求婚，終無所遂。又十四年，以父蔭⑩參相州軍。刺史王泰俾攝⑪司戶掾，專鞫詞獄⑫，以為能，因妻以其女。可年十六七，容色華麗。固稱愜之極。然其眉間，常帖一花子，雖沐浴閒處，未嘗暫去。歲餘，固訝之，忽憶昔日奴刀中眉間之說，因逼問之。

妻潸然曰：「妾郡守之猶子也，非其女也。疇昔父曾宰宋城，終其官。時妾在襁褓，母兄次沒。唯一莊在宋城南，與乳母陳氏居。去店近，鬻蔬以給朝夕。陳氏憐小，不忍暫棄。三歲時，抱行市中，為狂賊所刺。刀痕尚在，故以花子覆之。七八年前，叔從事盧龍，遂得在左右。仁念以為女嫁君耳。」

固曰：「陳氏眇乎？」

曰：「然。何以知之？」

固曰：「所刺者固也。」乃曰：「奇也，命也。」因盡言之，相欽愈極。後生男鯤，為鴈門太守，封太原郡太夫人。乃知陰騭人之定，不可變也。

宋城宰聞之，題其店曰：「定婚店。」

校記

一、本文以《太平廣記》和宋臨安書棚本《續玄怪錄》對照校錄。

二、標點符號係另加，並予以分段。

三、貞觀二年，他本作元和二年，無關主題。

註　釋

❶孤——幼而無父曰孤。
❷多岐求婚——多方面謀求結婚對象。
❸覘——偷窺、偷看。
❹蟲篆、八分、科斗——俱是字體。蟲篆，篆字。八分是隸書，或謂秦人所作。
❺梵書——印度梵文。
❻降衣纓而求屠博——衣纓、指衣冠世家。屠、屠夫。博，《孟子》：「不受於褐寬博。」意為穿粗麻布衣的壯漢。賤民也。
❼終不可逭——終究是逃不掉的。
❽眇嫗——眇，少了一隻眼睛叫眇，嫗，音域。老婦。
❾弊陋亦甚——亦甚弊陋。弊，疲倦。陋，醜陋。
❿以父蔭——因為先世的勳績敘官叫「蔭」。
⓫攝——代理。尚未真除的意思。
⓬專鞫詞獄——專司審理詞訟刑獄之事。

語譯

杜陵地方的韋固，幼年喪父，想早一點結婚。但多方面謀求，都未能如願。

貞觀二年，將遊清河，暫住宋城南店。旅客中有拿前清河司馬潘昉的女兒向韋固議婚的。說明次日清晨在店西的龍興寺門前相見。韋固求偶心切，沒天亮便去了。其時，斜月尚明。只見一老人，坐在廟前石階上，靠著布囊，藉著月光檢視書頁。韋固偷望，卻不識一字。既不是篆體，也不是八分書或科斗字，更不是梵文。因問：「老先生所翻閱的是什麼書？我從小苦讀書，人世間的字，我大概沒有不識得的。即使西方的梵文，也能認識。您這本書是我從沒有過的。怎麼回事呢？」

老人笑笑說：「這不是人世間的書，你怎麼見過？」

韋固說：「這不是世間的書，那麼是什麼書？」

「乃是陰間的書。」

韋固好奇問：「陰間的人，何以能來到這裡？」

老人說：「實在是你來得太早啦，不是我不應該來。陰間的官吏都掌管活人的事。掌管事的官吏，能不在陰間陽間中往來嗎？現在路上的行走者，一半是人，一半是鬼。只是你不會分辨而已。」

韋固說：「那麼，您又掌管什麼事呢？」

老人說：「掌管天下的婚姻簿。」

韋固大喜。因問：「我從小沒有了父親，一心一意想早點結婚，多生子女。近來十年，我多方求託，都不能如願。今天又有人和我相約在此見面，議婚潘司馬的小姐。會成功嗎？」

老人說：「成不了。若命中沒注定，雖然簪纓世家降格求婚屠夫之兒女，都不可能。何況是郡佐的女兒！足下的妻子才三歲，她十七歲時，會嫁入你家。」

又問：「那你布囊中是什麼？」

老人答：「是紅繩子。專門繫在夫妻的腳上。人一出生，紅繩子暗中便繫好了，那怕是仇敵之家，或者貴賤懸殊，天涯作官，吳楚異鄉。只要繩子一繫上，終究解不掉。你的腳，早和那個三歲女娃繫在一起了。要向別處求婚，怎麼能成呢？」

「那麼，我的未來妻子在何處？她家又是幹什麼的？」

「就在旅店的北邊，一個賣菜的陳婆的女兒。」

「能看一看她嗎？」

老人說：「陳婆常抱她到市中賣菜。你跟我來，我可指給你看。」

等到天亮了，所等待的人沒有來。老人收起書，拿起行囊而起身走路。韋固跟在他身後，進到菜場。果然看到一個少了一隻眼睛的老婦人，抱著一個三歲的女孩而來。老人指著那女孩說：「這便是足下的妻子。」

韋固恨恨的說：「把她給殺了，怎麼樣？」

老人說：「這位小朋友命中注定要吃皇帝所給的俸祿，因為你而食邑，如何可殺？」說罷，遂不見了。

韋固罵道：「老鬼如此妖妄，我乃士大夫之家，娶妻必須身分相匹敵。若不能，大可找美麗的聲伎，提升為妻子。為什麼要討眇嫗的醜女兒呢？」

於是他磨了一把小刀子，交給他的家奴說：「你一向能幹，若能為我把那個女孩給殺掉，我賞給你一萬個錢。」

家奴回說：「好。」

第二天，他的家奴袖中藏了刀到菜場，在眾目睽睽下居然刺了那小女孩一刀，隨即逃跑。整個市場都騷動起來。韋固和家奴跑得快，沒被抓住。

韋固問家奴：「有沒刺中？」

家奴說：「開始時原要刺她的心，不幸只刺中眉間。」

自此之後，韋固屢次求婚姻，終未成功。過了十四年，他得到父親的勳功餘蔭而受任相州參軍。相州刺史王泰讓他代理司戶掾，專司審理民、刑事案件。他覺得韋固挺能幹，因以女嫁他。王女才十六七歲，容顏華麗。韋固非常愜意。只是小姐的眉間常貼一個小花片，雖沐浴家居，從不拿掉。一年多，韋固覺得驚訝，忽然記起從前家奴用刀刺傷小女孩的事，乃追問妻子。

妻子眼淚盈盈的說：「我實是郡守的姪女，不是親女。我的父親曾在宋城任縣官，在任上故身。我那時還在襁褓之中。母親和哥哥又先後去世，只留下一個莊園在宋城之南，和奶娘陳氏同住，去店很近。陳氏以賣菜維持生計，陳氏覺得我年紀太小，不忍暫離。三歲時，奶娘抱我在市場中行走，為一個狂賊所刺傷，疤痕具在。是故用花子來掩蓋。七八年前，叔叔在盧龍工作，遂得在叔父左右。叔叔一念之仁，將我當親女兒嫁給您。」

韋固問：「陳氏是否只有一個眼睛？」

妻說：「您怎麼知道？」

韋固說：「要刺妳的正是我呀！」因此歎息說：「真奇，真是命中注定。」因將月下老人的話原原委委全告訴了妻子。兩個人的恩愛因而更增。他們後來生了一個兒子，叫韋鯤，官至雁門太守。王氏因而受封太原郡太夫人。然後知道天意暗中前定，不可變更的。

宋城宰聽到這個故事，把韋固住過的旅店稱為「定婚店」。

新鋭文學29　PG1131

新鋭文創
INDEPENDENT & UNIQUE

教你讀唐代傳奇1

作　　者　　劉　瑛
責任編輯　　蔡曉雯
圖文排版　　陳姿廷
封面設計　　蔡瑋筠

出版策劃　　新鋭文創
發 行 人　　宋政坤
法律顧問　　毛國樑　律師
製作發行　　秀威資訊科技股份有限公司
114 台北市內湖區瑞光路76巷65號1樓
電話：+886-2-2796-3638　傳真：+886-2-2796-1377
服務信箱：service@showwe.com.tw
http://www.showwe.com.tw
郵政劃撥　　19563868　戶名：秀威資訊科技股份有限公司
展售門市　　國家書店【松江門市】
104 台北市中山區松江路209號1樓
電話：+886-2-2518-0207　傳真：+886-2-2518-0778
網路訂購　　秀威網路書店：http://www.bodbooks.com.tw
國家網路書店：http://www.govbooks.com.tw

出版日期　　2014年12月　BOD一版
定　　價　　370元

國家圖書館出版品預行編目

教你讀唐代傳奇1 / 劉瑛著. -- 一版. -- 臺北市 : 新鋭文創, 2014.12
面； 公分. -- (新鋭文學 ; PG1131)
BOD版
ISBN 978-986-5716-03-5 (平裝)

857.454 103000731

讀者回函卡

感謝您購買本書，為提升服務品質，請填妥以下資料，將讀者回函卡直接寄回或傳真本公司，收到您的寶貴意見後，我們會收藏記錄及檢討，謝謝！如您需要了解本公司最新出版書目、購書優惠或企劃活動，歡迎您上網查詢或下載相關資料：http:// www.showwe.com.tw

您購買的書名：________________________________

出生日期：________年________月________日

學歷：□高中(含)以下　□大專　□研究所(含)以上

職業：□製造業　□金融業　□資訊業　□軍警　□傳播業　□自由業

□服務業　□公務員　□教職　□學生　□家管　□其它_____

購書地點：□網路書店　□實體書店　□書展　□郵購　□贈閱　□其他

您從何得知本書的消息？

□網路書店　□實體書店　□網路搜尋　□電子報　□書訊　□雜誌

□傳播媒體　□親友推薦　□網站推薦　□部落格　□其他__________

您對本書的評價：（請填代號　1.非常滿意　2.滿意　3.尚可　4.再改進）

封面設計____　版面編排____　內容____　文／譯筆____　價格____

讀完書後您覺得：

□很有收穫　□有收穫　□收穫不多　□沒收穫

對我們的建議：________________________________

____

____

____

請貼
郵票

11466
台北市內湖區瑞光路 76 巷 65 號 1 樓
秀威資訊科技股份有限公司 收
BOD 數位出版事業部

....

（請沿線對折寄回，謝謝！）

姓　　名：＿＿＿＿＿＿＿＿＿＿　年齡：＿＿＿＿　性別：□女　□男

郵遞區號：□□□□□

地　　址：＿＿＿＿＿＿＿＿＿＿＿＿＿＿＿＿＿＿＿＿＿＿＿

聯絡電話：(日)＿＿＿＿＿＿＿＿＿＿＿(夜)＿＿＿＿＿＿＿＿＿＿＿

E-mail：＿＿＿＿＿＿＿＿＿＿＿＿＿＿＿＿＿＿＿＿＿＿＿＿